AF304342

Anne Lay ist verheiratet und Mutter zweier Söhne. Sie arbeitet als Lehrerin im Bergischen Land (NRW). Die Begeisterung für Geschichten begleitete Anne Lay schon früh durchs Leben. Seit 2006 widmet sie sich dem Schreiben. Mit der historischen Kurzgeschichte *Agnes und der Engel* gelang ihr eine erste Veröffentlichung in der Wettbewerbsanthologie *Engel, Hexen, Wiedertäufer – Historische Geschichten aus dem Münsterland*. Weitere Kurzgeschichten sind als E-Books erhältlich. Im Frühjahr 2015 erschien ihr Debütroman *Verdächtig vertraut*.

Anne Lay

Nordsee Liebe und Inselglück*

Roman

Überarbeitete Neuausgabe Juni 2023

Copyright © 2023 dp Verlag, ein Imprint der
dp DIGITAL PUBLISHERS GmbH
Made in Stuttgart with ♥
Alle Rechte vorbehalten

Nordseeliebe und Inselglück

ISBN 978-3-96817-452-5
E-Book-ISBN 978-3-98778-536-8

Copyright © 2020
dp Verlag, ein Imprint der dp DIGITAL PUBLHERS GmbH

Dies ist eine überarbeitete Neuausgabe des bereits 2020 bei
dp Verlag, ein Imprint der dp DIGITAL PUBLISHERS GmbH erschie-
nenen Titels Nordseeliebe und Inselglück (ISBN: 978-3-96817-363-4)

Covergestaltung: Dream Design – Cover and Art
Umschlaggestaltung: ARTC.ore Design
Unter Verwendung von Abbildungen von
stock.adobe.com: © Eva Gruendemann, © Jürgen Nickel
shutterstock.com: © freya-photographer
Lektorat: Manuela Tengler
Satz: dp DIGITAL PUBLISHERS GmbH
Druck und Bindung: Books on Demand GmbH, Norderstedt

Für meine Freundin Doris

Vorwort

Herzlich Willkommen zur Neuauflage von Nordseeliebe und Inselglück!

Sie haben Lust, mit Marie an die Nordsee zu reisen?
Vorsicht: Die Geschichte beginnt an Weihnachten.
Eine Szene habe ich selbst erlebt:
Ich singe im Chor und für ein Konzert durfte ich einen
Solopart übernehmen. Also übte ich das Stück daheim
und kurz vor der Aufführung sagte meine Chorleiterin
plötzlich, dass ein Kinderchor diese Passage überneh-
men solle. Wie bitte?!
Ich war wie vor den Kopf geschlagen und setzte mich
noch am gleichen Abend hin, um meiner Chorleiterin
zu schreiben, die Situation zu klären.
Nachdem ich die Mail abgeschickt hatte, blieb ich am
Rechner und schrieb nieder, was passiert war.
Die Details habe ich verändert und die Suche nach ei-
nem geeigneten Musikstück brachte mich auf das Musical Westsidestory. Damit war auch der Name der Pro-
tagonistin klar: Marie, denn: »The most beautiful sound
I've ever heard, Maria ...«
Viele Szenen im Chor beruhen auf meinen Erlebnissen.
Ich singe, solange ich denken kann, auch im Chor.
Überhaupt hat Marie einiges von mir.

Viel Spaß beim Lesen
Anne Lay

Weihnachten in Husum

Die Atemluft kondensierte zu kleinen Nebelwölkchen, als Marie zu Fuß durch die Straßen eilte. Sie war früh dran, aber die kalte, feuchte Luft ließ sie ihre Schritte beschleunigen. Sie zog ihren Schal enger um ihren Hals und schob die Kante über Mund und Nase, sodass nur noch ihre Augen zwischen Mütze und Schal der kalten Witterung ausgesetzt waren.

Kühl war es schon am Morgen dieses Heiligen Abend gewesen, aber im Lauf des Nachmittags war der Wind aufgefrischt und wehte feucht vom Meer her durch die Straßen Husums. Inzwischen war Marie am Markt angekommen. Erst hier traf sie auf andere Menschen, die mit ihr gemeinsam auf die Marienkirche zustrebten. Es musste deutlich vor Elf sein und richtig, in diesem Moment erklang eine erste Glocke über ihrem Kopf, eine zweite gesellte sich hinzu und das Geläut rief die Gläubigen zum Besuch der Christmette. Trotz des rauen Wetters blieb Marie kurz stehen und schaute zum Glockenturm hinauf. Vor einigen Jahren hatte ihr Vater sie auf die Glocken aufmerksam gemacht, fünf an der Zahl waren es, die im Turm hingen. Nein, dachte sie bitter, nicht an sie hatte er die Erklärungen gerichtet, sondern an ihren Bruder. Kurz presste sie die Lippen aufeinander und schob den Gedanken beiseite, dann trat sie entschlossen auf das Portal der Kirche zu. Im Inneren des Gotteshauses, vor dem ruppigen Wind geschützt, zog sie ihre Mütze vom Kopf und sah sich um. Obwohl es noch früh war, schien die Kirche gut besucht. Nur mit Mühe fand sie einen freien Platz.

Das Holz der Kirchenbank knarrte, als sie sich neben einer älteren Frau niederließ. Flüchtig nickte sie der Dame zu und legte dann ihre Sachen vor sich auf den Boden. Mit einem verhaltenen Seufzer richtete sich Marie auf und schloss die Augen. Leises Geraschel zeigte an, dass noch immer Menschen einen Platz suchten. Husten und Schniefen mischten sich in die Geräusche von Sohlen auf Stein und das Knarren der Holzbänke. Die Luft war trocken und jetzt bemerkte sie an der älteren Dame einen vertrauten Geruch. Es dauerte eine Weile, bis sie den Duft zugeordnet hatte. Ihre Großmutter hatte das gleiche Parfum benutzt. Maries Mundwinkel hoben sich.

Weihnachten. Das Erste, dass sie allein verbringen würde. Seit dem Tod ihres Vaters vor drei Monaten hatte sich viel verändert. Das Verhältnis zu ihrem Bruder war – schwierig geworden. So feierte er mit seiner Familie allein und sie selbst war nach Husum gefahren, um die Feiertage und die Zeit zwischen den Jahren am Meer zu verbringen. Einen Vorteil musste es schließlich haben, dass sie das Ferienappartement in Hafennähe geerbt hatte. Die Firma und das Haus in Norderstedt gehörten jetzt ihrem Bruder. Es hatte einen heftigen Streit gegeben, als der Vater sie vom Testament in Kenntnis gesetzt hatte. Es müsse einen einzigen Betriebsleiter geben und das sei nun mal der Ältere, der Mann.

Wieder einmal fühlte Marie in sich hinein. Ja, er war noch da, der Stachel der Eifersucht. Hatte sie nicht die gleiche Ausbildung gemacht wie Eike? War sie nicht genau so sehr Kind ihres Vaters? Natürlich konnte man die Firma nicht teilen. Sie zu verkaufen oder zu zerschlagen wäre Marie nie in den Sinn gekommen, aber sie fühlte sich abgespeist. Es blieb dabei, sie war lediglich eine Angestellte in der Firma ihrer Familie, zunächst beim Vater, jetzt beim Bruder.

In diesem Moment begann der Posaunenchor zu spielen und Marie konzentrierte sich auf die bekannte Melodie. Es ist ein Ros' entsprungen, summte sie innerlich mit und nach der ersten Strophe durfte die Gemeinde mitsingen, was sie mit Freude tat. Sie mochte die alten Weihnachtslieder und wenn diese aus vielen Kehlen im Kirchenschiff erklangen, musste Marie manchmal gegen die Tränen ankämpfen. So schloss sie die Augen und sang auswendig mit.

Als der letzte Ton verklungen war, begrüßte der Pastor die Gemeinde. Schon bei seinen ersten Sätzen schweiften Maries Gedanken wieder ab. Ihr letzter Kirchenbesuch war der Trauergottesdienst für ihren Vater gewesen. Die Kirche war brechend voll, die Honoratioren, Nachbarn und die Belegschaft, viele der Trauernden kannte Marie, noch mehr waren ihr unbekannt. Alle zeigten sich betroffen, dass der rüstige Mittsechziger so plötzlich an einem Herzinfarkt gestorben war. Bis zu diesem Zeitpunkt hatte er die Fäden seiner Fensterbaufirma fest in seinen Händen gehalten. Zwar arbeiteten Sohn und Tochter in der Firma, aber der Chef war er, er traf die Entscheidungen, die dann umgesetzt wurden. Er hatte sich mit niemandem beraten.

Ungewohnte Klänge rissen Marie aus ihren Überlegungen. Was sie von der Orgelbühne hörte, kam ihr bekannt vor und doch war sie sicher, dieses Lied noch nie oder zumindest nicht in dieser Weise gehört zu haben.

Eine Männerstimme setzte ein: »Oh come, come ye, joyful and triumphant ...«

Marie schnappte nach Luft. Diese Stimme! Kraftvoll und doch samtig erklang die Melodie zunächst von dem Sänger allein. Dann setzte der Kinderchor ein: »Herbei, oh ihr Gläubigen ...« Den Choral kannte sie, er gehörte zu Weihnachten, solange sie denken konnte. Sie drehte sich um und reckte den Hals, um die Sänger zu sehen. Auf der Empore strahlten die Kinder und folgten der Leitung des Dirigenten. Neben ihm vorn an der Balustrade stand der Solosänger, der gerade wieder Luft holte. Er sang die nächste Strophe wiederum auf Englisch, deren Melodie sich an den Gesang der Kinder anschmiegte, sie umspielte und schließlich überstrahlte.

Marie bekam eine Gänsehaut. Tränen stiegen ihr in die Augen, aber sie wandte sich nicht ab.

Als der letzte Ton verklungen war, ließ der Sänger seinen Blick über die Köpfe der Gemeinde schweifen und schien an Maries Gesicht hängen zu bleiben. Einen kurzen intensiven Moment hatte sie das Gefühl, als schaue er sie direkt an. Ihr Wangen brannten und obwohl ihr das unangenehm war, konnte sie sich doch nicht abwenden. Erst als der Pastor längst wieder sprach, drehte sie sich zögernd nach vorn um.

Nach dem Segen erklang vom Posaunenchor das Vorspiel zu Stille Nacht und gemeinsam sangen die Menschen alle Strophen des alten getragenen Liedes.

Während der letzte Ton durch die Kirche hallte, ergriff eine Frau das Wort und lud alle Besucher des Gottesdienstes im Anschluss zu einem Becher Glühwein oder Punsch vor der Kirchentür ein.

Marie ließ sich Zeit, zupfte zwei lange blonde Haare von ihrem Mantel und griff nach ihrer Mütze. Draußen war es sicher noch kälter geworden.

Der Auszug aus dem Kirchenhaus stockte, und als sie schließlich am Portal ankam, erkannte sie auch warum: Der Pastor schüttelte jedem Kirchenbesucher persönlich die Hand und wünschte frohe Weihnachten. Direkt neben dem Eingang, vom Wind geschützt, stand ein Tisch mit zwei großen Töpfen, die dampften und würzig dufteten. Noch während sie schaute, bekam Marie einen Becher Glühwein angeboten.

»… oder möchten Sie lieber Punsch?«

Marie sah auf und erkannte in ihrem Gegenüber den Solisten. Freundlich lächelnd hielt er ihr die dampfende Tasse entgegen.

Fast mechanisch griff sie nach dem Wein und bedankte sich. Zwei Schritte weiter drehte sie sich zurück und betrachtete ihn aus dieser kurzen Entfernung. Dunkelblonde, kurz geschnittene Haare und ein sauber gestutzter Bart umrahmten ein etwas rundliches Gesicht mit auffallend blauen Augen. Selbst bei diesem schummrigen Licht schienen diese zu leuchten. Ansonsten war er groß, sicher einen halben Kopf größer als sie und erschien breitschultrig in seiner Caban-Jacke. Mit stoischer Ruhe verteilte er den Glühwein und schaute dabei jeden gleichbleibend freundlich an.

Marie nippte an ihrer Tasse. Der Wein wärmte durch seine Gewürze, umschmeichelte ihre Zunge mit Zimt, Nelke und Orange, und sie merkte, wie ihr innerlich warm wurde. Hier zwischen den vielen Menschen spürte sie den Wind kaum. Obwohl sie niemanden persönlich kannte, fühlte sie sich nicht fremd und genoss den Moment der Gemeinschaft, der auch sie mit einschloss.

Ihr Blick wanderte zurück zu dem Mann, der inzwischen keinen Glühwein mehr verteilte, sondern selbst eine Tasse zum Mund führte.

Kurzentschlossen trank sie den letzten Schluck und ging zu ihm zurück.

»Darf ich Ihnen die zurückgeben?« Auffordernd hielt sie ihm ihre Tasse entgegen und bevor sie der Mut verlassen konnte, sprach sie weiter: »Ich möchte Ihnen für den Gesang danken. Das Stück ... und Ihre Stimme haben mich sehr berührt.«

Er hatte sie während ihrer kurzen Rede äußerlich unbewegt angeschaut. Jetzt nahm er ihr die Tasse ab und umfing dabei für einen kurzen Moment ihre Finger.

»Danke«, sagte er und übernahm etwas umständlich das Gefäß.

Norddeutsch wortkarg schoss es Marie durch den Kopf, dann wandte sie sich mit einem Nicken ab. Erst als sie aus der Menschentraube heraustrat, fiel ihr auf, wie warm seine Hand gewesen war.

Zurück in ihrem Appartement setzte sich Marie mit einem Glas Rotwein auf das Sofa. Auf dem Tisch vor ihr lag ein Päckchen. Bevor sie sich ans Auspacken machte, kuschelte sie sich unter eine flauschige Decke. Das Geschenk hatte sie von ihrer Freundin Nele bekommen. Darauf eine Weihnachtskarte, nein, fast ein Brief, stellte sie fest, als sie die Karte aufklappte.

Liebe Marie,

schön, dass Du Deine Ankündigung wahrgemacht hast und Weihnachten in Husum feierst. Die letzte Zeit war sicher nicht einfach für Dich und Du hast Dir die Auszeit redlich verdient. Lange habe ich überlegt, was ich Dir in Dein Exil auf Zeit mitgeben könnte. Als Erstes fiel mir ein Boxsack ein, aber den hättest Du ja nur unnütz hin- und hertransportieren müssen und außerdem vor Ort nicht einsetzen können.

Marie schmunzelte. Ja, nach einem Boxsack hätte ihr in den letzten Monaten durchaus einige Male der Sinn gestanden, wie gut ihre Freundin sie doch kannte.

Also habe ich überlegt, wie Du Dir sonst etwas Gutes tun kannst. Ich hoffe, ich habe Deinen Geschmack getroffen. Fühl Dich gedrückt und frohe Weihnachten.
Deine Freundin Nele

Gespannt nahm Marie nun das Päckchen vom Tisch. Mittelschwer war es und raschelte oder klapperte nicht, während sie es vorsichtig bewegte. Für ein Buch hatte es das falsche Format. Vorsichtig schnürte sie die Schleife auf und wickelte diese auf. Dann löste sie die Klebestreifen von dem goldglänzenden Papier und brachte eine Pappschachtel zum Vorschein. Nele machte es also spannend. In dem Karton sah sie zunächst nur Füllmaterial, dann ein rotes Etwas, das sie aus den Maischips fischte. Ein roter Knautschball kam zum Vorschein mit einem ärgerlichen Gesicht, das ihrem Bruder merkwürdig ähnelte. Hatte Nele das etwa gezeichnet? Marie hob den Ball ins Licht und tatsächlich gab es gedruckte Linien und anscheinend später nachgezeichnete. Eikes Frisur, ein sauber gegelter Kurzhaarschnitt, war gut getroffen und die Augen waren braun nachgezeichnet. Darin waren sich die Geschwister sehr ähnlich. Beide hatten blonde Haare und braune Augen. Als Kinder waren sie öfter verwechselt worden, obwohl ihr Bruder etwas älter war. Sie knautschte den weichen Ball und ließ das Konterfei darauf Grimassen schneiden. Mit einem Schnauben legte sie den Ball beiseite. Vorsichtig suchte sie im Füllmaterial, fand aber nichts weiter, außer dass es darunter glatt war und noch etwas auf dem Grund der Kiste sein musste. Kurzentschlossen kippte sie die Maischips auf das Geschenkpapier und stieß auf eine weitere Karte. *Gutschein* prangte in großen Lettern darauf. Als sie sie aufklappte, las sie mit Erstaunen, dass sie zum Probetraining in einen Boxklub gehen konnte. Zwar hatte sie mit Nele mehrfach geblödelt, dass sie sich etwas zum Draufschlagen wünschte, aber hatte sie das wirklich ernst gemeint? Der Ball grinste sie an. »Du hältst dich da raus«, beschied sie ihm und schlug mit der Faust auf den Ball, sodass dieser platt wie ein Pfannkuchen aussah und erst langsam zu seiner runden Form zurückfand. Noch ein Schnauben hallte durch das ruhige Zimmer ihrer Ferienwohnung. Dann hob Marie den letzten Teil des Geschenks aus dem Karton. Das fühlte sich eindeutig nach Buch an. Gespannt, was Nele für sie ausgesucht haben mochte, packte sie aus. Der Klappentext verhieß einen Abenteuerroman, bei dem auch die Romantik nicht zu kurz käme. Es war ein dicker Schinken, genau das Richtige für lange Winterabende allein.

Silvester auf Sylt

»Sieh da, die Petersen-Zwillinge!« Ines Roters begrüßte Jan und Arne am frühen Silvesterabend in ihrer Villa und hauchte neben beiden Küsschen in die Luft. Während Arne die Aufmerksamkeit genoss und die Gastgeberin einen Moment länger als nötig im Arm hielt, ließ Jan den Empfang mit einem nachsichtigen Lächeln über sich ergehen.

»Ich habe allen meinen Nachbarn erzählt, wer hier das Wunder vollbracht und dieses Juwel wieder hergerichtet hat. Mit der Haustür haben Sie sich selbst übertroffen«, säuselte sie nun in Jans Richtung.

Arne hieb seinem Zwillingsbruder auf die Schulter. »Schön, dass wir Sie überzeugen konnten.«

Jan schaute noch einmal auf die Tür, die gerade offenstand, um weitere Gäste hereinzulassen. Geschwungene Fensterrippen hielten nicht länger die Einfachverglasung, sondern integrierten sich gelungen in die neue Sicherheitstür. So wirkte der Eingang der Reetdach-Villa absolut authentisch, genügte aber gleichzeitig dem hohen Sicherheitsbedürfnis der Bewohnerin. Nur wenige Wochen nach dem Austausch der Fenster waren die Räumlichkeiten fertiggestellt und wurden nun im Rahmen der Silvesterparty eingeweiht.

Kaum hatte Jan ein Getränk in der Hand, bat Ines Roters um Ruhe. »Ich freue mich, dass ihr so zahlreich meiner Einladung gefolgt seid. Ich präsentiere euch hiermit mein neues Feriendomizil, das nun fertig renoviert und modernisiert genau meinen Träumen entspricht. Schaut euch um, genießt den Abend und lasst uns gemeinsam die letzten Stunden begehen und das neue Jahr begrüßen.« Sie hob ihr Glas und die Gäste taten es ihr nach. »Auf einen schönen Abend!«

Das Buffet war auf der Kochinsel in der geräumigen Küche aufgebaut. Jan interessierte sich aber zunächst für die Einrichtung. Wie er wusste, war auch hier alles vom Feinsten. Ines Roters hatte aus dem Vollen geschöpft. Neueste Technik verbarg sich hinter glänzenden Fronten und er fragte sich, ob diese Küche jemals richtig benutzt werden würde. Er schätzte seine Gastgeberin eher nicht als begeisterte Köchin ein.

»Hier stecken Sie!«, die Dame des Hauses hakte sich bei ihm ein und führte ihn persönlich herum. »Die Idee mit den verdeckten Küchengeräten war wundervoll«, spielerisch drückte sie hier und da gegen die glänzenden Flächen und offenbarte so, was sich dahinter verbarg.

»Schön, dass ich helfen konnte.« Zufällig hatte es sich ergeben, dass er während der Fenstermontage Zeuge der Küchenplanung geworden war. Er hatte sich nicht zurückhalten können und einige Änderungsvorschläge eingebracht. Jetzt lobte sie seine Idee und deren Umsetzung in den höchsten Tönen.

Kurze Zeit später wandte sich die Gastgeberin anderen Gästen zu und Jan war erleichtert. Er bediente sich am Buffet, als unversehens sein Bruder neben ihm stand. »Sieht ganz so aus, als hätte Ines ganze Arbeit geleistet. Ich bin schon von zwei weiteren Interessenten auf die Tür angesprochen worden. Das könnte ein lukrativer Abend werden.«

»Ihr seid jetzt per Du?«, Jan wunderte sich nicht. Sein Bruder verbrachte die Wochenenden inzwischen häufiger auf Sylt und er vermutete, dass zwischen Arne und ihr etwas lief.

»Das ist alles geklärt. Nicht die große Liebe, sondern ein – gegenseitiges Entgegenkommen.«

»Dass sie ein paar Jahre älter ist ...«

»Stört mich überhaupt nicht. Es ist ja nicht so, dass wir heiraten wollten.«

»Sondern?«

»Eine offene Beziehung, die uns beiden Vorteile bringt.«

Kopfschüttelnd schaute Jan seinen Bruder an. Sie glichen sich wie ein Ei dem anderen, aber in ihren Einstellungen gab es kaum Gemeinsamkeiten. Jan hasste solche Partys mit oberflächlichem Smalltalk. Menschen, die ichbezogen agierten und andere nur in Bezug auf deren Nützlichkeit taxierten. Ab und zu ließ er sich breitschlagen, Arne zu begleiten, so wie heute. Er hatte sich vorgenommen, das Essen zu genießen und das tat er nun auch. Bis Mitternacht würde er durchhalten. Immer wenn er mit Arne angesprochen wurde, wies er kurz darauf hin, dass er nur der Bruder sei, und hörte dann einfach zu.

Jan verabschiedete sich gegen Morgen von seiner Gastgeberin, die ihn zunächst nicht gehen lassen wollte.

Arne zwinkerte ihm zu und legte Ines einen Arm um die Hüften. »Ich glaube, ich übernehme hier.« Er drückte ihr einen Kuss hinter das Ohr und strich mit seiner Nase an ihrem Hals entlang.

»Solch versierter Begleitung kann ich Sie getrost überlassen«, schmunzelte Jan, nickte den beiden noch einmal zu und holte sich dann seine Jacke von der Garderobe. Im Windfang der Reetdach-Villa zog er sich an und nahm die Strickmütze aus der Jackentasche, um sie sich über die Ohren zu ziehen.

Draußen pfiff ihm ein frischer Wind um die Nase. Tief einatmend zog er die Tür hinter sich ins Schloss und machte sich auf den Weg. Die Hände tief in den Taschen vergraben stemmte er sich gegen die heftige Bö, die ihn auf der Straße erfasste. Zum Glück wehte es aus Südwest, sodass er den Wind im Rücken hatte. Schon nach wenigen Metern wurde es ruhiger um ihn. Die umliegenden Villen lagen dunkel abseits der Straße, Tiere ließen sich um diese Uhrzeit noch nicht ausmachen und so war nur das Rauschen der Wellen zu hören.

Jan genoss es, mit ausgreifenden Schritten über die Insel zu wandern. Arne hatte ihn für verrückt erklärt, als er angekündigt hatte, dass er nach List laufen und von dort die Fähre nach Rømø nehmen wollte. Im Gedanken daran schnaubte er leise. Ja, es war sicher eine Strecke von zwei Stunden, aber er genoss die Stille und die Bewegung an der frischen Luft. Zum Jahreswechsel kam er erst jetzt dazu, das Vergangene Revue passieren zu lassen. Erfolgreich war das Jahr gewesen. Nicht zuletzt die Fürsprache von Ines Roters hatte dafür gesorgt, dass sie einige lukrative Aufträge auf Sylt bekommen hatten. Zahlungskräftige Investoren hatten Freude daran gefunden, ihre Villen in traditioneller Weise ausstatten zu lassen. Hochwertige Holzfenster und Türen der Firma Petersen hatten sich so zu einem

Verkaufsschlager entwickelt, und ein Auftrag zog viele weitere nach sich. Auch die Zusammenarbeit mit seinem Bruder lief fast reibungslos, seit sie die Zuständigkeiten innerhalb der Firma geregelt hatten. Arne hatte sich verstärkt um Buchhaltung und Akquise gekümmert, während er die Angebote erstellte, Material orderte und die Montage der Türen selbst übernahm. Er liebte es, mit seinen Händen zu arbeiten und den Geruch des Holzes in der Nase zu haben. Es erfüllte ihn immer wieder mit großer Befriedigung, wenn sie ein Haus mit Fenstern und Türen ausgestattet hatten.

Der Weg führte am Wattenmeer entlang und jetzt mischten sich die Laute der Vögel in die Stille, die den Meeresboden nach Nahrung absuchten. Jan liebte den Geruch, der ihn erreichte, nach Salz, Fisch, ja auch die etwas modrige Note liebte er. Diese Mischung machte doch den Eindruck *Watt* erst komplett. Lichter auf dem Wasser markierten die Untiefen. Eigentlich, so fiel ihm gerade auf, war es gar nicht völlig dunkel. Die Lichter der Ortschaften strahlten in den Himmel. Auf der anderen Inselseite, mit den Dünen im Rücken und dem offenen Meer vor sich, war es deutlich dunkler, aber heute würde er auf der Wattseite der Insel bleiben. Der Leuchtturm von List, der ja eigentlich auf dem Ellenbogen stand, wies ihm die Richtung, so konnte er sich nicht verlaufen. Für Neujahr und die folgenden drei Tage hatte er ein Ferienhäuschen auf Rømø gemietet und freute sich auf ein paar Tage für sich allein. Zeit für sich, für Stille und lange Spaziergänge. Die Abende würde er sich am Ofen gemütlich machen mit dem Geruch von Holzfeuer in der Nase.

Als er im Fährhafen ankam, konnte er ohne Verzöge-
rung an Bord gehen. Trotz der Bewegung war ihm bei
der steifen Brise am Ende kalt geworden. Nun steuerte
er das Restaurant an und bestellte sich einen Pott Kaffee und ein Croissant. So versorgt setzte er sich ans
Fenster und verfolgte von dort das Ablegen. Die Fähre
fuhr in einem großen Bogen erst um den Ellenbogen,
die Nordspitze der Insel herum. Jan beobachtete das
Leuchtfeuer und nippte gedankenverloren an seinem
Kaffee. Er hielt die Tasse mit beiden Händen umschlossen und genoss die Wärme des Porzellans. Nur zögernd
kehrte die Wärme in seinen Leib zurück, während sich
das Schiff langsam dem Hafen von Havneby näherte.
Dort hatte er seinen Wagen abgestellt. Noch knapp eine
Viertelstunde, dann könnte er sich in der Hütte nahe
Lakolk ins Bett legen und ausschlafen.

Frohes neues Jahr

Schon auf dem Parkplatz traf Marie auf Nele, die sie mit einer liebevollen Umarmung begrüßte.

»Frohes neues Jahr!« Kritisch musterte Nele die Freundin. »Wie war es allein in Husum?«

»Wohltuend ruhig«, eingehakt gingen sie zum Eingang des Gemeindezentrums. »Ich bin viel spazieren gegangen, habe dem Meer zugehört und es einfach genossen, dass mich niemand auf irgendetwas angesprochen hat. Danke für dein verrücktes Geschenk! Den Roman habe ich natürlich schon durch und für den Gutschein finde ich sicher den richtigen Anlass.«

Auch Nele bedankte sich für ihr Geschenk. »Nach St.-Peter-Ording kommst du aber mit, oder? Was soll ich denn allein in der Therme?«

»Na dich entspannen, aber ich begleite dich gern, wenn du auch mit Boxen kommst.«

»Gebongt.«

Drinnen begrüßten sie andere Mitglieder des Chores. »Frohes Neues!«, erklang aus vielen Richtungen und gemeinsam mit Nele steuerte Marie die mittlere Stuhlreihe im Sopran an.

»Ich begrüße euch im neuen Jahr ganz herzlich und wünsche euch alles Gute. Wie ihr wisst, bleiben uns noch sechs Wochen bis zum Konzert. Der Probentag in zwei Wochen steht hoffentlich in jedem Terminkalender als wichtiger Termin?« Prüfend ließ der Chorleiter seinen Blick über die versammelten Menschen gleiten. »Steht bitte auf, damit wir uns einsingen können.«

Unter lautem Geraschel und Stühlerücken erhoben sich die Sänger, während der Dirigent schon am Klavier einen Dreiklang spielte und so den Ton angab. Auf sein Zeichen sangen alle gemeinsam eine Tonleiter aus fünf Tönen. Halbton für Halbton wurde der Anfangston erhöht, bis schließlich nur noch Sopranistinnen und Tenöre mitsangen.

»Jetzt noch einmal gemeinsam seufzen«, beendete Hannes Müller das Einsingen schließlich, und alle nahmen wieder Platz. »Nehmt bitte die Noten des norwegischen Gospels heraus!«

Marie setze sich aufrecht hin. Sie hatte das Stück während der letzten Wochen zu Hause und auch im Gesangsunterricht, den sie sich seit einiger Zeit gönnte, vorbereitet. Zunächst sangen sie den Refrain, der Hannes noch nicht gefiel. Alle Stimmen wurden anschließend einmal einzeln bearbeitet, bevor es zu einem zweiten Durchgang kam. Kaum dass der letzte Ton verklungen war, wurde die Tür zum Gemeindesaal geöffnet.

»Immer herein, du kommst genau passend!« Überschwänglich begrüßte Hannes den Mann, der sich zum Chor umdrehte. »Ich möchte euch Jan Petersen vorstellen. Er wird unser Konzert als Solist mitgestalten.« Er wies auf einen freien Platz in der ersten Reihe. »Setz dich doch dort, dann machen wir einen Gesamtdurchgang. Eingesungen bist du?«

Petersen nickte, zog seine Caban-Jacke aus und hängte sie über die Stuhllehne. Er nahm eine Notenmappe aus seinem Rucksack und signalisierte dem Chorleiter, dass er bereit sei. Der saß inzwischen am Klavier und begann mit dem Vorspiel. Mit dem Kopf gab er den Einsatz. Der Chor schmetterte den Refrain, aber Marie war nicht recht bei der Sache. Unkonzentriert sang sie halblaut mit und wartete auf das Zwischenspiel. Da kam der Takt, in dem das Solo einsetzte ... Hätte einsetzen sollen. Sie hatte passend eingeatmet und ließ nun die Luft langsam wieder entweichen. Sie hatte keinen Einsatz bekommen, Hannes brach ab und schaute zu Petersen, der sich entschuldigte.

»Dann singen wir noch einmal die letzten beiden Zeilen des Refrains.« Hannes gab den Einsatz und setzte dann mit dem Klavierspiel wieder ein. Das Zwischenspiel folgte und dieses Mal sang Petersen weiter. Obwohl Marie die Stimme kannte, fehlte ihr doch dieses Mal der Zauber, der sie zu Weihnachten in der Husumer Marienkirche so beeindruckt hatte. Stattdessen spürte sie ihre Wangen brennen und hatte das Gefühl, nur schwer atmen zu können. Mühsam unterdrückte sie die Tränen. Dieser Solist sang *ihr* Solo. Nach der ersten Strophe setzte der Chor wieder ein, dann folgte die zweite und Marie merkte, wie beeindruckt die anderen Sänger lauschten. Im letzten Refrain mischten sich Einwürfe des Solisten in den Chorklang, aber statt einer Gänsehaut bekam sie Magenschmerzen. Applaus brandete auf, als der letzte Ton verklungen war.

»Wow ist der gut!« Nele neben ihr war total begeistert. So sehr, dass sie zum Glück nicht bemerkte, wie es Marie zumute war.

»Ich muss mal raus«, murmelte sie und schlich mit gesenktem Kopf aus dem Raum zur Toilette. Selbst hier konnte sie hören, wie Chor und Solist das Stück wiederholten. Wütend starrte sie auf ihr Spiegelbild über dem Waschbecken. Hatte sie dafür stundenlang geübt, die teuren Gesangsstunden investiert? Nein, musste sie zugeben, den Gesangsunterricht hatte sie sich selbst spendiert, zwar hatten sie intensiv am Ausdruck des Solos gearbeitet, das gerade wieder aus dem Probenraum erklang, aber das war nicht Anlass oder Grund für die Stunden gewesen. Sie atmete konzentriert und tief ein und stieß die Luft zischend aus.

Sie musste mit Hannes reden. Aber das würde erst nach der Probe gehen. Seufzend kontrollierte sie ein letztes Mal ihr Spiegelbild und streckte sich dann die Zunge raus. Hannes würde was zu hören bekommen.

»Geht's dir nicht gut?« Nele beugte sich zu Marie, während sich diese wieder hinsetzte.

Marie schüttelte nur den Kopf, um anzudeuten, dass sie jetzt nicht reden wollte. Zwar runzelte Nele die Stirn, gab sich jedoch zufrieden.

Die Probe zog sich heute endlos hin. Marie war unkonzentriert und patzte, was sie besonders ärgerte. Vor allem als Petersen sich deswegen umdrehte und sie zu erkennen schien. Marie schaute stur geradeaus und tat so, als habe sie nichts bemerkt.

Endlich beendete Hannes die Probe.

Während sie ihre Noten einpackte, verfolgte sie aus dem Augenwinkel, wie Hannes Petersen dankte und ihn verabschiedete. Kaum war dieser aus dem Raum, drängte sie nach vorn. »Hannes, kann ich dich kurz sprechen?«

»Was gibt es denn?«

»Ich dachte, ich sollte das Solo singen.« Marie wunderte sich über den ruhigen Ton, der so gar nicht zu ihrem aufgewühlten Inneren passen wollte.

»Was?«, Hannes hob den Kopf und schaute sie verständnislos an.

Marie schluckte. »Ich dachte, ich solle das Solo singen, bei unserem Gospel.«

»Das ist ein Männersolo. Du bist die Notbesetzung, wenn wir das Lied hier im Gottesdienst singen, aber nicht beim Konzert.«

Marie kniff die Augen zusammen. Fieberhaft suchte sie nach den richtigen Worten. Sie wollte nicht hysterisch wirken. Sie würde Hannes klar ihre Meinung sagen und nicht vor allen eine Szene machen, auch wenn ihr gerade eher danach war. »Du hast mir nie gesagt, dass ich die Zweitbesetzung bin.«

»Das war doch klar.« Er wandte sich ab, um seine Noten einzupacken.

»Kommt ihr?« Nach der Chorprobe tranken sie meist in der benachbarten Kneipe noch ein Bier zusammen.

»Ja, wir kommen!« Ohne Marie weiter zu beachten, nahm er seine Tasche und ging zur Tür.

Sprachlos so abgefertigt zu werden, schaute Marie ihrem Chorleiter nach.

»Was ist mit dir?« Nele schaute zur Tür herein.

»Heute komme ich nicht mit.« Marie ging zwar langsam zur Tür, aber der Gedanke, jetzt mit den anderen zusammenzusitzen, ließ ihren Magen revoltieren.

»Was hast du?«

Wieder wehrte Marie die Frage ihrer Freundin mit einem Kopfschütteln ab. »Geh du ruhig mit, ich muss heim.«

Nach einer kurzen Umarmung lief Marie zum Auto.

Als sie zu Hause ihr Handy aufladen wollte, fand sie eine Nachricht von Nele.

Was war los? Du warst heute überhaupt nicht bei der Sache. Gibt es wieder Stress mit deinem Bruder?

Seufzend textete Marie zurück:

Nein, mir ist heute einfach nicht nach Gesellschaft. Ich melde mich die Tage. Hab einen schönen Abend.

Kurz darauf klingelte das Telefon. Nach einem Blick auf das Display seufzte Marie und nahm das Gespräch an. »Ja?«

»Was ist los? Was hat Hannes dir gesagt?« Neles Stimme war neben den Kneipengeräuschen nur schwer zu verstehen.

»Wie kommst du darauf?«

»Warte mal, ich muss mal raus hier.« Nach einer kurzen Pause sprach sie weiter, nun besser zu verstehen: »Du hast doch nach der Probe mit ihm gesprochen. Worum ging es?«

»Kannst du dir das nicht denken? Ich habe ihn gefragt, was denn nun mit meinem Solo ist.«

»Stimmt ...« Nele klang nun schuldbewusst. »Ich war so begeistert von Jan, dass ich gar nicht mehr an dich gedacht habe. Du solltest die Strophen eigentlich singen, oder?«

»Das dachte ich auch, aber Hannes hat klargestellt, dass es ein Männersolo sei und ich sei von Anfang an nur die Zweit- nein, er sagte Notbesetzung gewesen.«

»Autsch. Das klang aber vor sechs Wochen noch ganz anders.«

»Und deswegen bin echt sauer auf ihn.«

»Kann ich mir vorstellen. Dann verstehe ich, dass du nicht mitkommen wolltest. Hannes und Jan direkt vor der Nase, das wäre wohl nicht besonders entspannend. – Fühl dich gedrückt!«

Marie verabschiedete sich und registrierte erleichtert, dass es ihr nach dem Telefonat mit Nele zumindest etwas besser ging.

Alltag

»Marie, hast du die Briefe fertig?«

Wortlos legte Marie ihrem Bruder die Mappe hin.

Er schlug sie auf, überflog den Ersten und unterschrieb, während Marie überlegte, ob sie einfach gehen sollte. Sie entschied sich dagegen.

»Es war schön in Husum.«

»Schön für dich.«

Die Kränkung über die Beiläufigkeit seines Kommentars schluckte sie hinunter.

»Wie war es bei euch?«

»Wie soll es gewesen sein?« Kurz hob er den Kopf und schaute sie verständnislos an. »Es waren die üblichen Feiertage. Gutes Essen, Familie, Langeweile ...«, er beugte sich wieder über die Briefmappe.

Kopfschüttelnd verließ Marie das Büro ihres Bruders. Eng war ihre Beziehung noch nie gewesen und ein Weihnachtsmuffel war er ohnehin. Seine Kinder taten ihr leid, wenn Langeweile das Einzige war, was nach den Feiertagen übrig blieb. Noch vor wenigen Wochen hatte sie gehofft, es könne sich etwas zwischen ihnen ändern. Nach dem Tod der Mutter war die Beziehung zum Vater anders geworden, nicht direkt innig, aber doch persönlicher, weniger distanziert. Vor drei Monaten war nun ihr Vater gestorben. Sein Testament regelte alles, Streit hatte es daher nicht gegeben. Näher war sie ihrem Bruder oder dessen Familie dadurch aber nicht gekommen.

Mit einem Schulterzucken setzte sie sich wieder an ihren Schreibtisch. Der Blick auf die Uhr zeigte allerdings zwölf Uhr und daher nahm sie sich ihren mitgebrachten Joghurt aus der Tasche. Sie loggte sich aus dem firmeninternen Netzwerk aus und in ihren privaten Mailaccount ein und überflog ihre Post. Erstaunt fand sie eine Mail von Hannes.

Liebe Marie,

las sie,

für das Konzert möchte ich den Musicalteil noch etwas erweitern. Könntest Du Dir vorstellen, ein Duett mit Jan zu singen? Die Noten habe ich Dir angehängt. Bitte gib mir bis zum Wochenende Bescheid, ob Du möchtest.
Bis dahin,
Hannes.

Marie öffnete den Anhang. Es waren Noten aus West Side Story, Tonight. Sie überflog die Partitur und klickte auf Drucken.

»Schon wieder private Kopien?«

Sie zuckte zusammen. Ihr Bruder hatte es schon wieder geschafft. Es bereitete ihm diebische Freude, sie zu erschrecken. Sie atmete geräuschvoll aus.

»Dafür habe ich ein Paket Papier mitgebracht, wie du weißt.«

»Es geht nicht nur um das Papier, der Toner, die Abnutzung ... «

»Du tust ja gerade so, als würde ich jeden Tag Unmengen privater Ausdrucke machen. Dabei waren es höchstens hundert im vergangenen Jahr und dafür habe ich 500 Blatt Papier gestiftet.«

»Es geht mir um das Beispiel. Wenn du dir solche Sonderrechte herausnimmst, gibt es Nachahmer.«

Meinte er das tatsächlich ernst? Prüfend schaute sie in Eikes braune Augen. Die Farbe war dieselbe wie bei ihr selbst, der Ausdruck darin aber stets ein anderer. Sie schüttelte den Kopf und nahm die Noten aus dem Drucker.

»Auch, dass du hier deine privaten Mails abrufst, gefällt mir nicht.«

»Eike, auch das hatten wir schon hundertmal. Ich habe Pause. Ich kann gern auswärts essen, aber dann mache ich länger als eine halbe Stunde. Allerdings muss in dem Fall jemand anderes den Telefondienst übernehmen, was du nicht willst, wenn ich dich daran erinnern darf.« Zigmal hatten sie darüber diskutiert und immer wieder war die Vereinbarung bestätigt worden, dass sie nur kurz Pause machte an ihrem Schreibtisch und dass sie gleichzeitig eingehende Anrufe annahm.

Genervt knallte er ihr die Unterschriftsmappe auf den Tisch, sodass sie nach ihrem Joghurt griff, bevor dieser umfallen konnte.

»Ich bin heute Nachmittag außer Haus, aber du kannst mich auf dem Handy erreichen.« Ohne weitere Erklärung drehte er sich um und verließ ihr Büro.

Marie seufzte. Mit ihrem Vater war es auch nicht immer einfach gewesen, aber da war immer klar gewesen, dass er der Chef war, der Vater, die Autorität. Jetzt gehörte die Firma Eike und wenn sie ehrlich war, hinterließ diese Regelung mehr als nur einen feinen Stachel der Eifersucht. Sie hatten die gleiche Ausbildung absolviert, die kaufmännische Lehre, hatten ähnlich viel Erfahrungen im Betrieb gesammelt. Zugegeben, sie hatte schnell die buchhalterischen Tätigkeiten übernommen, während Eike auch immer wieder in der Produktion zu finden gewesen war. Er kannte tatsächlich alle Arbeitsbereiche. Schon von Anfang an war er auf die Nachfolge des Vaters vorbereitet worden.

Energisch schob sie den Gedanken beiseite und löffelte ihren Joghurt aus. Zum Abschluss der Pause schaute sie noch auf ihr Smartphone. Neben einigen Smileys fand sie den Kommentar von Nele, sie hätte Hannes gründlich die Meinung gegeigt.

Daher wehte also der Wind. Die Freude über Hannes Angebot, das Duett mit Jan zu singen, bekam einen schalen Beigeschmack. Entschlossen machte Marie sich wieder an die Arbeit.

Probe

»Marie! Jan kommt zum zweiten Teil der Probe, dann möchte ich mit euch das Duett proben. Du hast das Stück doch drauf?«

Marie nickte, auch wenn ihr schlagartig heiß wurde. Das klang nach einer Probe vor Publikum mit einem hervorragenden Sänger als Gegner, nein Partner korrigierte sich sie rasch und schüttelte den Kopf über ihren Gedankengang. Trotz eines tiefen Atemzugs blieb die Nervosität.

Nele gesellte sich zu ihr. »Na, was hat er dir angeboten, um seinen Fauxpas wieder geradezurücken?«

»Er hat mir die Noten zu *Tonight* geschickt. Nach der Kaffeepause kommt Jan und dann sollen wir das Stück proben.«

»Hast du's drauf?«

Unsicher hob Marie die Schultern und verzog das Gesicht. »Beim Gospel fühlte ich mich sicherer. Da hatte ich mehr Zeit, mir die Musik selbst zu erarbeiten und auch mehr Gesangsstunden. Ich weiß nicht. Es ist ein vollkommen anderes Stück«, und es wäre sicher hilfreich, den Partner bei einem Liebesduett zumindest zu mögen, fügte sie in Gedanken hinzu.

»Du schaffst das!« Nele drückte die verdutzte Freundin an sich. »Ich vertraue auf deine Stimme. Du wirst sehen, Hannes und Jan werden begeistert sein.«

»Dein Wort in Gottes Ohr.«

Zunächst standen aber andere Stücke auf dem Programm. Abläufe, einzelne Stimmen und immer wieder die Dynamik der reinen Chorstücke wurden geprobt, sodass Marie jeden Gedanken an Jan oder das Duett vergaß. Mit Nele schwatzend ging sie in die Küche neben dem Probenraum. Bei Kaffee und Kuchen erzählten sie sich gegenseitig von ihrer letzten Woche und plauderten auch mit den anderen Sängern.

Als Hannes zur Fortsetzung der Probe drängte, erfasste sie erneut Nervosität. Bisher hatte sie Petersen noch nicht gesehen.

Als sie in den Probenraum zurückkam, saß dieser bereits in der ersten Reihe und blätterte in seinen Noten. Kurz überlegte sie, ob sie ihn begrüßen sollte, setzte sich dann aber an ihren Platz in der mittleren Reihe.

»Zur Verdauung des köstlichen Kuchens könnt ihr euch erst einmal zurücklehnen. Wir beginnen zur Einstimmung mit den Soloparts aus der West Side Story.«

Marie schluckte. Jetzt wurde es ernst, aber Hannes bat zunächst nur Petersen nach vorn.

»Ich habe mir überlegt, dass wir die Chorstücke noch um ein paar Lieder erweitern. Genießt einfach.« Mit einem Zwinkern wandte er sich dem Klavier zu und begann zu spielen.

»The most beautiful sound, I ever heard ...«, hob Petersen an.

»Moment«, wurde er von Hannes unterbrochen. »Ihr kennt das Stück ja sicher. Männerstimmen, könntet ihr euch darauf einstellen, die Stimmen aus dem Off zu sein? Wer genau wann dran sein wird, legen wir noch fest. Wer mag, singt einfach jetzt schon mal rein.« Dann wiederholte er das Vorspiel. Nach der ersten Zeile des Solisten brachten sich die Chorkollegen vorsichtig ein und echoten: »Maria, Maria, Maria ...«

Nele warf ihrer Freundin ein verschmitztes Grinsen zu. »Na, Maria? Wie gefällt dir das?«

Marie stieß Nele den Ellbogen in die Seite, ärgerlich, dass die Situation sie so aufwühlte. »Ich heiße nicht Maria«, raunte sie zurück.

»Maria, I just met a girl named Maria and suddenly that name will never be the same to me ...«

Petersens Stimme passte fantastisch zu diesem Lied und zu ihrem Ärger merkte Marie, dass ihre Wangen heiß wurden. Bestimmt war sie rot wie eine Tomate.

Als das letzte »Maria« verklang, applaudierte der Chor und Marie wurde es immer heißer. Jetzt müsste Hannes ... richtig. Er drehte sich zu ihr um und gab ihr das Zeichen, ebenfalls nach vorn zu kommen.

Während die anderen gespannt schauten, gab der Chorleiter Regieanweisungen. »Ich habe mir überlegt, dass ihr die Szene mit sparsamen Gesten gleichzeitig spielt. Stellt euch zueinander gewandt auf, vielleicht nehmt ihr euch bei den Händen?«

Marie schloss die Augen, um nicht die Fassung zu verlieren. Damit hatte sie nicht gerechnet. Aber was sollte sie jetzt noch dagegen tun? Sich wieder setzen, alles abbrechen? Nein, sie würde es Hannes und diesem Solisten zeigen. Entschlossen trat sie vor Petersen und grinste ihn an. Als er ihr seine Hände anbot, griff sie zu, kämpfte aber gleichzeitig mit dem Knoten in ihrem Magen. So verpasste sie ihren Einsatz.

»'Tschuldigung!«, rief sie Hannes zu und verfluchte ihre brennenden Wangen.

»See only me«, raunte Petersen ihr ein Zitat aus dem Musical zu und zwinkerte grinsend. Gleichzeitig drückte er ihre Hände, was die Spannung aus der Situation nahm.

Hannes spielte wieder das Vorspiel und Marie sang. Mit jedem Ton wurde sie sicherer und nach wenigen Zeilen verschwamm alles um sie herum. Der Klang des Klaviers leitete sie und vor sich waren tatsächlich nur noch strahlend blaue Augen. Beim gemeinsamen Gesang verschmolzen ihre Stimmen zu einem harmonischen Gesamtklang. Nach dem letzten Ton nickte Petersen ihr anerkennend zu. Einen kurzen Moment war es absolut still im Raum, dann applaudierten die anderen begeistert.

»Das möchte ich nie wieder anders von euch hören«, mischte sich Hannes Stimme in den Applaus.

Marie fühlte, wie ihre Hände gedrückt wurden, nickte ihrem Gegenüber flüchtig zu und ging zurück zu ihrem Platz. Erst hier merkte sie, dass ihr schwindelig war. Froh, dass ihre Knie erst jetzt weich wurden, bemerkte sie aus dem Augenwinkel, dass Nele sie erstaunt anstarrte.

»Läuft da was zwischen euch? Habe ich irgendwas nicht mitbekommen?«

»Wie bitte?«, flüsterte Marie zurück. »Wie kommst du denn darauf?«

»Na, wie ihr euch angesehen habt! Wann habt ihr das einstudiert oder seid ihr ernsthaft ineinander verknallt?«

Marie fühlte sich überfordert, die Fragen ihrer Freundin zu beantworten, zumal Hannes bereits das nächste Stück angesagt hatte. Sie war viel zu beschäftigt damit, ihre eigenen Emotionen wieder unter Kontrolle zu bringen. Was war gerade passiert? Hatte der Typ sie angemacht? Lag es wirklich nur an diesem Lied? Es hatte sich jedenfalls verdammt gut angefühlt.

Nur mit Mühe konnte sie sich auf die nächsten Stücke konzentrieren. Gegen Ende der Probe hatte sie sich wieder unter Kontrolle.

Trotzdem war sie erleichtert, als Petersen sich verabschiedete. Er müsse morgen früh raus und wollte daher nicht mit in die Stammkneipe gehen, um die Probe gemeinsam ausklingen zu lassen.

Nele stellte zwei Bier auf dem kleinen Tisch ab, an dem Marie sich niedergelassen hatte, und setzte sich ihr gegenüber. »Jetzt erzähl mal: Was läuft da wirklich zwischen dir und Jan?«

»Gar nichts.« Marie prostete ihrer Freundin zu und trank durstig.

»Das sah aber nicht nach *gar nichts* aus«, bemerkte diese und musterte sie, bevor auch sie einen Schluck nahm. »Wie ihr euch angeschaut habt, die gemeinsame Musik ...« Nele rieb sich über ihren Unterarm, auf dem Marie eine Gänsehaut entdeckte.

Wenn sie an den Moment zurückdachte, wurde ihr selbst wieder heiß. Die Aufregung war wieder da, als stünde sie unmittelbar vor ihrem Einsatz.

»Gar nichts«, höhnte Nele. »Du glühst ja allein beim Gedanken an den Nachmittag noch immer.«

»Es war ziemlich aufregend«, räumte Marie ein. »Du weißt, dass ich das andere Solo schon lange im Gesangsunterricht vorbereite. Die Noten für das Duett hingegen kamen ja erst vor ein paar Tagen.«

»Du willst mir ernsthaft erzählen, dass du nichts für Jan empfindest?«

»Ich bin sauer, weil er mir das Solo weggenommen hat. Das empfinde ich für ihn.«

»Irrtum.« Nele wackelte mit ihrem Zeigefinger vor Maries Gesicht. »Nicht Jan hat dir das Solo geklaut, sondern Hannes. Auf ihn solltest du also böse sein. Jan kann nichts dafür und wenn ich mich recht erinnere, stehst du doch auf den Typ Wikinger. Breite Schultern, blonde Haare, blaue Augen und ein Vollbart, das ist doch genau dein Beuteschema!«

Ja, so hatte sich die erste Begegnung zwischen ihnen angefühlt. Zu Weihnachten in Husum war ihr genau der Typ Wikinger erschienen, den Nele da gerade beschrieb. Als Sahnehäubchen noch mit einer Stimme zum Dahinschmelzen gesegnet. Marie seufzte.

»Oh, dieses Geräusch kenne ich«, neckte Nele.

»Weil du wieder mal recht hast?« Marie stellte ihr Bierglas ab, das sie geleert hatte. »Willst du auch noch eins?« Sie wartete Neles Nicken ab und ging dann zum Tresen, um für Nachschub zu sorgen und einen Moment ungestört nachdenken zu können.

Mona, eine Sängerin aus dem Alt, sprach sie an. »Marie, das Duett war wunderschön! Ich hatte richtig Gänsehaut beim Zuhören.«

»Danke«, Marie war es immer etwas peinlich, wenn sie für ihren Gesang gelobt wurde.

»Wie oft habt ihr das vorher gemeinsam geprobt? Es klang wundervoll.«

»Wir haben heute zum ersten Mal miteinander gesungen«, versuchte Marie, Monas Begeisterung zu bremsen.

»Dann solltet ihr öfter zusammen singen«, empfahl diese.

Marie bekam zwei Gläser auf den Tresen gestellt und reichte ihren Deckel hinüber, um die zwei Pils notieren zu lassen.

Wieder bei Nele am Tisch, fragte diese: »Und, hast du eingesehen, dass ich recht habe?«

»Was, wenn ja?«

Nele verdrehte die Augen. »Mein Gott, du bist doch sonst nicht so zurückhaltend. Schnapp dir das Sahneschnittchen. Beeindruckt hast du ihn ja schon, da rennst du offene Türen ein, würde ich schätzen.«

»Meinst du?« Marie war nicht sicher, ob sie Eindruck bei Jan gemacht hatte. Sein anerkennendes Nicken erschien vor ihrem geistigen Auge. Da hatte auch Überraschung im Blick gelegen, die sie wieder böse werden ließ. Was bildete sich dieser Kerl eigentlich ein? Nein, er brauchte sich nichts einzubilden. Nele hatte Recht, er sah fantastisch aus und seine Hände konnten zupacken. Marie hatte die Schwielen auf seiner Haut gespürt. Auch bestätigten die Muskeln, die sich unter seinem Shirt abgezeichnet hatten, Jans körperliche Fitness.

»Eike«, sprach Marie am Montagmorgen ihren Bruder an, »gibst du mir bitte Mutters Perlenkette aus dem Safe? Wir haben am Sonntag Konzert und ich würde sie gern tragen. Außerdem würde ich mich freuen, Sophia und dich als Zuhörer begrüßen zu können.«

»Am Sonntag sind wir auf Sylt. Das Wochenende ist schon lange geplant, Sophies Eltern kümmern sich um die Kinder.«

»Schade. Dann wünsche ich euch ein erholsames Wochenende! Ans Meer werde ich auch bald wieder fahren.«

»Du hast ja auch ein Appartement in Husum.«

»Das ihr gern haben könnt, wenn ihr wollt. Ich habe euch mehrfach angeboten, ein Wochenende dort zu verbringen.«

»Da können wir ja auch gleich daheim bleiben. Nein, danke. Außerdem sind wir nicht zum Vergnügen auf Sylt. Ich besuche die Partys, um neue Kontakte zu knüpfen und an lukrative Aufträge zu kommen. Ich *arbeite* also am Wochenende.«

»Natürlich«, antwortete Marie sarkastisch. Bisher hatten sie noch keine Aufträge auf Sylt ergattert, obwohl sie schon einige Kostenvoranschläge für protzige Villen dort erstellt hatten. »Was ist nun mit meinem Schmuck?«

»Dein Schmuck? Ich weiß nichts von *deinem* Schmuck.«

Marie schloss die Augen und zählte langsam bis fünf. »Bruder, unsere Mutter hat mir vor ihrem Tod ihren Schmuck geschenkt. Du warst dabei.«

»Von welchem Schmuck redest du?«

»Von den Sachen, die zu Mamas Lebzeiten immer im Safe der Firma gelegen haben. Da ich selten Schmuck trage, habe ich ihn dort gelassen und bitte dich nun, mir die Perlenkette zu geben. Sie liegt im Safe.«

»Im Safe liegt kein Schmuck.«

»Willst du mich veräppeln? Ich weiß, dass sie den Schmuck immer dort hatte. Nach ihrem Tod hat Vater mir die Sachen gezeigt und wieder eingeschlossen.«

»Du behauptest also, dass du etwas besitzt, was hier in der Firma sein soll?«

Noch einmal atmete Marie tief durch ... vier, fünf. »Stell dich nicht dümmer, als du bist. Du weißt genau, wovon ich spreche.«

»Ich weiß nur, dass ich die Firma geerbt habe. Alles, was du hier siehst, gehört *mir*. Und jetzt muss ich arbeiten, genau wie du übrigens. Ich zahle dein Gehalt ja nicht, damit du mich von der Arbeit abhältst.«

Marie öffnete den Mund, um etwas zu erwidern, blickte aber auf den Rücken ihres Bruders, der sie schlicht stehen ließ. Sie spürte, dass sie einen Riesenstreit mit ihm bekäme, wenn sie das Thema weiterverfolgen würde, und wägte ab, ob sie sich in der Verfassung dazu fühlte. Nein. Sie würde es in den kommenden Tagen erneut ansprechen.

Dazu kam es dann aber nicht. Es war einfach zu viel zu tun. Ehe sie eine weitere Gelegenheit fand, ihren Bruder zur Rede zu stellen, war es Samstag. Erst auf dem Weg zur Generalprobe fiel ihr die Kette wieder ein. Jetzt war die Firma geschlossen, Eike und Frau auf Sylt. Marie ärgerte sich über sich selbst, dass sie es während der Woche verpennt hatte, sich um diese Sache zu kümmern. Im Gedanken an die merkwürdige Äußerung ihres Bruders fuhr sie zum Gemeindezentrum. Heute war die letzte Probe, erstmals mit Band und die Aufregung stieg langsam an. Der Gedanke an Jan schob sich in den Vordergrund und Maries Hände wurden feucht. Heute würde sie ihn wiedersehen, seine Hand halten und mit ihm singen. Sie verdrehte die Augen.

Was dachte sie da? Sie würde ihm nicht schmachtend zu Füßen liegen. Niemals!

Vor Ort angekommen hörte sie bei Aussteigen aus dem Auto bereits den Soundcheck der Band, die den Chor begleiten sollte. Mit einem kribbelnden Gefühl der Vorfreude betrat sie den Gemeindesaal und schaute sich um. Die Chorsänger standen schwatzend zusammen, Chorleiter Hannes war im Gespräch mit dem Keyboarder der Band und schien sich noch nicht über die Aufstellung von Band und Chor klar zu sein. Immer wieder gestikulierte er, zeigte Räume an und Änderungen. Schließlich drehte er sich um.

»Könnt ihr euch bitte mal in Choraufstellung neben der Band postieren?«

Auch dir einen guten Morgen, dachte Marie etwas sarkastisch, stellte ihre Tasche auf einen Stuhl und ging mit den anderen nach vorn. Das übliche Geschiebe ertrug sie gelassen. Im Prinzip hatten die meisten im Chor ihre Stammplätze bei den Auftritten. Manche wollten gern in der ersten Reihe stehen, andere weniger. Große Menschen standen eher hinten, und Marie meist irgendwo in der Mitte.

»Wo stellen wir denn den Solisten hin?«, überlegte Hannes halblaut und schaute sich nach dem Techniker um. »Hast du noch ein Mikrofon für die Soloparts?«

Marie begrüßte gerade leise Nele, die wie immer am Wochenende etwas zu spät zur Generalprobe erschienen war. Auch Nele stand gern in der mittleren Reihe und Marie hatte ihr einen Platz neben sich freigehalten.

»Ist Jan noch nicht da?«, flüsterte sie.

»Nein«, antwortete Marie, »beim Chor-Halma muss er ja noch nicht dabei sein.«

Gerade kam von Hannes die Anweisung, die Männer mögen sich zwischen den Alt- und Sopransängerinnen postieren. Gehorsam schoben sich die Herren an den Damen vorbei auf die mittleren Plätze.

»Muss man beim Halma nicht die anderen Figuren überspringen?«, raunte Nele.

Marie stellte sich vor, dass die ältere Sangeskollegin, die sich gerade an einem beleibten Basssänger vorbeischob, diesen überspringen würde, und kicherte los. Nele folgte ihrem Blick und prustete ebenfalls, was den beiden einige verständnislose Blicke einbrachte.

Endlich standen alle so, dass Hannes zufrieden war.

»Guten Morgen zusammen. Legt eure Noten erst einmal beiseite, wir singen uns ein.«

Es folgte das Einsingen und eine akribische Probe der Chorstücke. Mal war es die Aussprache, die Hannes zu verwaschen war, dann reagierten sie zu langsam auf sein Dirigat. »Ich gebe hier das Tempo an, schaut also bitte zu mir und singt nicht einfach in eurem eigenen Rhythmus!« Schließlich schien er zufrieden und kündigte die Pause an: »Im Nebenraum steht Kaffee bereit, Kuchen haben ja einige von euch netterweise mitgebracht, aber in einer halben Stunde erwarte ich euch probenbereit wieder hier.«

Etwas steifbeinig vom langen Stehen stieg Marie vom Podest und stakste in Richtung Kuchenbuffet. Dort angekommen überlegte sie, ob sie eher vom Käsekuchen oder Marmorkuchen nehmen sollte, als sie hinter sich ein tiefes »Hallo« hörte. Unversehens stellten sich die

Härchen auf ihren Armen auf und der Kuchen war vergessen.

»Hallo«, antwortete sie und schaute zu Jan hoch. Nele hatte recht, schoss es ihr durch den Kopf. Dieser Mann passte wirklich absolut in ihr Beuteschema.

»Marie, richtig?«

Woher hatte er das denn mitbekommen? Sie nickte nur, weil sie sich plötzlich wie ein pubertierendes Mädchen fühlte. Ihr Herz klopfte wild, wie sie irritiert zur Kenntnis nahm. Immerhin lief sie nicht rot an. Erleichtert darüber schaute sie sich Jans Gesicht aus der Nähe an. Kleine Lachfältchen zeigten sich um seine blauen Augen, die etwas spöttisch blickten. Vielleicht sollte sie auch mal etwas sagen.

»Ah, schön, dass du schon da bist«, wurden ihre Überlegungen von Hannes unterbrochen. »Bist du schon eingesungen? Ja? Prima, dann nutzen wir die Pause doch und üben euer Duett.« Mit diesen Worten drehte sich der Chorleiter bereits wieder um und verließ die Küche.

Schulterzuckend folgte Jan ihm und Marie warf dem Kuchen einen letzten Blick zu, bevor auch sie sich abwandte.

Zurück im Gemeindesaal orderte Hannes die Mikrofone für die Solisten. Ein kurzer Soundcheck musste genügen, bevor die Technik bei der Probe die Feineinstellungen vornehmen sollte.

Ohne weitere Ankündigung spielte die Band das Vorspiel zu »Tonight« und Marie setzte ein. Laut und hart dröhnte ihre Stimme in ihren Ohren, sodass sie erschrocken gleich wieder aufhörte.

»Weitersingen!«, drängte der Chorleiter, »damit die Technik das regeln kann.«

Mit klopfendem Herzen tat sie wie geheißen. Jans Einsatz klang schmelzend aus den Lautsprechern, schien richtig abgemischt zu sein, während ihre noch immer zu laut schrillte. Unwillkürlich sang sie leiser, aber das war auch nicht angemessen, wie sie anschließend zu hören bekam.

Völlig verunsichert schaute sie zu Jan, der sein Mikro souverän in der Hand hielt.

»Du hast noch nicht oft mit Mikro gesungen?«

Na klasse. So dilettantisch stellte sie sich also an? »Solo noch nicht, stimmt.« Was nutzte es, groß drumherum zu reden?

»Bei diesen Mikros musst du nah ran gehen und so singen, wie immer, also was die Lautstärke angeht. Den Rest machen die Jungs am Mischpult.«

Jetzt schaute er sie noch aufmunternd an. Das passte Marie nun überhaupt nicht. Sie wollte nicht wie der Volldepp neben ihm stehen und vom Meister getröstet werden. Sie hatte ihm selbstsicher begegnen wollen, sie war nicht die graue Maus, die sie hier gerade gab. Noch in Gedanken verpasste sie ihren Einsatz. Genervt rief sie sich selbst zur Ordnung und entschuldigte sich bei der Band. Jan stand neben ihr. Während die Band wieder ansetzte, fiel Marie die Regieanweisung vom Probenwochenende ein, an die sich Hannes, wie es schien, nicht erinnerte. Also blieb sie neben Jan stehen, beide den leeren Plätzen im Saal zugewandt. Technisch klappte der Gesang, die Töne stimmten, aber nicht nur Marie war unzufrieden.

»Mehr Text!«, kritisierte der Chorleiter. »Zwar können viele der zu erwartenden Zuhörer kein Englisch, aber die es können, sollten auch eine Chance bekommen, den Text zu verstehen.« Noch einmal gab er den Einsatz.

Dieses Mal konzentrierte sich Marie so sehr auf den Text, dass sie einmal zu spät einsetzte, dies zwar überspielen konnte, aber Hannes hatte es natürlich bemerkt und schaute sie mit zusammengezogenen Brauen an. Noch immer war Marie von ihrer eigenen Stimme irritiert, die ihr merkwürdig ungewohnt aus den Lautsprechern entgegenklang.

»Irgendwas fehlt heute«, mäkelte Hannes nach dem nächsten Durchgang. »Marie, du musst mehr auf die Intonation achten, ihr seid nicht ganz sauber in den zweistimmigen Passagen.«

Und, das liegt nur an mir? Unwillig atmete Marie durch und erschrak, als sie plötzlich eine Berührung merkte. Bisher hatte sie sich ausschließlich auf ihren Part konzentriert und versucht, Jans Anwesenheit auszublenden.

»Wir sollten uns doch an den Händen nehmen«, erinnerte er sie. Nein, sie hatte daran gedacht, aber abgewartet. Jan hatte das Mikrofon in die linke Hand genommen und nun ihre Linke ergriffen.

Marie wurde heiß. Gleichzeitig bemerkte sie, dass ihr Mund trocken wurde. Nur am Rand hörte sie die Töne des Vorspiels und setzte ein. Das Stimmchen in ihren Ohren war unmöglich von ihr. Jan reagierte irritiert und musterte sie, statt zu singen.

»Marie, was ist los mit dir? Konzentrier dich endlich, sonst müssen wir das Stück aus dem Programm nehmen.«

Alles, nur das nicht! Marie starrte Hannes entsetzt an. Am Eingang zum Saal wurde es laut. Der Chor hatte die Pause beendet und nach und nach kamen die Sänger zurück. Mühsam riss sie sich zusammen. »Hannes, ich – ich muss mal kurz raus. Wir haben ja gleich noch die Probe im Verlauf, dann sehen wir weiter, ja?« Sie ließ den verdutzten Jan stehen und eilte aus dem Saal in Richtung der Toiletten. Das Mikro drückte sie im Vorbeigehen dem Techniker in die Hand.

Jetzt, nach der Pause, waren die Waschräume zum Glück leer. Marie erleichterte sich und wusch sich Hände und Gesicht mit kaltem Wasser. Verdammt, sie musste sich konzentrieren! Was hatte sie vorhin nur so durcheinandergebracht? Neles Gerede war schuld daran. Sie hatte davon gefaselt, dass sie sich Jan schnappen solle. So ein Mist! Wenn sie nicht lieferte, würde das Duett nicht aufgeführt werden. Hannes würde sie sicher nicht noch einmal für ein Solo einplanen. Jan zu beeindrucken, war auch gründlich schiefgegangen. Sie einfach ohne Mikroprobe in den Regen zu stellen, ging Marie auch entschieden gegen den Strich. Das hatte Hannes doch mit Absicht gemacht.

Erst auf dem Rückweg zum Chor beruhigte sie sich langsam. Der Chorleiter beriet sich mit der Band. Er hatte logischerweise viel zu organisieren und da stand eine kleine Möchte-Gern-Solistin sicher weit hinten auf der Liste.

»Na, seid ihr euch schon näher gekommen?«, wisperte Nele. Sie schaute zwar bewusst in eine vollkommen andere Richtung, aber natürlich war Marie klar, wen sie meinte.

Statt einer Antwort deutete sie nur ein Kopfschütteln an. Die letzten zwanzig Minuten waren die Hölle gewesen, aber wenn sie jetzt darüber sprach, würde sie nur in Tränen ausbrechen und das wollte sie auf gar keinen Fall. Zum Glück kündigte Hannes das nächste Stück an. Marie versuchte, sich zu konzentrieren, und sang mit halber Kraft mit. Im Chor konnte sie sich das ja leisten, leise zu sein. Es gab hinreichend andere begeisterte Sängerinnen in ihrer Stimmlage. Parallel probierte sie sich auf das Duett vorzubereiten. Was war beim ersten Mal anders gewesen? Da hatte alles beim zweiten Anlauf geklappt.

Ohne es bewusst zu registrieren, waren sie bei dem Gospel angekommen, dessen Solo Jan wunderbar sang. Es war großartig, ihn zu hören, und gleichzeitig tat es weh. *Er singt das viel besser, als ich es könnte*, gestand sich Marie ein und das versetzte ihrer Laune einen weiteren Tiefschlag. Aber dann regte sich Widerstandsgeist in ihr. *Dir werde ich's zeigen*, dachte sie.

Während nun die Musicalstücke geprobt wurden, stachelte sie sich innerlich auf, es Jan und noch mehr Hannes gleich zu beweisen. Sie konnte ihren Part und gleich würde es ohne Patzer klappen.

Der Song »Maria« rauschte an ihr vorbei und sie ging hoch konzentriert nach vorn, um ihr Mikro entgegenzunehmen. Kämpferisch warf sie ihren Kopf in den Nacken, um Jan anzuschauen, in dessen Augen etwas aufblitzte, das sie nicht deuten konnte. Seine Hand behielt er jedenfalls bei sich, auch wenn sie leicht zueinandergedreht sangen.

Jeder Ton, jeder Einsatz saß und die ganze Zeit schaute sie Jan ins Gesicht.

Nach dem letzten Ton gab es Applaus aus dem Chor und Marie legte das Mikro ab, bevor sie zurück in den Chor trat. Einzig Nele schaute sie seltsam an, sagte aber nichts, sondern schien etwas von ihr abzurücken, während sie die Zugaben probten.

Auch nach der Probe sagte Hannes nichts zu ihr. Mit Jan wechselte er noch einige Worte und auch mit Band und Technik. Marie packte ihre Sachen zusammen.

»Magst du noch was essen gehen?« Nele beobachtete sie eindringlich. »Nur wir beide?«

Kurz überlegte Marie und nickte dann.

»Was war vorhin los? Euer Duett klang eher wie eine Kampfansage als nach einem romantischen Stück.«

Beide hatten Essen und Getränke bestellt und nun erst rückte Nele mit ihrer Frage heraus.

»War es schlecht? Hannes hat überhaupt nichts mehr gesagt zu dem Stück.«

»Nein, es war alles richtig gesungen, soweit ich das beurteilen kann, aber die Stimmung war eine vollkommen andere als beim ersten Mal. Vergiss nicht, ich kenne dich um einiges besser als Hannes oder irgendwer anders.«

Nachdenklich nickte Marie. Kämpferisch traf es ziemlich gut, genauso hatte sie sich gefühlt, als sie gesungen hatte. Sie wollte Jan und Hannes zeigen, dass auch sie in der Lage war, ein Solo zu singen. Offen berichtete sie ihrer Freundin von der verunglückten

Probe während der Pause, und ihrem Ärger von Hannes so bloßgestellt zu werden.

»Na ja, du wolltest das Solo ...«

»Stimmt schon, aber ich habe noch nie mit Mikro gesungen. Weißt du, wie furchtbar es sich anhört, wenn du plötzlich deine eigene Stimme so laut präsentiert bekommst? Jan meinte, ich solle einfach so singen wie immer. Den Rest würden dann die Techniker übernehmen. Aber wie soll ich fremden Menschen überlassen, wie ich klinge? Das möchte ich doch selbst gestalten.«

»Du meinst, in der Hand haben«, korrigierte Nele.

Damit konnte sie recht haben. Dinge aus der Hand zu geben, fiel Marie wirklich schwer. Auch ihr Therapeut hatte gemeint, sie solle mehr Vertrauen in andere haben, aber das widerstrebte ihr. Erst recht, wenn es um etwas so Ureigenes wie ihre Stimme ging.

»Hast du mit Jan gesprochen?«

»Während der Probe nicht. Er hat mir ein paar Tipps zum Umgang mit dem Mikro gegeben, aber sonst gab es keine Gelegenheit. So wie ich drauf war, wäre es auch eine Katastrophe geworden.«

»Dann bleibt nur noch der Empfang nach unserem Konzert morgen. Sing einfach wieder so wie auf dem Probenwochenende und dann trinkt ihr hinterher einen Sekt zusammen. Alles Weitere ergibt sich dann.«

»Meinst du? Hannes hat sogar angedroht, das Duett aus dem Programm zu streichen.«

»Dann musst du es morgen überzeugend verliebt singen und nicht so kämpferisch wie heute. Fühl dich ein, schau dir die Videos an, spiel die Situation in Gedanken vorher durch – was weiß ich denn. Zeig's ihnen einfach.«

Stunden später zu Hause setzte sich Marie mit ihrem Laptop auf dem Schoß auf die Couch. Das Video aus West Side Story war schnell gefunden. Einerseits war es hilfreich, dass die Schauspieler so vollkommen anders aussahen. Marias feine hohe Stimme flößte ihr Respekt ein und die Inszenierung kam ihr reichlich dick aufgetragen vor. Nach einem Anschauen ließ sie das Video ein zweites Mal abspielen und stand auf. Mist, im Video war das Stück mindestens zwei Töne höher als in ihren Noten. Egal, sie sang mit, soweit es ging, und versuchte sich an der romantischen Stimmung. Lächelnd schüttelte sie den Kopf über den Schmalz, den sie in ihre Stimme legte. Sie probierte es mehrfach aus, so übertrieben rührselig, dass sich ihr selbst fast die Fußnägel hochrollten, kämpferisch wie am Nachmittag, leise gehaucht, laut und theatralisch. Dann schaltete sie das Video aus und stellte sich die Situation vom Probenwochenende vor, wie sie vor Jan stand und seine Hände die ihre umschlossen hielten, sein Gesicht und die Bewunderung in seinem Blick. Entnervt merkte sie, dass ihr Tränen in die Augen stiegen und sich ihre Kehle zuschnürte. Mit einem Kiekser brach sie ab.

Nach einem Glas Wasser und zwei Seufzern, wie sie es im Chor zur Entspannung der Stimmbänder gelernt hatte, versuchte sie es erneut. Immer, wenn sie sich in die passende Stimmung hineinversetzte, wurde ihr Mund trocken und die Stimme versagte. Irgendwie musste sie es schaffen, dieses zu viel an Emotion wieder herauszunehmen. Wenn sie an Jans Überheblichkeit dachte? Nein, er hatte ihr geholfen, ohne gönnerhaft zu sein, fiel ihr auf, wenn sie sich nun an die Situation erinnerte.

Irgendwann gab sie auf, weil ihr Hals schmerzte. Wenn sie morgen heiser wäre, würde das auch nicht weiterhelfen. Mit einer großen Tasse Salbeitee und Honig schaute sie noch einen Krimi, um sich abzulenken, und ging schlafen.

Erst am nächsten Morgen fiel ihr ein, dass sie noch nicht entschieden hatte, was sie anziehen würde. Der Chor trat immer in schwarzer Kleidung auf und so hatte sie einen entsprechenden Fundus, aber der Hosenanzug, den sie sonst meist trug, schien ihr heute nicht zu passen. Heute war ein Rock passender, aber welcher? Als Erstes fiel ihr das Kostüm von der Beerdigung ihrer Eltern in die Hände. Nein, der Rock war eng, knielang und überdies nicht romantisch. Noch ein schwarzer Mini fiel ihr in die Hand und wurde wieder weggehängt. Ein Sommerrock hatte ein Loch, das sie mal reparieren wollte, aber nicht heute. Dann stieß sie auf ein schwarzes Abendkleid. Komplett aus Satin schloss sich an das Oberteil mit kurzen Ärmeln ein ausgestellter Rock an, der ihr bis zu den Waden reichte. Ob sie da überhaupt noch hineinpasste? Das Kleid hatte sie sich zur Hochzeit ihres Bruders machen lassen. Sie streifte es über und war überrascht, dass es tadellos saß. Der Rock raschelte leise, als sie sich um sich selbst drehte. Prüfend stand sie vor dem Spiegel. War das für ein Chorkonzert nicht zu übertrieben? Hier und da hatten andere Sängerinnen bei Konzerten bisher Kleider getragen. Sie selbst bislang nie. Aber sie hatte auch noch nie ein Solo gesungen. Ob sie die Haare heute Abend hochstecken sollte? Mist, zu dem Outfit hätte die

Perlenkette wirklich gut ausgesehen. Nach einem letzten Kontrollblick zog sie das Kleid wieder aus und hängte es an den Schrank. Nach dem Frühstück würde sie noch einmal allein proben und sich dann in Ruhe fertigmachen, dezent schminken und frisieren.

Immer wieder spielte sie die Situation durch, wie sie aus dem Chor heraus und auf Jan zutrat, seine Hand nahm und mit ihm gemeinsam das Duett sang. Statt zu singen, stellte sie sich die Passagen vor, um ihre Stimme nicht zu sehr zu strapazieren. Allmählich wurde sie vertrauter mit dem Lied und ärgerte sich, dass sie sich nicht schon früher Zeit genommen hatte, sich intensiver damit auseinanderzusetzen.

Der Konzertabend

Trotz der intensiven Vorbereitung flatterten Maries Nerven, als sie nachmittags das Auto abstellte und zum Gemeindezentrum ging. War das Kleid vielleicht doch übertrieben? Sie versuchte, sich die Unsicherheit nicht anmerken zu lassen.

Nele war dieses Mal pünktlich und empfing sie gleich hinter der Tür. »Wow, das nenn ich mal eine Ansage!« Nach einer vorsichtigen Umarmung schaute sie noch einmal von oben nach unten und zurück. »Du siehst fantastisch aus. Wenn du heute Abend allein heimgehst, fresse ich einen Besen.«

Marie schmunzelte. Die Anerkennung in Neles Blick war es, die ihren Nerven guttat. Das gemeinsame Einsingen war Routine, auch etwas, das geeignet war, die Aufregung vor dem Solo in Schach zu halten. Jan hatte sie bisher nicht gesehen, er trat erst nach der Pause in Erscheinung und stellte sich vor den Chor. Während er »Maria« sang, war kein Mucks, kein Räuspern vom Publikum zu hören. Marie setzte sich bei den letzten Tönen in Bewegung, nahm ihr Mikro entgegen und ging auf Jan zu. Er musterte sie kurz von oben bis unten und ihm schien zu gefallen, was er sah. Sie meinte, ein Aufleuchten in seinem Blick wahrzunehmen. Ihrerseits ließ sie ihn nämlich nicht aus den Augen, ging selbstbewusst auf ihn zu, wie sie es sich zigmal ausgemalt hatte. Dann bot sie ihm ihre Linke, die er mehr aus Reflex nahm, und lauschte dem Vorspiel.

Konzentriert auf ihn begann sie zu singen. Vergessen war alles, was sie sich zum Ausdruck überlegt und ausprobiert hatte, stattdessen sah sie nur ihn, hörte seine Stimme und die Band im Hintergrund. Sie erzählte mit ihrem Gesang die Szene, die sie sich immer wieder angeschaut hatte, richtete sich ganz auf Jan aus. Im Lauf des Stückes rückten sie näher zusammen, sodass sie unmittelbar vor ihm stand und zu ihm aufschauen musste.

Die letzten Töne verklangen und es wurde still im Saal. Jan und sie schauten sich in die Augen und ließen synchron die Mikrofone sinken. Noch immer herrschte atemlose Stille. Jan lächelte ihr zu und dann überraschte er sie. Ohne sie aus dem Blick zu lassen, hob er ihre Hand zum Mund und drückte einen Kuss auf ihre Finger.

Das brach den Damm und Applaus brandete auf. Noch einmal lächelte er ihr zu und sie strahlte zurück in dem Bewusstsein, dass sie die Zuhörer in ihren Bann gezogen hatten. Er drehte sich zum Publikum und gab Marie mit der Hand, die er noch immer festhielt, den Impuls, es ihm nachzutun. Einem kurzen Händedruck folgte seine Verbeugung. Marie hatte seine Botschaft verstanden und senkte zeitgleich ihren Kopf. Der Applaus hielt an. Jan ließ ihre Hand los und zeigte auf sie, sie erwiderte die Geste, gab dann das Mikro zurück und ging auf ihren Platz im Chor zurück. Nele starrte ihr mit großen Augen entgegen. Glitzerten da etwa Tränen in ihrem Gesicht?

In die folgende Stille sang der Chor den Refrain des Gospels. Zum ersten Mal genoss Marie es, dem Gesang von Jan zuzuhören, der ausdrucksvoll die Strophe darbot und sich schließlich mit seinen Einwürfen in den Chorgesang einbrachte.

Applaus folgte, einzelne Zuhörer erhoben sich, andere taten es ihnen nach und am Ende standen alle und klatschten begeistert. Hannes bekam seinen Beifall, die Band wurde namentlich vorgestellt und dann hob der Chorleiter Jan Petersen hervor. Der wiederum zeigte auf Marie und warf ihr eine Kusshand zu. Sie neigte strahlend ihren Kopf, blieb aber an ihrem Platz im Chor stehen.

Noch zwei Zugaben wurden gesungen, dann war das Konzert endgültig vorbei und Nele hakte sich bei Marie unter. »Heute räumen mal die anderen auf«, entschied sie und Marie war es recht. In dem Kleid sah sie sich dagegen an, Podeste zu schleppen oder die Stühle zu stapeln. Beim nächsten Mal würde sie das wieder tun, heute ließ sie sich von Nele mitziehen. Kurze Zeit später hatte ihre Freundin zwei Sektgläser organisiert und stieß mit ihr an. »Marie, das war ...«, sie überlegte. »Euer Duett war großartig!«, schwärmte sie dann weiter und deutete auf ihren Unterarm. Dort zeigte sich eine deutliche Gänsehaut. »Das passiert, wenn ich nur daran denke. Wow!«

Marie freute sich. Zwar konnte sie schlecht damit umgehen, für ihren Gesang gelobt zu werden, aber Neles Worte bedeuteten ihr viel. Noch einmal stießen die Freundinnen an, dann waren die Gläser leer. Nele machte ich auf, um Nachschub zu organisieren.

Nach und nach füllte sich der Raum, Sänger und Musiker kamen nach dem Konzert zusammen, um den Abend gemeinsam ausklingen zu lassen. Zwar gab es auch ein Buffet, zu dem jeder etwas beigesteuert hatte, aber Marie war nicht nach essen. Noch immer war sie zu aufgekratzt. Mit dem zweiten Glas Sekt stieß sie mit einigen Sängern aus dem Chor an. Die Ankunft von Hannes und Jan wurde mit Applaus gefeiert.

»Ihr Lieben, ich bin begeistert. Es war ein tolles Konzert, ihr habt euch selbst übertroffen und das Publikum geflasht. Besonders möchte ich unserem Solisten danken, ohne den unser Gesang nur halb so wirkungsvoll gewesen wäre.« Hannes wartete, bis das Klatschen verklungen war. »Seid ihr alle mit Getränken versorgt? Dann lasst uns auf den gelungenen Konzertabend anstoßen.« Er hob sein Glas und prostete in die Runde.

Marie war inzwischen beim dritten Sekt angekommen und fühlte sich herrlich beschwingt. Kurz hatte es sie gewurmt, dass nur Jan erwähnt wurde, dann dachte sie sich, dass es keine Rolle spielte. Ihr Duett hatte viel Zuspruch gefunden und Jan hatte ihre Leistung anerkannt. Das allein zählte.

Nele holte sich etwas zu essen, aber Marie hatte keinen Appetit. Versonnen beobachtete sie, wie Jan immer wieder angesprochen wurde, Hände schütteln musste und lächelnd anscheinend Komplimente entgegennahm. Sie ließ ihn nur für einen Moment aus den Augen und war überrascht, als er plötzlich mit zwei Gläsern vor ihr stand.

»Stößt du mit mir an?«

»Klar!« Verwirrt bemerkte sie den Schwindel, der sie in seiner Gegenwart erfasste, und hielt sich an der Kante des Stehtisches fest.

»Auf unser Duett.«

Marie hielt ihr Glas hoch und schaute Jan in die Augen, als er mit seinem vorsichtig dagegen stieß. Auch er wandte seinen Blick nicht ab. Als das leise Klingeln ertönte, hoben sich seine Mundwinkel. Ob er gerade auch daran dachte, dass sie beide nun erfolgreich verhindert hatten, sieben Jahre schlechten Sex zu haben? Sie spürte, wie ihr das Blut in die Wangen schoss. Über was machte sie sich hier Gedanken? Überhaupt mal wieder – nein, unterbrach sie sich streng und führte das Glas konzentriert zum Mund. Das wievielte Glas Sekt war das nun auf leeren Magen? Heute Mittag hatte sie schlicht vergessen, etwas zu essen. Jetzt merkte sie zu ihrem Leidwesen, wie sehr ihr der Alkohol zu Kopf gestiegen war. Dabei wusste sie doch, dass sie nichts vertrug, schon gar nicht perlenden Sekt in diesen Mengen.

»Ist alles ok mit dir?«

Mühsam konzentrierte sie sich auf Jan, der sie besorgt ansah. »Etwas viel Sekt in zu kurzer Zeit«, brachte sie entschuldigend hervor und merkte, dass sich ihre Sprechwerkzeuge träge anfühlten. Sie lallte doch nicht?

»Hattest du dir etwa Mut angetrunken?«

»Nein!«, wies sie diese Vermutung entrüstet von sich. »Wenn ich fahre, trinke ich keinen Alkohol.«

»Dann lässt du dein Auto jetzt stehen?«

Sie nickte und bereute es im gleichen Moment, weil sich die Welt kurz drehte. »Das muss ich noch organisieren.« So ein Mist, da kam Jan zu ihr, wollte sich unterhalten und sie war sich ihrer Sinne nicht mehr sicher. Verzweifelt überlegte sie, wie betrunken sie wohl auf ihn wirkte. Sie schaute auf die Sektgläser auf dem Tisch. Seins stand halb voll neben ihrem Leeren.

»Soll ich dich mitnehmen? Allerdings muss ich schon früh los.«

»Ohne etwas zu essen?«, fragte sie zurück.

»Du isst ja auch nichts.«

Stimmt, auch wenn es sicher vernünftiger gewesen wäre, hatte sie außer dem Sekt nichts im Magen.

»Wollen wir?«

Noch vor zwei Wochen hätte sie ihn in die Wüste geschickt, jetzt gab sie selig ihre Zustimmung. Er würde sie nach Hause bringen. Marie nahm ihre Noten an sich und schlüpfte in ihren Mantel. Draußen war es kühl und regnerisch, eigentlich kein Wetter für ein Kleid. Ob er überhaupt bemerkt hatte, was sie trug?

Jan steuerte auf einen Kleinwagen zu, der mit Werbeaufschriften bedeckt war. »Schreinerei« las Marie, bevor er ihr die Autotür öffnete, die er hinter ihr vorsichtig schloss, nachdem sie eingestiegen war. Der Innenraum war sauber, nichts lag herum und irgendwie schien das zu ihm zu passen. Der Wagen gab nach, als er sich auf den Fahrersitz fallen ließ und wieder wurde ihr schwindelig. Mit geschlossenen Augen atmete sie gegen die leichte Übelkeit an.

»Geht's?«

»Keine Sorge, ich werde mich hier nicht übergeben. Ich bin nicht betrunken.«

»Das nicht, aber ...«

»... etwas angeschickert«, gab sie kleinlaut zu.

»Wo müssen wir denn lang?«, fragte er, während er den Motor startete.

Marie lotste ihn durch Norderstedt und fühlte sich wohl neben ihm im Auto. Er fuhr sehr vorausschauend und ließ sogar jemanden, der ihm fast die Vorfahrt genommen hätte, vor ihm in die Wohnstraße einbiegen, von der Maries Straße abzweigte. Viel zu schnell standen sie vor dem Haus, in dem sie wohnte. Jan schaltete den Motor aus und drehte sich zu ihr. Einen Moment schien er zu überlegen, dann fragte er: »Könntest du dir vorstellen, noch weitere Duette mit mir zu singen? Ich habe eine Sammlung verschiedener Noten und hätte Lust, das eine oder andere Stück mit dir einzuüben.«

Mit ihm weiter Musik zu machen, das konnte sich Marie auf jeden Fall vorstellen.

»Ja, das würde mir gefallen«, antwortete sie daher.

»Was hältst du davon, wenn ich am Donnerstag zu dir komme und die Noten mitbringe? Dann können wir gemeinsam aussuchen, was infrage kommt.«

»Donnerstag?«

»Oder zu einem anderen Termin, aber ich bin am Donnerstag in der Stadt und könnte anschließend zu dir kommen, gegen acht?«

Bevor sie es sich anders überlegen konnte, sagte sie zu.

»Danke, dass du mich hergebracht hast«, sagte sie und hörte überrascht das Bedauern in ihrer Stimme. Er runzelte die Stirn und sie fühlte sich zu einer Erklärung genötigt. »Ich würde mich gern noch länger mit dir unterhalten, aber«, sie schloss die Augen, »lieber, wenn ich alle meine Sinne beisammen habe.«

Er lachte leise. »Zu schneller Sekt hat manchmal diese Auswirkungen.«

Verspottete er sie jetzt?

»Mir sind Frauen lieber, die nach vier Gläsern Sekt angesäuselt sind und sich dann zurückziehen, als die, die nach zwei Flaschen noch aufrecht stehen.«

»Was kennst du denn für Frauen?« Zwei Flaschen Sekt? Unfassbar für Marie.

»In manchen Kreisen gehört Sekt oder besser Champagner eben dazu und einige der Damen sind ziemlich trinkfest. Aber darauf stehe ich nicht wie gesagt.«

»Du magst also Frauen, die nach vier Gläsern genug haben? Woher weißt du eigentlich, dass es vier waren?«

»Na ja, Nele und du seid schnell verschwunden, auf eurem Tisch standen sechs Gläser, Nele stand am Buffet und du allein am Tisch. Dazu das Glas, das ich mitgebracht habe, macht vier.«

Er hatte sie beobachtet, noch im Gemeindesaal und auch danach im Probenraum. Marie gefiel der Gedanke.

»Ich bin nicht betrunken«, beteuerte sie.

»Nein, das bist du nicht«, bestätigte er mit einem Grinsen. »Das Kleid steht dir übrigens hervorragend«, setzte er hinzu. »Vorhin konnte ich es dir ja nicht sagen. Zwar ist Schwarz recht streng und macht dich etwas blass, aber der Schnitt ist wie für dich gemacht.«

Marie kicherte. »Das ist es ja auch. Ich habe es mir nach meiner Idee schneidern lassen, zur Hochzeit meines Bruders.«

»War das ein Anlass, schwarz zu tragen?«

»Unser Chor tritt immer in Schwarz auf, da dachte ich, statt mir ein Kleid für einen Anlass machen zu lassen, könnte ich es danach ja für Auftritte anziehen.«

»Und? Wie oft hattest du es seither an?«

Hatte er ihr die Unsicherheit angemerkt? Forschend blickte sie in sein Gesicht, was er wortlos aushielt.

»Heute zum ersten Mal, wieso fragst du?«

»Es war bloß eine Vermutung.«

Er machte sich also Gedanken über sie? Ein seliges Grinsen schlich sich in ihr Gesicht. Sie biss sich auf die Lippen. Bevor sie sich hier noch vollends zum Affen machte, würde sie sich jetzt verabschieden und aussteigen.

»Also Donnerstag um acht?«

»Ich werde hier sein.«

Einen kurzen Moment verharrten beide. Unschlüssig, ob sie ihm die Hand oder einen Kuss geben sollte, stieg sie mit einem leisen »Bis dann« aus.

***

Jan sah ihr nach. Marie blickte nicht mehr zurück, sondern nahm ihren Schlüssel aus ihrer Tasche und schloss auf. Nur beim Aussteigen war ihm noch ein leichtes Wanken aufgefallen, sonst wirkten ihre Bewegungen sicher und konzentriert. Süß war sie, so leicht angetüdelt, und endlich mal etwas weniger wortkarg. Er freute sich auf ihre Verabredung und darauf, endlich mehr über sie zu erfahren. Sie war tatsächlich bodenständig und nicht so oberflächlich begeistert wie Ines Roters und ihre Bekannten, mit denen sie ihn immer zusammenbrachte. Dass Marie bei der ersten Probe so spröde auf ihn reagiert hatte, gefiel ihm sogar sehr, stellte er fest.

Nach einem Schulterblick reihte er sich in den Verkehr ein. Etwas mehr als eine Stunde würde er nach Husum brauchen.

Unterwegs ging ihm immer wieder der Konzertabend durch den Kopf. Schon als Marie durch die Tür gekommen war, hatte er sie in ihrem Kleid bewundert. Unsicher hatte sie gewirkt, wie jemand, der eben nicht oft Kleider trug. Die schlanke Taille wurde durch den Schnitt des Oberteils betont, darunter bauschte sich der Rock, im Stil der Fünfzigerjahre. Ihre Haare, teilweise hochgesteckt, fielen in einer Kaskade in ihren Nacken. Vielleicht war der Kontrast zwischen den blonden Haaren und dem Schwarz im Sommer weniger hart, wenn ihre Haut nicht so blass war. Marie hatte braune Augen und würde vermutlich nur jetzt im Winter so hellhäutig sein. Schmuck hatte sie nicht getragen, obwohl das schlichte Kleid geradezu danach verlangt hatte.

Wenn er an gestern dachte und an die vielen Patzer, die sie sich in der Probe geleistet hatte, so war er erleichtert, dass sie sich anscheinend noch einmal intensiv auf das Duett vorbereitet hatte. Bei der Erinnerung an ihren entschlossenen, geradezu feurigen Blick, während sie auf ihn zugegangen war, wurde ihm heiß. Das war der Auftritt einer Frau gewesen, die wusste, was sie wollte. Ihm war es zunächst schwer gefallen, sich auf ihr Duett zu konzentrieren, und dann hatte er sich von ihrem Flow mitreißen lassen. Es hatte wirklich Spaß gemacht, mit ihr zu singen.

Streit in der Firma

»Wie war euer Wochenende auf Sylt?« Marie hatte ihrem Bruder die Unterschriftenmappe übergeben und musterte ihn. Müde wirkte er und abwesend.

»Wie soll es gewesen sein? Ich hatte dir ja gesagt, dass ich zur Akquise neuer Kunden gefahren bin.«

»Warst du erfolgreich?«

»Ich denke ja, zwei neue Angebote gehen heute noch raus für große Projekte.«

Marie zog die Augenbrauen hoch, aber Eike bemerkte dies nicht einmal. Wortlos unterschrieb er die Dokumente und reichte ihr die Mappe, ohne aufzuschauen.

»Dich interessiert nicht, wie das Konzert war, oder?«

»Ehrlich gesagt nein. Und jetzt habe ich zu arbeiten.«

Marie ärgerte sich, dass sie ihn überhaupt darauf angesprochen hatte. Er machte sich nichts aus ihr und ihren Interessen. Das wusste sie seit Jahren und trotzdem hoffte sie noch immer, er würde einmal anerkennen, dass auch sie Erfolge aufzuweisen hätte. Wenn schon ihre Mitarbeit in der Firma selbstverständlich war, so könnte er doch, zumindest wenn es nicht um seinen Machtbereich ging, Interesse zeigen. Aber bereits als Jugendlicher nahm er nur wahr, was seinen Interessen diente, und nutzte es. Menschen wurden danach beurteilt, ob sie ihn weiterbringen konnten. Trotzdem war er die einzige Familie, die sie noch hatte.

Nachdenklich setzte sie sich an ihren Schreibtisch und öffnete den Zugang zum Internetbanking. Der Blick auf den Kontostand versetzte ihr einen Schrecken. Eigentlich hatte sie einige Überweisungen tätigen wollen, aber die waren nun nicht alle möglich. Der Dispositionsrahmen war fast ausgereizt. Nachdenklich sortierte sie die Rechnungen nach ihrer Dringlichkeit und überwies nur die ersten beiden.

Als Nächstes nahm sie sich die Außenstände vor. Hatten ihre Kunden etwa nicht bezahlt? Tatsächlich fand sie drei große Rechnungen, zu denen kein Zahlungseingang verzeichnet war. Zwei der Namen kamen ihr bekannt vor. Da hatte es in den letzten Tagen Schreiben gegeben. Da sie mit dem Qualitätsmanagement nicht befasst war, hatte sie die Beschwerden, jetzt erinnerte sie sich, an Eike weitergegeben.

»Eike, kann ich dich kurz sprechen?« Vorsichtig streckte sie ihren Kopf durch die Tür zum Büro ihres Bruders.

»Was ist denn? Ich habe dir schon gesagt, dass die Angebote dringend erstellt werden müssen.«

»Ja, ich weiß, aber das hier ist auch wichtig«, drängte sie.

Mit einem genervten Augenrollen richtete er sich auf.

»Vorhin habe ich die Außenstände überprüft und bei diesen beiden Rechnungen waren neulich Reklamationen in der Post. Daher möchte ich wissen, wie der Stand der Dinge ist.«

»Ich kümmere mich darum. Sonst noch was?«

Marie zwang sich, tief durchzuatmen. »Das Problem ist, dass unser Dispo fast ausgereizt ist. Ohne Zahlungseingänge in den nächsten Tagen kann ich unsere Rechnungen nicht bezahlen. Deswegen meine Frage: Soll ich Mahnungen rausschicken?«

»Nein. Die Reklamationen betreffen verbaute Materialien und angebliche Unterschiede zwischen Rechnung und Lieferung, das muss ich klären. Eine Mahnung kommt nicht infrage. Dann müssen deine Überweisungen eben warten.«

»Du weißt schon, dass wir noch niemals unsere Lieferanten zu spät bezahlt haben? Wir haben einen Ruf zu verlieren.«

Eike schlug mit der flachen Hand auf den Tisch. »Schluss jetzt, ich kümmere mich darum und jetzt geh!«

Marie war zusammengezuckt. So unbeherrscht hatte sie ihren Bruder lange nicht mehr erlebt. Zuletzt hatte er so auf den Tisch gehauen in ihrer Teenagerzeit. Damals hatte sie es nicht auf sich beruhen lassen. Worum es gegangen war, wusste sie nicht mehr. Aber ihre Nackenhaare stellten sich auf, weil sie sich sehr genau daran erinnerte, dass er danach mit erhobenen Fäusten auf sie losgegangen war. Zweimal hatten sie sich in ihrer Jugendzeit geprügelt und dem einen Mal war genau diese Geste vorausgegangen. Sie würgte die Argumente, die sie noch hatte vorbringen wollen, hinunter und drehte sich wortlos um. Leise schloss sie die Tür hinter sich und atmete tief durch. Unfassbar, dass diese alte Erinnerung so tief saß, dass sie für einen Moment Angst vor ihrem Bruder bekommen hatte. Er würde sie nicht schlagen. Aber seine Augen hatten den gleichen wilden Ausdruck gehabt wie damals.

Nachdenklich kehrte sie an ihren Schreibtisch zurück. Die nicht gebuchten Rechnungen mussten auf Wiedervorlage. Beim Abheften merkte Marie, dass ihre Hände zitterten. Sie musste hier heraus, zumindest für ein paar Minuten. Entgegen ihrer Gewohnheit verließ sie ihr Büro, um sich aus der Teeküche einen frischen Kaffee zu holen. Die Bewegung, einmal über den Flur und zurück, würde ihr guttun und ein starker Kaffee auch. Dort angekommen, räumte sie gleich noch die Spülmaschine aus, die gerade fertig war. Danach fühlte sie sich wieder in der Verfassung zu arbeiten.

Am nächsten Morgen lag ein Brief einer Rechtsanwaltskanzlei in der Post. Sie öffnete und überflog ihn. Am Ende stutzte sie und las ihn aufmerksamer. Im Namen der Eheleute Greif setzte der Anwalt eine Frist, bis zu dieser die Mängel beseitigt sein müssten, andernfalls würde der Gesamtbetrag nicht gezahlt und eine andere Firma beauftragt, den Pfusch auf Kosten der Firma Carstens zu beseitigen und die gewünschten Fenster mit Dreifachverglasung einzubauen. Greif, erinnerte sich Marie, war einer der gestern entdeckten Außenstände. Es ging um fast hunderttausend Euro.

Spontan ging sie mit dem Brief nach nebenan.

»Eike? Die Eheleute Greif haben einen Anwalt eingeschaltet. Es ist von Pfusch am Bau die Rede.«

»Gib her, das braucht dich nicht zu interessieren.«

»Das war einer unserer größten Aufträge in der letzten Zeit. Was ist da schiefgegangen?«

Eikes braune Augen funkelten sie unter seinem sauber gegelten Pony an. Selbst jetzt im Frühling war er braun gebrannt, sah aus, als käme er direkt aus dem Urlaub, bis auf den harten Zug um den Mund. Jetzt kniff er seine Augen zu schmalen Schlitzen zusammen. »Ich kümmere mich darum, das sagte ich dir bereits gestern.« Auffordernd streckte er seine Hand aus, um den Brief an sich zu nehmen. »Hast du sonst nichts zu tun?«

Kopfschüttelnd machte Marie kehrt und ging zurück an ihren Schreibtisch. Nachdem sie die Post durchgesehen hatte, nahm sie einen Ordner aus dem Schrank und suchte sich die Details der unbezahlten Rechnung der Greifs heraus. Laut der Unterlagen waren hochwertige, einbruchsichere dreifachverglaste Fenster verbaut worden. Das erklärte den hohen Preis. Die Greifs hatten ihren kompletten Neubau von Carstens Fenster ausstatten lassen. Wenn sie doch nur den ersten Brief noch hätte, in dem die Mängel aufgeführt waren.

Kurzentschlossen heftete sie die Rechnung aus und ging hinunter in die Werkstatt. Beim alten Meister hatte sie ein Stein im Brett, wenn sie es geschickt anfing, würde er ihr sicher mehr erzählen können.

»Moin.«

»Moin min Deern. Schön, dich zu sehen. Ich habe gehört, ihr hattet ein tolles Konzert am Wochenende? Meine Frau hat geschwärmt, du hättest großartig gesungen.«

»Danke. Freut mich, dass es Ihrer Frau gefallen hat.« Krause war im Alter ihres Vaters und hatte sie aufwachsen sehen. Noch immer duzte er sie daher, während sie ihn Herr Krause nannte. »Darf ich Ihnen eine Frage stellen?«

»Nur zu. Was willst du denn wissen?«

Marie warf sicherheitshalber einen Blick über die Schulter. »Können Sie mir erklären, was beim Auftrag für die Eheleute Greif schiefgegangen sein könnte? Da gibt es scheinbar Unstimmigkeiten mit der Rechnung.« Sie hielt dem Älteren die Kopie hin.

Herr Krause warf einen Blick darauf und runzelte die Stirn. »Merkwürdig«, murmelte er. Aufmerksam studierte er eingehend alle Posten, die auf der mehrseitigen Rechnung aufgeführt waren, und schaute dann verwundert zu Marie auf.

»Da sind nirgendwo Stahlkerne oder Dreifachgläser verbaut worden. Es hieß, die Kosten seien doch zu hoch, und deshalb haben wir unsere Standardfenster eingebaut. Hast du versehentlich diese Rechnung rausgeschickt? Das wird deinen Bruder nicht freuen.«

»Also Rechnung und Lieferung passen nicht zusammen?«, hakte Marie nach.

»Nee, min Deern. Da hat es eine Änderung gegeben.« Meister Krause musterte sie eingehend.

Marie nahm die Rechnung wieder an sich. Kurz überlegte sie, ihn aufzuklären, dass nicht sie den Fehler gemacht hatte, entschied sich dann aber anders. Wenn Eike zu Ohren käme, dass sie hinter seinem Rücken Nachforschungen anstellte, würde er sehr wütend werden. Die Arbeitsatmosphäre war schwierig genug, daher schluckte sie ihre Verteidigung hinunter und bedankte sich.

Wieder oben im Büro angekommen, wartete Eike bereits auf sie. »Wo bist du gewesen?«

Ihm zu sagen, dass sie mit den Unterlagen auf der Toilette gewesen sei, erschien selbst Marie zu unglaubwürdig, daher versuchte sie es mit der Wahrheit.

»Ich habe den Altmeister gefragt, was mit der Rechnung nicht stimmen könnte, und er hat mir gesagt, dass, anders als in Rechnung gestellt, nur die Standardfenster eingebaut worden sind.«

»Du steckst deine neugierige Nase also in Dinge, die dich nichts angehen?«

»Nein, ich mache mir Sorgen um die Firma. Wenn das stimmt, dass du Standardfenster als hocheinbruchsicher verkauft hast, ist das Betrug und die Rechnung ist zu Recht nicht gezahlt worden. Hast du den Auftrag so erteilt?«

»Du nennst mich einen Betrüger?«

»Hast du das zu verantworten?«

»Ich sage dir nun zum letzten Mal: Ich kümmere mich darum.«

»Stimmt mit den beiden anderen Rechnungen auch etwas nicht? Kümmerst du dich auch persönlich um die Reklamation von Hummel und Holthus?«

»Bei Holthus kannst du mahnen, da ist alles in Ordnung.«

Die Rechnung umfasste einen weit geringeren Betrag als die beiden anderen, aber besser als nichts, dachte Marie resigniert. Sie beobachtete ihren Bruder. War die Müdigkeit schon vorher in seiner Miene erkennbar gewesen? Er war sicher nicht so dumm, sich keine Sorgen zu machen.

Fast schien er froh zu sein, dass sie nichts mehr sagte.

»Ich bringe die Angebote zur Post und fahre dann zur Bank. Wenn wir die Aufträge bekommen, muss Material geordert werden.«

Marie bezweifelte zwar, dass er ohne Weiteres an einen weiteren Kredit heankäme, war aber gleichzeitig froh, dass er sich kümmerte, und nickte daher.

Am Abend klingelte ihr Smartphone und zeigte Neles Bild.

»Hallo Nele, was gibt's«

»Das fragst du mich?«, klang es entrüstet aus dem Gerät. Ich erwarte seit Montag deinen Bericht zum weiteren Verlauf des Abends.«

Marie seufzte. »Da gibt es nicht viel zu erzählen. Er hat mich heimgefahren, ganz Gentleman, und wir haben uns für Donnerstag verabredet.«

»Das war's?«, hörte sie ungläubig vom anderen Ende der Leitung.

»Ja, er war so edel, meinen angetrunkenen Zustand nicht auszunutzen.«

Ein Abend in Norderstedt

Die nächsten Arbeitstage waren ohne weiteren Streit zwischen den Geschwistern verlaufen. Marie hoffte darauf, dass Eike bei der Bank Erfolg gehabt hatte, und wartete ungeduldig auf den Eingang der kleineren angemahnten Beträge. Zum ersten Mal machte sie sich Sorgen, dass die Firma nicht so weiterlaufen könnte, wie ihr Vater sie in den letzten Jahren positioniert hatte. Die Geschäfte waren immer zufriedenstellend gewesen und gleichzeitig hatte ihr Vater vorsichtig expandiert, sodass sie inzwischen über fünfzig Angestellte hatten. Möglich wäre auch eine Verkleinerung, wobei ihr bei dem Gedanken grauste, lieb gewonnene Mitarbeiter zu entlassen. Diesen Teil der Verantwortung, die Eike durch die Erbschaft bekommen hatte, neidete sie ihm nicht.

Dann kam der Abend, an dem Jan kommen wollte und Marie bemerkte, dass sie nervös war. Sie würden sich über Musik unterhalten, also ein sicheres Terrain, rief sie sich in Erinnerung, wenn das Flattern in ihrem Magen zu heftig wurde. Aber wenn sie an ihren Auftritt nach dem Konzert dachte ... Noch immer war sie sich nicht sicher, wie betrunken sie auf ihn gewirkt hatte. Peinlich.

Nach der Arbeit räumte sie ihr Wohnzimmer auf und putzte noch rasch durch. Um halb acht aß sie eine Kleinigkeit in der Küche und machte sich frisch. Noch während sie im Bad war, klingelte es. Kurz kontrollierte sie ihr Spiegelbild und fischte noch das Zopfband aus den Haaren. Beim Putzen hatte sie sich einen Pferdeschwanz gemacht, um nicht immer die Haare im Gesicht zu haben, jetzt schüttelte sie ihre halblange Mähne und nickte zufrieden.

Sie drückte auf den Türöffner und erwartete Jan in der offenen Wohnungstür. Dessen Bewegungen hatten etwas Dynamisches, als er jetzt die Treppe heraufkam. Von seiner breiten Brust war sie ja schon bei ihrer ersten Begegnung beeindruckt gewesen. Die Caban-Jacke stand ihm einfach hervorragend und passte zu dunkler Jeans und Sneakern.

»Hallo Jan«, begrüßte sie ihn und trat einen Schritt zurück, um ihn einzulassen.

»Hallo Marie! Wo darf ich ...«, er schaute sich suchend um, während er die Jacke aufknöpfte.

»Die kannst du mir geben.« Froh, etwas zu tun zu haben, hängte Marie die Jacke an die Garderobe und deutete dann auf ihr Wohnzimmer.

»Magst du einen Tee?« Als sie zu ihm aufschaute, bemerkte sie zwei belustigt funkelnde blaue Augen.

»Kein Alkohol?«

»Du musst doch sicher noch fahren, oder?« Mit einem bemüht ernsten Gesichtsausdruck schaute sie ihn an. »Dir ein Glas Sekt anzubieten, von dem du nur zwei Schlucke trinkst, hatte ich kurz überlegt und dann verworfen.« Sie stimmte in sein Schmunzeln ein.

»Ich nehme gern einen Tee.«

Marie bot ihm an, Platz zu nehmen, und zog sich in die Küche zurück. Kurz darauf betrat sie mit einem Tablett, darauf die Teekanne, Tassen und Gebäck, das Wohnzimmer und stellte ihre Last auf dem Tisch ab.

Jan entfernte die Noten, die er bereits hervorgeholt hatte, vom Tisch, um ihr Platz zu machen. Sie arrangierte Tablett und Tassen so, dass noch Platz dafür blieb, und goss Tee ein.

»Gab es noch eine Nachbesprechung des Konzerts?«, wollte Jan wissen.

»Nein, wir hatten keine Probe, als Ausgleich für das Arbeitswochenende«, beim letzten Wort malte Marie Gänsefüßchen in die Luft. »Der Altmeister in unserer Firma meinte, seine Frau sei begeistert gewesen. Sonst habe ich keine Rückmeldung bekommen. Ich war allerdings auch nicht groß in Norderstedt unterwegs, um etwas zu hören.«

»Was machst du eigentlich beruflich?«, wollte er wissen.

»Sehr unspektakulär. Ich arbeite in der Buchhaltung unseres Familienbetriebs.« Die alte Formulierung war ihr flüssig über die Lippen gegangen, aber dann stutzte sie. Familienbetrieb traf es irgendwie nicht mehr.

Jan schaute sie aufmerksam an und schien ihr Zögern zu bemerken.

»Mit der Familie zusammenzuarbeiten ist nicht immer leicht, wie?«

»Mein Vater hat den Betrieb zwar aufgebaut, aber er gehört jetzt meinem Bruder. Streng genommen hat sich für mich nichts geändert, vorher war ich angestellt und ich bin es jetzt noch immer.«

»Gibt es Stress?«

Ob Jan die Bitterkeit in ihrer Stimme gehört hatte?

»Ja, in dieser Woche habe ich mich zweimal mit meinem Bruder gestritten. Er hat Entscheidungen gefällt, die ich«, sie stutzte, »so nicht getroffen hätte.«

Kurz wägte sie ab, wie sehr sie ins Detail gehen konnte, aber die Ruhe, mit der er ihr zuhörte, und der Drang, sich endlich den Ärger von der Seele zu reden, gaben den Ausschlag.

»Es gibt Probleme. Wenn nicht bald etwas passiert, könnte es sogar in die Insolvenz führen. Die Frage, was dagegen zu tun ist, geht mein Bruder vollkommen anders an, als ich es tun würde. Leider wird er nicht müde zu betonen, dass es allein seine Entscheidung ist, wie er den Betrieb führt.« Frustriert griff sie nach der Teetasse und trank einen Schluck. »Ich werde das Gefühl nicht los, dass wir gerade sehenden Auges auf den Abgrund zurasen.« Dann bekam sie doch Gewissensbisse, so offen mit einem im Grunde Fremden gesprochen zu haben. Sie schüttelte kurz den Kopf und wandte sich dann mit einem Lächeln Jan zu. »Genug davon, was hast du denn mitgebracht?«

Der verzog überrascht von dem abrupten Themenwechsel das Gesicht, fing sich aber schnell und nahm den Notenstapel in die Hand. »Ich war mir nicht sicher, ob du lieber in Richtung Jazz oder Pop gchen magst.« Kurz sortierte er den Stapel. »Hier hätte ich zum Beispiel ,Fly me to the moon‘ als klassischen Jazzsong. Das Duett von Robin Williams und Nicole Kidman kennst du sicher«, jetzt lag ein zweiter Notenstapel neben dem ersten.

Something stupid, las Marie oben auf der Seite. Gab es eigentlich nur Liebeslieder, die für ein Duett von Mann und Frau geschrieben worden waren? Jans Wärme strahlte bis zu ihr herüber. Sein Unterarm streifte ihren, als sie nach den Noten griff und die die Melodie summte. Nach der ersten Seite summte er den männlichen Part und einfach so gemeinsam Musik zu machen, gefiel ihr ausgesprochen gut. Den Text mitzulesen, machte sie verlegen. Endete der Text doch auf »I love you«.

»Sollen wir das Stück einfach mal gemeinsam singen?«, schlug Jan vor.

Marie nickte und blätterte zurück. Da sie nun beide in die Noten schauten, rückten sie unwillkürlich näher zusammen, sodass sich ihre Beine berührten. Marie merkte dies erst, als er eine Passage allein sang. Es fühlte sich nicht unangenehm an, seine Muskeln unter der Jeans zu spüren und eben die Wärme, die er ausstrahlte. Fast hätte sie ihren Einsatz verpasst. Hatte er bemerkt, dass sie abgelenkt war? Dann kamen sie an das Ende des Refrains, an dem sich das *I love you* wiederholte. Marie bemerkte im Augenwinkel, dass Jan sich ihr zugewandt hatte. Zögerlich löste auch sie ihren Blick von den Noten und versank einmal mehr im Blau seiner Augen. Atemlos hielt sie inne.

Sein Kopf näherte sich ihrem und nach einem kurzen Zögern spürte sie seine Lippen auf ihren, tastend wie vorsichtig fragend.

Überrascht nahm sie wahr, wie gut er roch, wie weich und vorsichtig sich seine Lippen anfühlten. Bevor sie entscheiden konnte, ob sie sich überrumpelt oder geschmeichelt fühlte, beendete er den Kuss.

»Entschuldige«, brachte er mit rauer Stimme hervor und räusperte sich. Ihren Blick meidend rückte er von ihr weg.

»Vielleicht sollte ich jetzt besser gehen.«

Marie wusste nichts zu sagen.

Nach einem kurzen Moment stand Jan auf und zog seine Jacke an. Erst als er schon auf dem Weg zur Tür war, kam Leben in Marie.

»Warte!«, rief sie ihm nach. Sie stand auf und ging ihm hinterher zur Tür, auf Jan zu, der sich halb wieder zu ihr herumgedreht hatte.

»Ich wollte dich nicht überfallen, schon gar nicht in deiner eigenen Wohnung. Es tut mir leid.« Jan sah sie erst beim letzten Satz an.

Marie schüttelte den Kopf. »Dir muss nichts leidtun. Dein Kuss kam – unerwartet.« Nein, das stimmte eigentlich nicht. Seit dem Konzert hatte sie sich vorgestellt, wie es wäre, wenn er sie küsste. Und doch war es unerwartet gewesen, als seine Lippen sie berührt hatten. »Du hast mich überrascht, aber nicht verletzt.« Sie überlegte, wie viel sie preisgeben mochte. War es ihm beim gemeinsamen Singen so ergangen wie ihr? Sie fragte sich seit dem Duett, ob sie die Rolle besonders gut erfüllt hatte oder ob sie von ihm als Mensch, nicht nur von seiner Stimme beeindruckt war. »Als wir das Duett gesungen haben, da habe ich etwas gespürt, was ich nicht so recht einordnen kann. War es nur die Musik?«

Er lächelte und schüttelte den Kopf. »Du hast es auch gespürt? Ich glaube nicht, dass es nur unsere Rollen waren, sondern ich möchte dich gern kennenlernen. Marie, nicht Maria.« Er zwinkerte ihr zu.

»Dann sollten wir gemeinsam ergründen, was da zwischen uns war, außer der wundervollen Musik?«

»Ja, das würde ich gern.«

»Das klingt gut.« Marie legte ihre Hände auf seine breiten Schultern und zog sich leicht zu ihm hoch. Als er zögerte, ergänzte sie: »Wir wollen doch ergründen, was da war?«

Seine vollen Lippen verzogen sich zu einem Lächeln und das Blau seiner Augen vertiefte sich. Sein Bart streichelte weich über ihr Gesicht und seine Lippen waren nachgiebig, wenn auch nicht so vorsichtig wie vorhin. Dieser Kuss war zurückhaltend und doch deutete er an, was sein könnte, wenn sie sich auf Jan einlassen würde.

»Wollen wir es langsam angehen?«

Sie lächelte. »Ja, das wäre schön.«

»Rufst du mich an? Die Nummer steht auf den Noten.« Er deutete auf den Tisch, wo die Notenblätter verstreut lagen.

»Ja, das mache ich.«

Er gab ihr einen Kuss auf die Stirn, der nichts Väterliches hatte, sondern sich einfach nur gut anfühlte. Ein Versprechen.

Erkenntnisse

»Marie, wir haben entschieden, dass Sophia wieder mehr arbeiten wird. Die Kinder sind alt genug. Sie wird die Buchhaltung übernehmen und daher deinen Schreibtisch bekommen.«

Perplex starrte Marie ihren Bruder an. Wollte er sie etwa rauswerfen?

»Wie bitte?«

»Du wirst deinen Schreibtisch räumen. Was hast du daran nicht verstanden?«

»Ich habe seit Jahren die Buchhaltung gemacht, wie soll Sophia das ohne Einarbeitung übernehmen? – Was soll ich deine Ansicht nach stattdessen tun?«

Nach dem Moment der Starre überschlugen sich ihre Gedanken geradezu.

»Du wirst den Einkauf übernehmen. Im Büro von Frau Schäfer ist noch ein Schreibtisch frei. Ihr werdet euch sicher gut verstehen.«

Meinte er das tatsächlich ernst? Frau Schäfer war etwas wunderlich, hatte ihr Büro, inklusive des unbenutzten Schreibtisches mit Kakteen jeglicher Art vollgestellt.

»Das ist doch wohl ein Scherz.« Geschmacklos, wie es Eikes Art war, aber ganz sicher musste es ein Witz sein.

»Morgen fängt Sophie an und dann steht dein Arbeitsplatz für sie bereit. Ich werde sie selbst einarbeiten. Die Mittagspause sollte ja genügen, um deine Sachen hier auszuräumen.« Mit diesen Worten drehte sich Eike herum und ging in sein Büro.

Marie starrte auf die Verbindungstür zwischen ihrem und seinem Büro. Wenn dies ein schlechter Traum war, dann sollte sie jetzt aufwachen.

Das Telefon riss sie aus ihren düsteren Gedanken.

»Carstens«, meldete sie sich.

»Hartmann Glas, ich möchte bitte mit dem Geschäftsführer sprechen.«

»Einen Moment bitte, ich verbinde Sie.« Der Name des Anrufers klingelte in ihren Ohren nach. Wenn sie sich richtig erinnerte, hatte die Firma Carstens immer große Mengen an Fensterglas dort bezogen, aber in den letzten Buchungen waren keine Überweisungen an den langjährigen Geschäftspartner mehr verzeichnet gewesen. Erst jetzt wunderte sie sich darüber.

»Eike?«, fragte sie ihren Bruder, als der sein Telefon abhob, »Firma Hartmann. Kann ich durchstellen?«

»Nein. Ich bin gerade in einem Gespräch und werde mich melden.« Schon hatte er wieder aufgelegt. Marie zuckte zurück, verwundert über den barschen Ton und musste sich kurz sammeln, um die Botschaft weiterzugeben.

»Herr Hartmann? Herr Carstens ist gerade in einem Gespräch. Soll ich etwas für ihn notieren?«

»Nein, das würde ich gern mit ihm selbst besprechen. Wann ist er denn zu erreichen?«

»Er hat gesagt, dass er sich bei ihnen meldet.« Das klang in der Kombination mit ihrer Frage jetzt so, als sei sie vorhin neugierig gewesen, was natürlich stimmte.

Der Mann am anderen Ende bedankte sich nur und legte auf.

Wann waren die letzten Lieferungen von Hartmann gekommen? Waren sie bezahlt worden? Marie nahm sich den Ordner mit den Bestellungen vor. Da war noch vor wenigen Tagen eine große Order abgeheftet. Wie in der Vergangenheit gab es mehrere Bestellungen im Quartal. Dann schaute sie in die Buchungen. Sollte sie das falsch in Erinnerung haben? Nein, die letzte Überweisung lag schon einige Monate zurück. Sollte das der Grund für den Anruf sein, offene Rechnungen über einige Zehntausend Euro? Ob sie noch die Lieferscheine überprüfen sollte? Doch dann fiel ihr wieder ein, was ihr Bruder ihr vor wenigen Minuten eröffnet hatte. Das würde sie jetzt klären. Sie stellte die letzten Ordner an ihren Platz zurück und ging auf die Tür zu, hinter der es laut wurde. Sie hörte ihren Bruder brüllen und eine beschwichtigende Männerstimme, die ihr vage bekannt vorkam. Unschlüssig blieb sie stehen. Jetzt hineinzugehen, war sicher keine gute Idee. Mit wem stritt sich Eike nebenan?

Marie nahm ihre Kaffeetasse und machte sich auf in die Teeküche. Die lag am anderen Ende des Flurs, sodass sie am Büro des Chefs vorbeigehen musste. Auf dem Gang war nichts zu hören. Zu spät fiel ihr ein, dass die Tür zum Flur sehr viel dicker war als die zu ihrem Büro. Sie stellte die Tasse in die Spülmaschine und machte sich auf den Rückweg. Kurz bevor sie Eikes Büro passierte, öffnete sich die Tür und Jan stürmte ihr entgegen. Er rempelte sie mit der Schulter an, entschuldigte sich halbherzig und wollte sich schon abwenden. Marie starrte ihm entgeistert ins Gesicht, was ihn innehalten ließ. Ungewohnt sah er aus, ohne Bart. Bevor sie etwas sagen konnte, drehte er sich um und stapfte zur Treppe.

Marie starrte ihm nach.

»Was stehst du hier herum? Du sollst doch dein Büro räumen!« Eikes Vorwurf holte sie in die Realität zurück.

»Darüber müssen wir noch reden.« Marie schob sich an ihrem Bruder vorbei in dessen Büro. »Was soll das?«, verlangte sie zu wissen.

»Das, was du dazu wissen musst, habe ich dir vorhin erklärt.«

Ihr Bruder schäumte vor Wut und sie fragte sich, ob es klug gewesen war, ihn jetzt anzusprechen.

»Eike, ich habe in den letzten fünf Jahren die Buchhaltung für die Firma gemacht. Warum willst du das jetzt plötzlich ändern?«

»Ich habe doch gesagt, dass Sophie wieder arbeiten will.«

»Dann lass sie den Einkauf übernehmen oder deine Assistenz! Warum willst du die Buchhaltung von jetzt auf gleich in andere Hände geben?«

»Lass uns eins klarstellen. Ich bin der Firmeninhaber. Ich entscheide, was ich für richtig halte und bin niemandem Rechenschaft schuldig, auch dir nicht.«

Da war er wieder, der Erbe. Jedes seiner Worte stieß den giftigen Stachel tiefer in ihr Inneres. Warum nur hatte ihr Vater das so entschieden?

»Warum schmeißt du mich nicht raus, wenn du mich loswerden willst?«

»Darüber habe ich schon nachgedacht, vielleicht sollte ich das tun.« Kälte begleitete seine Worte. »Also pack deinen persönlichen Kram und räume mein Vorzimmer.« Während er das sagte, öffnete er die Tür zu ihrem Büro.

»Das kannst du nicht machen!«

»Ich kann und *du* kannst entscheiden, ob du zu meinen Konditionen hier weiterhin arbeiten willst.«

Wenn er jetzt darauf hoffte, dass sie von sich aus kündigte, hatte er sich geirrt. Den Gefallen würde sie ihm nicht tun. Langsam schritt sie an ihm vorbei und hörte, wie er hinter ihr nachdrücklich die Tür schloss. Erst jetzt ließ sie die Luft entweichen, die sie unbewusst angehalten hatte. In dem vergeblichen Versuch, das Erlebte einzuordnen, schüttelte sie ihren Kopf. Über ihren Streit mit Eike hatte sie fast vergessen, dass Jan an ihr vorbeigestürmt hatte, ohne ein Wort mit ihr zu wechseln. Was hatte er überhaupt mit ihrem Bruder zu schaffen?

Wie betäubt setzte sie sich an ihren Schreibtisch. Jans Auftauchen hier konnte nichts mit Eikes Entschluss zu tun haben. Die erste Hiobsbotschaft des Tages war der Rauswurf aus ihrem Büro gewesen. Wieder schob sich Jans Blick vor ihr geistiges Auge. Er hatte sie nur angestarrt, irritiert höchstens, aber ohne eine weitere Emotion. Hatte er sie nicht erkannt? Er wusste doch, dass sie hier arbeitete. Wollte er nicht erkennen lassen, dass sie sich kannten? Nein, gestand sie sich ein. In seinem Blick hatte kein Flackern, kein Erkennen gelegen.

Widerwillig machte sie sich daran, ihre persönlichen Sachen aus den oberen Schubladen zu sortieren. Auf dem Schreibtisch stand eine Orchidee und kurz darauf schaute sie auf den kleinen Stapel auf ihrer Schreibtischunterlage. War das tatsächlich alles, was sie in dieses Büro eingebracht hatte? Sie ließ den Blick durch den Raum schweifen. An den Wänden standen die Aktenschränke, die Fensterbank zierten noch zwei Pflanzen, an denen Marie allerdings weniger hing. Dazwischen lagen einige Muscheln und Steine aus diversen Urlauben. Seufzend stand sie auf, um auch diese einzusammeln. Der Deckel einer Papierkiste fasste alles, was sie mit an ihren neuen Arbeitsplatz nehmen würde. Erschreckend. Ob sie erst einmal ohne ihre Sachen bei Frau Schäfer hereinschauen sollte? Nein. Eike würde seine Entscheidung nicht zurücknehmen, so gut kannte sie ihren Bruder. Also nahm sie die Kiste, die keine war, und machte sich auf den Weg. Am anderen Ende des Flurs, so weit wie nur irgendwie möglich vom Büro ihres Bruders entfernt, klopfte sie an die Tür.

»Hallo Frau Schäfer. Hat mein Bruder Sie informiert, dass ich ab jetzt von hier aus den Einkauf betreuen werde?«

Nein, das hatte er wohl nicht, wenn Marie den entgeisterten Gesichtsausdruck der Mittfünfzigerin richtig deutete.

»Aber ...«, die Frau fasste sich erstaunlich schnell. Aus der Fassungslosigkeit wurde ein Mustern und dann bekam ihr Gesicht weiche Züge. »Willkommen auf dem Abstellgleis«, bemerkte sie.

Treffender hätte Marie die Situation kaum zusammenfassen können. Dann dämmerte es ihr, dass auch Frau Schäfer früher in einem anderen Büro gearbeitet hatte. Als erst Eike und später sie nach ihrer Ausbildung im Familienbetrieb begonnen hatten, war Frau Schäfer schon da gewesen. Hatte Marie sie verdrängt?

»Ich räume Ihnen dann mal den Schreibtisch ab, damit Sie hier auch arbeiten können. Einen zweiten PC müssten wir allerdings noch organisieren.«

Marie nickte. Gerade schien die Sonne zwischen den Jalousien hindurch und warf Streifen auf die Wand und ein großformatiges Strandfoto. Diese Aussicht war jedenfalls netter als das alte Bild, das ihr Vater einmal ausgesucht hatte und was aufgrund ihrer Sentimentalität nie abgehängt worden war. Schnell zeigte sich, dass die Kakteen auch enger zusammenstehen konnten und mit den Pflanzen, die Marie nun doch eingepackt hatte, gut harmonierten. Die Orchidee zierte wieder Maries Schreibtisch.

»Hübsche Muscheln haben Sie da. Wollen Sie die mit heimnehmen oder können die unsere kleine Landschaft noch vervollständigen?«

Mit einem Schmunzeln verfolgte Marie, wie Frau Schäfer Fensterbank und das Sideboard mit den Akten zusätzlich zu den Pflanzen nun noch mit den Steinen und Muscheln dekorierte. Sie hatte wirklich ein Händchen dafür.

»Es sieht hübsch aus, ist aber aufwendig sauberzuhalten.«

»Ach was«, unterbrach die Ältere, das ist doch schnell gemacht. Ich kümmere mich darum. – Außerdem«, fuhr sie nach einem weiteren kritischen Blick auf Marie fort, »sollten wir zusammenhalten, wenn wir schon in einer ähnlichen Situation sind.«

»Sind wir das?«

»Eike hat mich hierher verbannt, als ich ihn zum zweiten Mal auf einen Fehler in einer Kalkulation hinwies. Es ist lange her und ich hoffe, er macht inzwischen keine solchen Fehler mehr. Seither erfasse ich die Stundenzettel, sortiere Lohnbelege und habe viel Zeit. Das soll keine Beschwerde sein. Ich habe mich damit arrangiert und genieße die Ruhe inzwischen.«

Nachdenklich betrachtete Marie Frau Schäfer. Zwar hatte sie sich gewundert, dass diese irgendwann ihren Arbeitsplatz hatte räumen müssen, dies jedoch seinerzeit nicht hinterfragt. Jetzt hatte Eike sie verbannt.

»Ich werde dann mal einen Rechner organisieren«, kündigte sie an und verließ das neue Büro. Ihre Gedanken flogen bei dem Versuch, das Verhalten ihres Bruders einzuordnen. Dann tauchte wieder Jans Bild vor ihrem inneren Auge auf, aber diese Gedanken mochte sie hier im Büro nicht zulassen. Sie ahnte, dass der Schmerz über sein Verhalten mehr wäre, als sie gerade verkraften konnte.

Abends betrachtete sie nachdenklich die Noten, die Jan mitgebracht hatte, auf ihrem Wohnzimmertisch. Dort stand fein säuberlich aufgestempelt auch seine Adresse nebst Telefonnummer. Nein, sie würde ihn sicher nicht anrufen. Wenn er die Frechheit besaß, ohne einen Kommentar an ihr vorbeizumarschieren. Zwar hätte sie interessiert, was er zu der Situation zu sagen gehabt hätte, aber inzwischen war aus dem Schrecken und dem verdrängten Schmerz Wut geworden.

Noch ein weiterer Gedanke drängte sich auf. Sie hatte recht offen über Eikes Firmenführung erzählt und dass sie vermutete, dass der Betrieb nicht so gut lief, wie ihr Bruder dies gern vorgab. Hatte sie Jan damit womöglich selbst angelockt? Nachmittags war längst durchgesickert, dass Petersen Fenster die kleinere Firma Carstens aufkaufen wollte, was der Chef allerdings verhindern würde. So erzählte man sich in der Werkstatt. Was davon der Wahrheit entsprach, konnte Marie nicht beurteilen. Auf ein weiteres Gespräch mit Eike hatte sie wohlweislich verzichtet.

Am Ende dieses merkwürdigen Tages versuchte sie zu betrachten, was an den vergangenen Stunden gut gewesen war. Sie hatte ihren neuen Schreibtisch eingerichtet und der Kontakt zu Frau Schäfer war unerwartet herzlich ausgefallen. Vielleicht sollten sie sich wirklich auf ihre Gemeinsamkeiten besinnen. Allerdings verspürte Marie keine große Lust, sich durch verfrühte Zutraulichkeit abermals in die Nesseln zu setzen.

Entschieden nahm sie die Noten und war schon auf dem Weg zum Papierkorb, als sie innehielt. Zwar brauchte sie die Telefonnummer nicht mehr, aber die Blätter konnten ihr ja noch einmal nützlich sein. Sie verschwanden in einer Sammelmappe in ihrer Notenschublade, die Marie mit einem Schnauben zuschob. Den Schmerz über die Enttäuschung drängte sie zurück.

Am nächsten Morgen ging sie gleich an ihren neuen Schreibtisch. Frau Schäfer war schon da und goss gerade die Blumen.

»Guten Morgen Frau Schäfer!« Marie stellte ihre Tasche unter den Tisch.

»Guten Morgen Frau Carstens«, die Ältere zögerte einen Moment. »Ich würde Ihnen gern das Du anbieten, wo wir uns jetzt das Büro teilen. Ich bin ja die Ältere von uns beiden, aber falls Sie Vorbehalte haben, als Tochter, ich meine als Schwester des Chefs«, verbesserte sie sich.

Marie überlegte. Eike hatte ihr sehr klar gesagt, dass sie eine einfache Angestellte war, außerdem war das Du keine übertriebene Vertraulichkeit, die automatisch Weiteres nach sich zog.

»Gern«, antwortete sie daher und ging auf die Kollegin zu. Sie streckte ihre Rechte aus. »Ich bin Marie, aber das wissen Sie ja.«

»Ja, das weiß ich. Ich bin Magda.« Die Frauen schüttelten sich die Hand. »Ich weiß noch, wie dein Vater euch mit in die Firma brachte. Eike ist immer gleich verschwunden, aber du hast dich für die Leute hier in den Büros interessiert und hast gefragt, was wir hier machen.«

Daran konnte sich Marie nicht mehr erinnern. »Wie alt war ich da?«

»Ich glaube noch während der Grundschule. Eike war im fünften Schuljahr. Das war die Zeit, als ihr fast als Zwillinge hättet durchgehen können.«

In Maries Erinnerung tauchte ein Foto auf, Eike und sie auf der Ladefläche eines Lasters, beide mit Jeans und rotem T-Shirt, die blonden Schöpfe kurz geschnitten und struwwelig. Ja, sie hatten sich tatsächlich eine Weile sehr ähnlich gesehen. Äußerlich.

Damals hatte sich Eike überhaupt nicht für die Firma interessiert, das war erst später gekommen, als ihr Vater erstmals vom Erbe an den Erstgeborenen gesprochen hatte. Von da an hatte ihr Bruder sich in seine Ausbildung gestürzt, immer in dem Bewusstsein, bald

Firmenchef zu sein. Aber es war müßig, darüber nachzudenken, außerdem stach noch immer die Eifersucht, wann immer sie an die Ungerechtigkeit dachte, dass er als Junge vorgezogen worden war.

Beide machten sich an ihre Arbeit. Als die Mittagspause anbrach, fragte Magda, ob Marie mitkommen würde zum nahe gelegenen Bäcker. »Dort gibt es kleine Tagesgerichte oder belegte Brötchen«, erklärte sie.

Bislang hatte Marie ihre Pause immer am Schreibtisch verbracht, aber auch diese Vereinbarung galt nun nicht mehr. Jetzt würde sicher ihre Schwägerin Sophie die Anrufe entgegennehmen. Trotzdem fiel es ihr schwer, einfach zu gehen.

»Ich frage nur kurz nach, wer den Telefondienst in der Mittagspause übernimmt.«

Schon bevor sie das nachsichtige Lächeln der Kollegin sah, wusste sie, dass sie es besser lassen sollte. Trotzdem ging sie zu ihrem alten Büro, klopfte und öffnete die Tür. Das Zimmer war leer. Marie stutzte. Hatte Sophie das Telefon umgestellt? Neugierig warf sie einen Blick auf die Telefonanlage. Nein, es war keine Rufweiterleitung eingestellt. Marie zuckte zusammen, als es klingelte. Aus Gewohnheit nahm sie ab. »Fenster Carstens, was kann ich für Sie tun?«

»Hartmann Glas, ich möchte den Geschäftsführer sprechen.«

Dann hatte Eike wohl gestern nicht mehr zurückgerufen.

»Einen Moment, ich verbinde.« Marie versuchte, ihren Bruder zu erreichen, vergeblich. Im Terminkalender, der aufgeschlagen auf dem Schreibtisch ihrer Schwägerin lag, stand kein Termin. Merkwürdig.

»Herr Hartmann, Herr Carstens ist momentan nicht am Platz. Kann ich etwas ausrichten?«

»Sagen Sie ihm, dass ich ihn dringend sprechen möchte. Er soll sich umgehend bei mir melden.«

Marie sagte zu, die Nachricht weiterzuleiten, und verabschiedete sich. Noch während sie die Notiz schrieb, hörte sie die Tür hinter sich.

»Was machst du denn hier?« Eike und Sophia standen in der Tür.

»Eigentlich wollte ich nur fragen, wer in der Mittagspause das Telefon übernimmt, als es klingelte. Du sollst dich dringend mit Hartmann Glas in Verbindung setzen. Herr Hartmann hat gerade zum zweiten Mal angerufen.«

»Wie lange treibst du dich denn hier schon rum?«

»Du erinnerst dich, dass ich dich gestern schon gebeten habe, Hartmann zurückzurufen? Jetzt bin ich vielleicht drei Minuten hier. Ich konnte ja nicht ahnen, dass ihr gemeinsam zu Tisch geht, ohne das Telefon umzustellen.«

Immerhin wirkte Sophia betroffen. Ihr Bruder hingegen schien Luft zu holen, um sie zurechtzuweisen. Das wartete Marie aber nicht ab, sondern drückte ihm nur die Notiz in die Hand. Mit einem »Magda und ich sind dann zu Tisch«, ging sie an ihm vorbei.

Nach außen unbewegt und abgebrüht, machte sie sich Sorgen. Wenn sie die Außenstände noch zu dem gestrigen Kontostand addierte, so war das Minus beträchtlich. Hoffentlich hatte Eike Erfolg bei seinen Verhandlungen mit der Bank gehabt. Zwar juckte es sie danach zu fragen, aber sie ging, ohne zurückzublicken, Magda abholen und mit ihr zum Bäcker.

Marie hatte Lust, außer Haus zu essen, und entschied sich für eine Pilzcremesuppe. Gemeinsam setzten sie sich mit ihrem Mittagessen an einen Tisch und ließen sich die Suppe schmecken. Ein Mix aus verschiedenen Pilzen war kräftig abgeschmeckt und wärmte nach dem kurzen Gang durch den frostigen Februartag.

»Danke für den Tipp«, brach Marie das Schweigen. »Die Suppe ist gut, daran könnte ich mich gewöhnen.«

»Hast du dir immer etwas mitgebracht?«

»Ja, bisher habe ich nur kurz Mittag gemacht und währenddessen noch eingehende Telefonate angenommen.«

Der Blick, den Magda ihr zuwarf, konnte Marie ohne jeden Zweifel deuten.

»Ja, ich weiß, ich hätte Anrecht auf eine längere Pause gehabt und den Telefondienst hätte ich eigentlich selbst in der kurzen Pause nicht machen müssen, aber so war es mit meinem Bruder vereinbart.«

»Er hat dich ausgenutzt.«

Merkwürdigerweise hatte Marie den Impuls, ihren Bruder zu verteidigen. »Ich habe mich ausnutzen lassen«, widersprach sie matt.

Magda ging nach dem Essen auf die Toilette und danach noch einmal zum Verkaufstresen. Auf dem Weg zum Tisch blätterte sie flüchtig die Illustrierte durch, die sie gerade gekauft hatte. Plötzlich blieb sie stehen.

Mit dem aufgeschlagenen Heft kam sie zu Marie. »Schau mal, ist das nicht dein Bruder?«

Verdutzt warf Marie einen Blick auf das Foto. Im Vordergrund ein bekannter Designer und dahinter tatsächlich Eike, der seine Frau im Arm hielt. Die Partygesellschaft wirkte nicht besonders frisch und in der

Überschrift hieß es auch: *So feiert Sylt bis in den Morgen.*
Noch einmal schaute Marie auf das Bild. Der Star, ein
paar Mal hatte sie sein Gesicht in der Werbung gesehen, interessierte sie nicht. Im Hintergrund standen
eindeutig Eike und Sophia, nein, sie tanzten wohl, andere Paare umgaben die zwei und jetzt entdeckte Marie
auch Jan, der seine Arme sehr vertraut um eine elegante Dame geschlungen hatte. Mit zusammengepressten Lippen starrte Marie auf das Bild.

»Damit hätte ich nun nicht gerechnet, dass der Chef
sich wochenends auf Sylt herumtreibt.«

»Er sagt, er würde dort neue Kunden akquirieren«, widersprach Marie lahm. Sie gab sich einen Ruck. »So
oder so sollten wir zurück an unsere Schreibtische.« Einer Eingebung folgend, kaufte sie sich ein eigenes
Exemplar der Zeitschrift. Irgendetwas an dem Bild
hatte sie irritiert, aber sie konnte nicht sagen, was.

Während des ganzen Nachmittags blieb das Gefühl,
sie hätte etwas übersehen. Mühsam beherrschte sich
Marie, das Heft in ihrer Tasche zu lassen. Sie würde den
Artikel und das Bild am Abend daheim in Ruhe unter
die Lupe nehmen.

Endlich kam der Feierabend und die neuen Bürogenossinnen verabschiedeten sich voneinander. Kaum in
ihrer Wohnung angekommen, zog Marie die Illustrierte aus ihrer Tasche. Beim Blättern fiel ihr die Belanglosigkeit der Überschriften auf, die angeblichen
Prominenten kannte sie nur zum Teil, schaute sie doch
höchstens beim Friseur oder beim Zahnarzt mal in solche Hefte hinein. Dann hatte sie es gefunden: eine
Großaufnahme einer Party, die laut Text im Haus einer

Ines Roters stattgefunden hatte. Die Namen der prominenten Gäste sagte ihr gar nichts, nur der im Vordergrund abgelichtete Herr war ihr aus der Werbung bekannt. Hinter ihm war deutlich Jan zu sehen, der innig mit einer blonden Frau tanzte. Ungewohnt sah er aus, ohne Bart. Genau so war er in der Firma an ihr vorbeigerauscht, nein, in sie hineingelaufen. Das Paar wirkte sehr vertraut und sie musterte die Frau näher. Blond war sie und sah älter aus als Jan und sie. Wie alt war Jan? Sie wusste es nicht, schätzte ihn aber auf etwa dreißig. Die Dame an seiner Seite sah aus, als wäre sie mindestens zehn Jahre älter, wenn nicht mehr. Tatsächlich entdeckte Marie sie auf einem kleinen Detailbild am Rande dieses Mal im Arm des Promis und las, dass es sich um die Gastgeberin handelte. Ja, sie war eindeutig älter als Marie. Ob sie zu den Frauen gehörte, die nach zwei Flaschen Champagner noch aufrecht stand? So abschreckend schien es ja nicht auf Jan zu wirken, wenn er sich so innig mit ihr auf der Tanzfläche bewegte.

Marie schloss ihre brennenden Augen. Dieser Mistkerl! Er wollte es langsam mit ihr angehen? Gar nichts würden sie angehen. Er konnte ihr gestohlen bleiben.

Während sie sich Brot aus dem Schrank nahm für das Abendessen, hatte sie noch immer das Gefühl, irgendetwas auf dem Bild übersehen zu haben. Sie wollte es nicht mehr anschauen, hätte das Schundblatt am liebsten gleich in den Müll geworfen. Stattdessen goss sie sich einen Tee auf, holte Käse und Butter aus dem Kühlschrank und setzte sich an ihren Küchentisch, um zu essen. Was konnte sie nur übersehen haben?

Statt wie sonst nach den Mahlzeiten alles gleich wegzuräumen, ließ sie alles auf dem Tisch stehen und schlug noch einmal das Heft auf. Sie versuchte, nicht auf Jan zu schauen, sondern musterte Eike und Sophia. Was hatte sie gesehen, aber nicht bewusst registriert? Eike sah angespannt aus, wie häufig in der letzten Zeit. Leider wusste Marie zu gut, was ihn umtrieb. Sophia schien sich nicht besonders wohlzufühlen, sie wirkte etwas deplatziert. Dann bemerkte Marie, was sie zuvor schon gesehen, aber nicht begriffen hatte: Sophia trug die Perlenkette ihrer Mutter.

Am nächsten Morgen fuhr sie unausgeschlafen zum Betrieb. Die halbe Nacht hatte sie sich geärgert und sich ausgemalt, wie sie ihren Bruder und ihre Schwägerin zur Rede stellte.

Als sie im Vorzimmer ihres Bruders hereinschaute, war dieses noch verwaist, auch Sophia schien noch nicht da zu sein. Erst eine Stunde später hatte sie Glück.

»Sophia, wie läuft es mit deinem Einsatz hier? Hast du Fragen?« Marie hatte sich überlegt, erst einmal die Stimmung auszuloten und nicht mit der Tür ins Haus zu fallen.

»Ganz gut, danke. Eike zeigt mir alles und ich war ja auch nur drei Jahre daheim.«

»Wie kommen die Kinder mit dem Wechsel zurecht? Es muss ja sehr ungewohnt sein, jetzt regelmäßig in die Kita zu gehen.« Der ältere Sohn der beiden war schon vorher im Kindergarten gewesen, aber die Kleine musste sich mit ihren knapp zwei Jahren nun schnell umgewöhnen, so vermutete Marie.

»Ach, Merle ist ein Schatz, sie geht selbstbewusst in die Gruppe, ganz anders als Finn damals.«

Fast tat es leid, dieses erste persönliche Gespräch seit Langem unterbrechen zu müssen, aber sie spürte die Wut noch immer wie eine geballte Faust in ihrem Magen.

»Wer passt denn am Wochenende auf die beiden auf, wenn ihr auf Sylt seid?«

Sophia hob verwundert den Kopf. »Wie kommst du darauf, dass wir auf Sylt waren?«

Ach, hatte Eike sie etwas gebrieft, nichts davon zu erzählen? »Eike hatte mir gesagt, dass ihr nicht zum Konzert kommen könntet, weil ihr ein kinderfreies Wochenende auf Sylt genießen würdet. Am letzten Wochenende wart ihr aber schon wieder dort, oder?«

Sophia schaute sie nur misstrauisch an.

»Frau Schäfer zeigte mir in der Mittagspause gestern ein Foto in einer Illustrierten, auf dem ihr beide auf einem Fest bei einer Ines Roters tanzt.«

Der Blick ihrer Schwägerin hatte sich weiter verfinstert. Jetzt oder nie.

»Wie kommst du eigentlich dazu, meine Perlenkette zu tragen?«

Stille senkte sich über die beiden Frauen. War da ein Flackern von Unsicherheit in Sophias Blick gewesen? Jetzt verengten sich ihre Augen.

»Schatz, hast du die Post fertig?« Eike stand in der Tür zu seinem Büro und schaute verwundert von einem zum anderen. »Was geht hier vor?«

Ihr sonst nicht für seine Empathie bekannte Bruder hatte erfasst, dass dicke Luft herrschte.

Sophia lehnte sich zurück und überließ Marie die Antwort. Na schön.

»Ich habe ein Bild von euch gesehen, von der Party am Wochenende. Darauf ist zu sehen, dass deine Frau meine Perlenkette trägt. Ich habe sie gerade gefragt, wie es dazu gekommen ist.« Während Marie sprach, hatte sie ihre Schwägerin nicht aus den Augen gelassen, die nun, da ihr Mann mit im Raum war, ein überhebliches Lächeln zeigte.

»Ich habe dir schon vorletzte Woche gesagt, dass es nichts, aber auch gar nichts in dieser Firma gibt, was dir gehört«, wiederholte ihr Bruder kalt seine Abfuhr. »Du bist hier lediglich angestellt und ich frage mich allmählich, ob du und deine neue Bürokollegin überhaupt das tut, wofür ich euch bezahle oder ob ich euch abmahnen sollte.«

»Lass Frau Schäfer da raus«, wies sie ihn zurecht.

»Habe ich nicht vorhin ihren Namen gehört?« Kurz wechselte sein Blick zu seiner Frau, die nickte.

»Sie hat lediglich in ihrer Mittagspause beim Bäcker die Illustrierte gekauft, in der sie ein Bild von euch beiden gefunden hat. Genauer habe ich mir das Bild erst daheim angeschaut und dabei entdeckt, dass Mutters Perlenkette ebenfalls abgelichtet war. Du warst dabei, als sie mir ihren Schmuck vermacht hat und auch, als Vater den Schmuck zum Wert des Appartements in Husum addierte, um mir klarzumachen, dass das Erbe, so wie er es aufgeteilt hat, *gerecht* geteilt wäre.« Bei den letzten Worten hatte Maries Stimme einen ätzenden Klang bekommen. Sie hatte Gänsefüßchen in die Luft gemalt, um ihre Einschätzung dieser Gerechtigkeit infrage zu stellen.

»Ich weiß nur, dass ich diesen Grund und Boden bekommen habe, mit allem, was sich darauf befindet. Grundstück, Firma, alles, was du hier siehst, gehört mir.«

»Eine sehr abenteuerliche Sichtweise, wenn du mich fragst. Hätte ich also den Schmuck nach Mutters Tod aus dem Safe genommen, würde er mir gehören, und da ich das nicht tat, verändert es die Erbregeln?« Wütend starrte sie ihren Bruder an. »Gib mir auf der Stelle meinen Schmuck.«

»Was willst du damit, du trägst nie welchen. Soll er etwa aus deiner Wohnung gestohlen werden?«

»Dir kann egal sein, was damit geschieht, weil es mein Schmuck ist. Gib ihn mir!«

»Gar nichts gehört dir hier. Entweder du gehst jetzt an deine Arbeit oder du kannst dir deine Papiere abholen.«

»Ohne Abmahnung?«

»Die kannst du gern haben. Also?«

Marie sah ein, dass sie hier nicht weiterkommen würde, drehte sich auf dem Absatz um und stapfte zurück an ihren Schreibtisch. Dieser Mistkerl!

Magda Schäfer warf ihr nur einen mitfühlenden Blick zu, fragte aber nicht, worum es gegangen war. Marie vermutete, dass der gesamte Flur ihren Streit gehört hatte, weil sie es unterlassen hatte, die Bürotür zu schließen. Aber das war Marie nun auch egal. Ihre Wut unterdrückend brachte sie den Rest des Arbeitstages hinter sich.

Kaum zu Hause angekommen, griff sie zum Telefon, um Nele anzurufen.

»Hallo Süße, was gibt es? Du hörst dich nicht gut an«, stellte diese fest, kaum sie das Gespräch angenommen hatte.

Marie berichtete ihrer Freundin aufgelöst von ihrer Entdeckung und dem Streit.

»Warte mal, Marie, ich rufe dich gleich zurück.«

Bevor sie irgendetwas sagen konnte, hatte Nele aufgelegt. Verdutzt schaute Marie auf ihr Smartphone. Bevor ihre Verwunderung in Ärger umschlagen konnte, summte das Gerät.

»Hi, hier bin ich wieder. Pack dir Sportzeug, Wasser und ein Handtuch ein, ich bin in einer Viertelstunde bei dir.« Nele klang etwas gehetzt.

»Was zum Teufel soll das?«, fragte Marie. Noch nie hatte Nele sie zu irgendeinem Sport abgeholt.

»Ach ja, vergiss deinen Gutschein nicht. Bis gleich!« Nele legte auf.

Gutschein? Verwirrt lehnte sich Marie auf dem Küchenstuhl zurück, auf den sie sich zum Telefonieren gesetzt hatte. Nachdenklich starrte sie auf den Tisch. Von welchem Gutschein hatte Nele gesprochen? Mechanisch stand sie auf, setzte Neles überraschende Anweisungen in die Tat um und stopfte Sporthose, Shirt und Handtuch in ihre Sporttasche. In der Küche füllte sie eine Flasche mit Leitungswasser und dann erinnerte sie sich. Nele hatte ihr zu Weihnachten einen Gutschein geschenkt. Gerade als sie den aus ihrem Wohnzimmerschrank geholt hatte, klingelte es an ihrer Tür. Marie erwartete die Freundin an der Wohnungstür.

»Hältst du das für eine gute Idee, heute zum Boxen zu gehen? Wahrscheinlich ist das so kurzfristig gar nicht möglich.«

»Deswegen habe ich dich vorhin unterbrochen. Ich habe im Boxklub angerufen und nachgefragt. Deswegen müssen wir uns auch beeilen«, drängte sie.

Drei Stunden später ließ sich Marie erschöpft auf ihre Couch fallen. Nie wieder würde sie aufstehen, schwor sie sich. Sie fühlte jeden Muskel in ihrem Körper. Arme, Beine, Rumpf, alles summte schwerfällig, aber ihr Kopf fühlte sich herrlich entspannt und ermattet an. Nele hatte Recht gehabt. Sie hatte sich den ganzen Ärger aus dem Leib geboxt. Jeder Hieb hatte ihr gutgetan und ihr Gemüt nach und nach wieder ausgeglichen. Mehr als einmal hatte sie sich Jans bartloses Antlitz, noch öfter aber ihren Bruder vorgestellt, wenn sie auf den Sandsack eingedroschen hatte. Aber das war erst das Ende der Probestunde gewesen. Vorher hatten ein ausgedehntes Aufwärmen und ein Kraft-Ausdauer-Circle auf dem Programm gestanden. Marie beschloss, einfach ins Bett zu gehen und auf das Abendessen zu verzichten. Mühsam stemmte sie sich hoch und schlurfte ins Bad. Die Zahnbürste und auch die Zahnpastatube zitterten, nein, natürlich zitterten ihre Hände durch die ungewohnte Anstrengung.

Kurze Zeit später lag sie im Bett und ein Plan reifte in ihrem Kopf heran.

Gefährliche Pfade

Marie war fest entschlossen, sich ihr Eigentum zurückzuholen. Auch wenn Eike ihre Befugnisse in der Firma eingeschränkt hatte, so besaß sie doch immer noch einen Schlüssel zur Werkstatt. Erst einmal im Gebäude konnte sie mit ihrem kleinen Generalschlüssel dann jeden Raum betreten. Bevor ihr Bruder auf die Idee käme, ihr diesen zu nehmen, würde sie handeln.

Sicherheitshalber fuhr sie erst am späten Freitagabend ins Industriegebiet von Norderstedt. Der Himmel war schon tiefblau, nur am Horizont zeigte sich noch ein hellerer Streifen die Farben der untergegangenen Sonne. Der vertraute Weg lag hellbeleuchtet und menschenleer vor ihr. Wo immer möglich parkten Lkw, aber sie begegnete niemandem. Was zu ihrem Plan gehörte, ließ ihr Herz schneller schlagen, je näher sie der Firma kam. In einer Nebenstraße stellte sie ihren Wagen ab und blieb zunächst sitzen, um ihre Nervosität in den Griff zu bekommen. Ihr Magen hatte sich zu einem Stein zusammengezogen, das Herz klopfte bis zum Hals. Es ist kein Einbruch, versuchte sie sich zu beruhigen. Ich habe den Schlüssel und hole mir nur das zurück, was mir gehört. Ein weiteres Mal kontrollierte sie die Straße vor und hinter sich, konnte aber niemanden entdecken. Sie nahm all ihren Mut zusammen und stieg aus. Als sie jedoch ihr Auto abschließen wollte, zitterte ihre Hand. Mit zusammengepressten Lippen wandte sie sich vom Auto ab und überbrückte die dreihundert Meter bis zur Firma.

Noch einmal sah sie sich um und ging dann möglichst selbstbewusst hinter das Gebäude, direkt zur Werkstatttür. Die Bewegung hatte ihre Nerven etwas beruhigt. Sie traf das Schloss im ersten Versuch, öffnete die Tür und schlüpfte hindurch. Nachdem sie die Tür hinter sich verriegelt hatte, sah sie sich um. Die Werkstatt war ihr von Kindesbeinen vertraut. Sie kannte die Maschinen, mit denen während der Woche Fenster produziert wurden und die für Lärm und Staub sorgten. Jetzt war alles still. Sie war noch nie allein hier gewesen.

Im Halbdunkel fand sie sich gut zurecht und verließ die Halle durch die gegenüberliegende Tür in den Verwaltungstrakt. Ins Treppenhaus schien das Licht der Straßenlaternen, aber als eine Etage höher die Tür hinter ihr ins Schloss fiel, wurde es stockdunkel um sie. Sie hatte lange überlegt, ob sie Licht machen oder sich mit einer Taschenlampe zurechtfinden sollte. Zumindest hier im Flur nutzte sie lieber ihre Taschenlampe, die sie nun aus der Jackentasche zog. Das Büro ihres Vaters, in dem Eike seit dessen Tod residierte, lag nach hinten raus. Ihr Vater hatte immer im Blick haben wollen, was sich auf dem Hof tat, welche Lieferanten kamen oder welche Montage-Lkw das Werk verließen. Ihrem Bruder hatte dies nicht gefallen. Er hatte sich an die Sicht auf die Straße und das helle Büro gewöhnt, hatte aber trotzdem umgehend das Büro des Chefs bezogen.

Sie schloss die Tür hinter sich und schaltete das Licht ein.

Fast erwartete sie, ihren Vater hinter dem Schreibtisch zu sehen, und einen kurzen Moment spürte sie dem Schmerz nach, der den Gedanken an dessen Tod noch immer begleitete.

Sie umrundete den riesigen Tisch und öffnete den Schrank dahinter, in dem sich der Safe befand. Die Kombination kannte sie. Oder hatte Eike die etwa geändert? Wieder stieg ihre Nervosität und sie wischte sich die Hände an der Hose ab, bevor die ihre Rechte auf das Rad legte. Leise klickte das mechanische Zahlenschloss, als sie den Zeiger auf die Geburtstage ihrer Mutter, ihres Bruders und von ihr selbst drehte. Zum Schluss kam noch der Hochzeitstag der Eltern. Ein lauteres Klicken zeigte an, dass die Kombination noch die gleiche war und mit einem tiefen Durchatmen zog sie die schwere Tür des Tresors auf. Im oberen Fach standen zwei Aktenordner und einige braune Briefumschläge. Im unteren Fach hatte ihr Vater immer den Schmuck aufbewahrt. Aber auch als sie in die Hocke ging und mit der Hand bis in den hintersten Winkel tastete – das Fach war leer!

Marie nahm die Aktenordner aus dem Safe und auch die Briefe, aber diese füllten das obere Fach bis zur hinteren Wand. Dahinter war nichts mehr zu entdecken. Nichts.

Enttäuscht ließ sie die Schultern sinken. Die ganze Planung, die Gedanken, die Aufregung für nichts! Sie drängte die Tränen zurück, die ihr in die Augen steigen wollten. Ob er den Schmuck in seinem Privathaus hatte? Sie befürchtete allerdings, dass er zumindest einige Stücke verkauft haben würde. Die teuren Partys auf Sylt wollten bezahlt sein und die Firma warf momentan nicht so viel Geld ab.

Sie hing nicht an dem Schmuck, schließlich trug sie selbst selten, nein eigentlich nie Ringe oder Ketten. Einzig die Perlenkette der Mutter war ihr wichtig, die, die sie auf dem Foto in der Illustrierten am Hals ihrer Schwägerin gesehen hatte.

Sorgfältig stellte sie die Akten zurück in den Tresor. Für diese vergebliche Aktion wollte sie keinen zusätzlichen Ärger mit ihrem Bruder riskieren. So war ja nichts passiert. Mit einem Seufzen schloss sie die schwere Stahltür und stand auf. Erst dann klappte sie die Holztür zu, die den Safe vor den Blicken der Besucher verbarg.

Nachdenklich ging sie zurück zur Tür. Ein letzter Kontrollblick zeigte ihr, dass das Büro genau so vor ihr lag, wie sie es vorgefunden hatte. Dann schaltete sie das Licht aus. Im Gang nutzte sie wieder ihre Taschenlampe und auch im Treppenhaus leuchtete sie sich den Weg. Ihre Augen hatten sich an das Licht im Büro gewöhnt und sie wollte nicht fallen, während sie schnell die Stufen hinunterlief.

Als sie ihre Hand an die Klinke der Stahltür zur Werkstatt legte, erschien ihr diese handwarm. Noch während sie dies verwundert registrierte, zog sie die Tür auf und stand plötzlich hellen Flammen gegenüber. Hinter der Tür brannte es lichterloh! Hitze schlug ihr entgegen und dichter Rauch reizte ihren Hals. Entsetzt starrte sie auf das Feuer, das zwischen ihr und dem Ausgang loderte.

Erst dann kam ihr die Idee, die Brandschutztür zwischen Treppenhaus und Betrieb zu schließen. Mit beiden Händen drückte sie die Tür zu und fühlte die Wärme des Metalls, das sich weiter erhitzt hatte. Die Vordertür war durch ein Gitter gesichert, für das sie keinen Schlüssel besaß. Auch die Fenster waren vergittert. Nach einem Einbruch vor zwei Jahren hatte der Vater die Fenster sichern lassen.

Bevor sie zu Ende gedacht hatte, setzten sich ihre Füße bereits in Bewegung. Sie musste sich in einem Büro neben dem Eingang verschanzen und die Feuerwehr rufen.

Mit einer Ruhe, die sie selbst überraschte, zog sie ihr Handy aus der Tasche und wählte die 112. Sobald sie einen Gesprächspartner hatte, sprudelte es förmlich aus ihr hervor: »Guten Abend, hier ist Marie Carstens, die Firma meines Bruders, Fenster Carstens in Norderstedt brennt, in der Oststraße. Die Werkstatt steht in Flammen und ich sitze im Verwaltungstrakt fest und kann nicht hinaus.«

Auf Nachfrage des Mannes in der Leitstelle lieferte sie noch Details nach und hoffte gleichzeitig, dass er während des Gesprächs bereits die Meldung weitergegeben hatte. Wie lange sie wohl hier sicher war? Zwischen Werkstatt und Verwaltung befanden sich Brandschutztüren, aber ob es andere Wege für die Flammen gab, um zu ihr zu gelangen, wusste sie nicht. Wie verlangt, blieb sie am Handy und stellte sich ans Fenster. Vergeblich versuchte sie, es zu öffnen. Dann fiel ihr ein, der Vater hatte vor dem Einbau der Fenstergitter noch dafür gesorgt, dass die Fenster nur mit einem speziellen Schlüssel zu öffnen waren, den hatte sie nicht. Aus dem Augenwinkel konnte sie den Widerschein des Feuers auf der Fassade des benachbarten Betriebes sehen, die Straße war noch ruhig. Sekunden wurden zu Minuten, die sich wie Stunden anfühlten, ohne dass sich draußen etwas rührte. Oder lief dort eine Gestalt über die

Straße? Marie kniff die Augen zusammen, um genauer zu erkennen, was sich schemenhaft am gegenüberliegenden Straßenrand tat. Dann hörte sie endlich das Martinshorn. Erst leise, dann näherte sich der Ton schnell und dann sah sie die blauen Blinklichter näherkommen. Sie gab der Leitstelle weiter, dass sie die Wagen kommen sah und griff nach ihrer Taschenlampe. Als die Fahrzeuge auf dem Hof hielten, leuchtete sie mehrfach aus dem Fenster, um sich bemerkbar zu machen. Erleichtert sah sie einen Feuerwehrmann auf ihr Fenster zukommen, der ihr signalisierte, dass er sie bemerkt habe. Gleich darauf drehte er sich aber um und lief zum Feuerwehrwagen zurück.

In diesem Moment war es vorbei mit ihrer Ruhe. Panik drohte ihr die Luft abzuschnüren, als sie ihn weggehen sah. Eine leise Stimme in ihrem Hinterkopf meinte zwar, dass er Werkzeug brauchte, aber eine deutlich lautere Stimme drängte danach, ihm hinterherzurufen, sie nicht allein zu lassen. Sie musste husten. Hatte sie doch geschrien? Sie war sich nicht sicher. Weil ihre Knie nachgaben, suchte sie Halt an der Wand und nach kurzem Zögern ließ sie sich mit dem Rücken an der Wand hinuntergleiten. Das Atmen fiel ihr schwer und sie legte ihren Kopf in den Nacken. Dabei fiel ihr Blick auf die Lüftungsschlitze der Klimaanlage. Aus dem Lüftungsrohr drang Rauch ins Büro, wenig zwar, aber inzwischen roch sie auch, dass nebenan nicht nur Holz verbrannte. Der Geruch von verbranntem Kunststoff wurde intensiver.

Erschrocken stemmte sie sich wieder in die Höhe und schlug gegen das Fenster. »Hilfe! Holt mich hier heraus!«

Draußen tauchte ein Feuerwehrmann auf, der sie mit Gesten zu beruhigen suchte. Dumpf hörte sie: »Bleiben Sie ruhig, nach unseren Informationen gibt es eine Brandschutztür zwischen Werkstatt und Verwaltung. Sie sind sicher in ihrem Büro. Setzten Sie sich und warten Sie ab, wir holen Sie raus.«

»Nein! Hier kommt Rauch herein!« Marie musste Husten und zeigte auf die Lüftung. Die Luft war inzwischen deutlich verraucht. Konnte er das vor dem Fenster sehen?

»Setzen Sie sich auf den Boden, wir beeilen uns!«

Er hatte sie verstanden. Jetzt mischte sich eine zweite Stimme vor dem Fenster ein, dann entfernten sich zwei Schemen.

Marie ließ sich wieder zu Boden sinken. Der Rauch war inzwischen noch dichter geworden und reizte ihren Hals immer stärker. Sie zog sich ihren Pullover über das Gesicht, in dem Versuch, den Qualm von sich fernzuhalten. Sie registrierte, dass ihr schwindelig wurde und versuchte, flach zu atmen. Ihr Blick verschwamm, als sie zur Lüftung hochschaute, dann wurde alles schwarz.

***

Was Marie hier nur wollte? Jan parkte hinter ihrem Kleinwagen und überlegte, ob er aussteigen sollte. Ja, er war eigens nach Norderstedt gekommen, um mit ihr zu sprechen, aber dann war sie vor seinen Augen losgefahren, zur Firma. Ob sie um diese späte Uhrzeit noch arbeiten wollte? Selbst für die Schwester des Geschäftsführers erschien ihm dies unwahrscheinlich. Nachdenklich blieb er im warmen Auto sitzen.

Irgendwann dauerte es ihm zu lange. Obwohl erst einige Minuten vergangen waren, stieg er aus und lief die Strecke zur Firma Carstens hinüber. Als er am Firmengelände angekommen war, lag ein deutlicher Rauchgeruch in der Luft. Heizte jemand hier im Industriegebiet um diese Zeit mit Holz? Dann hielt er inne. Da lag nicht nur der Geruch nach Holzfeuer in der Luft und wurde rasch stärker. Es stank auch nach verbranntem Kunststoff. Prüfend ließ er seinen Blick über die Fassade von Fenster Carstens gleiten. Alle Fenster auf dieser Seite des Gebäudes waren dunkel. Kurz zögerte er, dann aber betrat er das Firmengelände und umrundete das Gebäude. Der Gestank nahm zu und als er in die Werkstatt schaute, sah er den hellen Schein von Flammen. Entsetzt versuchte er, durch die Scheibe in der Tür etwas zu erkennen, was ihm jedoch nicht gelang. Eilig zog er sein Smartphone aus der Jackentasche und verständigte die Feuerwehr, dann lief er weiter und schaute auf die Rückseite des Verwaltungsgebäudes. War da Licht im oberen Stockwerk? Ja, in einem großen Büro wurde gerade das Licht ausgeschaltet. Kurze Zeit später sah er den Schein einer Taschenlampe durch die Fenster des Treppenhauses scheinen, dann wurde es dunkel.

Jan beeilte sich, auf die Vorderseite des Gebäudes zu kommen. Hier musste Marie doch herauskommen.

Irritiert blickte er auf das Gitter vor der Eingangstür. Hier war Marie sicher nicht hineingegangen. Zumindest vermutete er, dass sie das Gitter offengelassen hätte. Jan überlegte, ob er an einer weiteren Tür vorbeigekommen sei. Entsetzen befiel ihn, als ihm klar wurde, dass die anderen Türen in die Werkhalle führten und wegen des Feuers für Marie unpassierbar waren. Ein Verwaltungsgebäude ohne Notausgänge? Er versuchte, das Gebäude auf der anderen Seite zu umrunden, stieß aber auf den Zaun zum Nachbargrundstück, an dem ein Rottweiler laut bellte.

Entmutigt ging er zurück zum Haupteingang, als er das Martinshorn hörte. Er lauschte und richtig, der Ton kam näher. Zwei Feuerwehrwagen bogen in die Straße ein und hielten auf ihn zu. Einer fuhr auf das Firmengelände, während der andere vor dem Gebäude Stellung bezog. Die Männer sprangen aus dem Fahrzeug und öffneten die Fächer mit den Schläuchen. Ein Feuerwehrmann ging auf das Gebäude zu und Jan folgte seinem Blick. Gleich neben dem Eingang wurde eine Taschenlampe am Fenster geschwenkt.

Jan setzte sich in Bewegung. Ja, da stand Marie und gestikulierte mit dem Feuerwehrmann, der darauf hin zum Wagen zurücklief. Das Fenster, hinter dem sie stand, war vergittert, wie alle anderen Fenster auch. Das fiel ihm jetzt erst auf. Auch in der ersten Etage waren die Fenster gesichert. Wie um alles in der Welt sollte Marie dort herauskommen?

Seine Betrachtungen wurden von Klopfgeräuschen unterbrochen. Marie schlug gegen die Scheibe und schrie etwas. Jan ging weiter auf das Fenster zu.

»Hilfe«, meinte er gehört zu haben. Auch der Feuerwehrmann kam wieder auf das Fenster zu und versuchte, sie zu beruhigen.

»Nein, hier kommt Rauch herein!«

Was der Feuerwehrmann erwiderte, beachtete Jan nicht. Er inspizierte das Fenstergitter, das gegen Einbrüche schützen sollte. Es gab keine Verschraubungen.

»Wir müssen das Gitter aufschneiden.«

Der andere war bereits auf dem Weg zum Feuerwehrwagen. Mit einem weiteren Kollegen holte er die hydraulische Zange herbei und bereitete sie auf ihren Einsatz vor.

Jan stand ungeduldig daneben und zählte die Sekunden. Wie viel Zeit war vergangen, seit Marie im Inneren zu Boden gesunken war? Die Vorbereitungen zogen sich scheinbar endlos hin.

Schließlich gab die erste Strebe mit einem leisen Knacken nach. Fast geräuschlos öffnete sich die Schere wieder, um kurz darauf die zweite Strebe zu zerschneiden. Nach zwei weiteren Schnitten war das Gitter gelöst.

»Hallo, gehen Sie bitte vom Fenster zurück, wir schlagen jetzt die Scheibe ein.«

Auf den Ruf kam keine Antwort, was Jans Herz sinken ließ. War Marie bewusstlos oder gar schlimmeres?

Gebannt verfolgte er, wie ein Feuerwehrmann nun mit Atemschutz durch das Fenster in das Gebäude stieg. Nach nur zwei Schritten hockte er sich hin und verschwand so aus Jans Blickfeld. Rauch drang aus dem zerbrochenen Fenster, aus dem der Kollege die letzten Scherben entfernte. Jan trat näher und ehe ihn jemand daran hindern konnte, beugte er sich über die Fensterbank, um ins Innere zu schauen. Feiner Qualm trübte die Sicht und stank.

Er sah schemenhaft den breiten Rücken mit der Aufschrift Feuerwehr, der sich gerade wieder aufrichtete. Als sich der Mann umdrehte, sah Jan, dass dieser Marie auf seinen Armen hielt. Vorsichtig trug er sie ans Fenster und Jan bedeutete ihm, dass er sie übernehmen würde. Schwer war sie eigentlich nicht, aber er hatte Mühe, ihren schlaffen Körper so zu halten, dass sie sich nicht an den Scherben verletzte.

Nach nur wenigen Schritten kamen ihm Sanitäter entgegen. Er hatte den Rettungswagen nicht kommen sehen. Jan trug Marie, bis er sie vorsichtig auf die Trage legen konnte, dann trat er zurück und ließ die Sanitäter ihre Arbeit machen.

***

Endlich konnte sie wieder atmen! Zwar klebte der Gestank in ihrem Mund wie zäher Teer, aber sie bekam Luft. Als sie die Augen aufschlug, sah sie alles hell erleuchtet und zwei Männer in roten Jacken, die sich über sie beugten. Dahinter meinte sie ein bekanntes Gesicht zu entdecken.

»Jan?«, es war mehr ein Krächzen als eine Frage, das sich gleichzeitig merkwürdig dumpf anhörte.

Ein Sanitäter wandte sich ihr zu. »Guten Abend Frau Carstens, verstehen Sie mich?«

Sie nickte. Wieder war da dieser Schwindel und sie schloss die Augen.

Einige Male tauchte sie halb aus ihrer Bewusstlosigkeit auf, meinte zu spüren, dass sie in einem Rettungswagen lag, dass dieser fuhr, dann fand sie sich schließlich in einem hell erleuchteten Raum wieder. Blinzelnd öffnete sie die Augen.

Als sich ihr Blick klärte, erkannte sie einen Infusionsbeutel an ihrem Bett, dessen Schlauch zu ihrem linken Handgelenk führte. Über Mund und Nase trug sie eine Maske, die sie mit herrlich frischer Luft versorgte. Noch immer hatte sie den beißenden Geschmack im Mund, der sie prompt husten ließ.

»Guten Morgen, Frau Carstens. Sie sind im AK Nord. Wie fühlen Sie sich?« Eine junge Ärztin trat heran und blickte ihr prüfend ins Gesicht.

Wieder musste sie husten, räusperte sich, bekam aber keinen Ton heraus. So hob sie ihre rechte Hand, spreizte die Finger und drehte den Unterarm hin und her.

»So lala? Das kann ich mir vorstellen. Wissen Sie, warum Sie hier sind?«

Marie nickte. Tränen traten ihr in die Augen und sie bemerkte, dass ihre Hände zitterten. Sie spürte eine Hand auf der ihren.

»Sie haben großes Glück gehabt. Die Feuerwehr hat Sie rechtzeitig aus dem Gebäude retten können, sodass Sie vermutlich nur eine leichte Rauchvergiftung haben. Wir haben Sie untersucht und werden Sie erst einmal zur Beobachtung hier im Krankenhaus behalten. Haben Sie mich verstanden?«

Wieder nickte Marie. Beim Versuch, die Tränen abzuwischen, stieß sie gegen die Maske.

»Die sollten Sie lieber nicht abnehmen. Ihre Blutwerte sind zwar momentan in Ordnung, aber wir müssen erst sichergehen, dass Sie keine ernsthafte Vergiftung erlitten haben, bevor wir Sie von der Maske befreien können.«

Resigniert schloss Marie die Augen und fühlte sich plötzlich furchtbar einsam. Zwar war die junge Ärztin sehr bemüht, aber sie sehnte sich nach jemandem, der ihre Hand hielt und ihr Wärme gab.

»Vielleicht können wir noch eine zweite Decke für Sie finden«, reagierte nun auch die Ärztin auf ihr Zittern. »Ruhen Sie sich aus, schlafen Sie, wenn Sie können. Sie sind hier in guten Händen.«

Zwar gelang es ihr, einzudösen, aber immer, wenn sie die Augen aufschlug, war gerade erst eine Viertelstunde vergangen.

Gegen Morgen wurde sie zunehmend unruhig. Der Schwindel war fort und auch die Benommenheit hatte nachgelassen. Ob sie noch den ganzen Tag hier verbringen sollte? Sie sehnte sich nach einer Dusche.

In diesem Moment betrat eine Krankenschwester das Zimmer mit zwei Polizisten in ihrer Begleitung.

»Guten Morgen Frau Carstens, wie geht es Ihnen?«

Marie nahm die Maske ab und räusperte sich. »Danke, es geht mir schon besser.« Das Sprechen fühlte sich unangenehm an und sie verzog das Gesicht.

»Sie sollten nicht viel sprechen heute«, empfahl die Schwester mit einem Blick auf die Polizisten. »Möchten Sie etwas trinken?«

Marie nickte nur.

Die Schwester goss ein Glas Wasser ein und gab es Marie, die sich aufgesetzt hatte. Mit langsamen Schlucken trank sie und spürte, wie sich ihre Kehle entspannte. »Danke!«

Nach dem Absetzen des Glases schluckte sie noch einmal trocken, um sich nicht noch einmal räuspern zu müssen. Das Brennen in der Kehle hatte nachgelassen, wie sie erleichtert feststellte.

»Frau Carstens? Marie Carstens?«, der Ältere der beiden Polizisten ergriff nun das Wort.

»Ja, die bin ich.«

»Ich bin Polizeimeister Böttcher und das ist mein Kollege Kersting. Können Sie uns bitte schildern, was gestern Nacht geschehen ist?«

Nachdenklich nickte Marie. »Ich habe die Werkstatt gestern gegen einundzwanzig Uhr betreten beziehungsweise durchquert, um in den Verwaltungstrakt zu gelangen.«

»Wie sind Sie hineingelangt?«

»Ich habe einen Schlüssel für die Werkstatt.«

»Was wollten Sie um diese Uhrzeit in der Verwaltung?«

Marie atmete tief durch und entschloss sich, die Wahrheit zu sagen, auch wenn dies für sie ungünstig aussehen konnte. »Es gibt einen Streit mit meinem Bruder um das Erbe meiner Mutter. Sie hat mir einige Schmuckstücke hinterlassen, die im Safe der Firma lagen. Als ich nun danach geschaut habe, waren sie jedoch nicht mehr dort.«

»Wieso haben Sie um diese Uhrzeit danach gesucht?«

»Wie gesagt gibt es Streit mit meinem Bruder. Er meint, mit dem Erbe der Firma im vergangenen Jahr würde auch der Schmuck ihm gehören, der zum Todeszeitpunkt unseres Vaters im Safe lag. Ich bin da anderer Meinung. In diesem Konflikt schien es mir nicht ratsam, während der Geschäftszeiten nachzuschauen.« Marie merkte, wie ihre Wangen heiß wurden.

»Und wo ist der Schmuck jetzt?«

»Nicht im Tresor, wie ich gesehen habe. Vermutlich hat mein Bruder die Stücke an sich genommen, also bei ihm zu Hause?« Sie zuckte mit den Schultern.

»Sie haben also auch einen Schlüssel zum Safe?«

»Nein. Es ist ein Zahlenschloss. Früher war ich die Assistentin meines Vaters und kenne daher die Kombination.«

Der zweite Polizist machte sich Notizen und fragte nun: »Wann haben Sie von dem Feuer Kenntnis erlangt?«

»Als ich das Gebäude verlassen wollte, fühlte sich die Brandschutztür zwischen Verwaltung und Werkstatt warm an. Als ich sie öffnete, sah ich dann die Flammen. Ich habe die Feuerwehr gerufen und habe mich in ein Büro neben dem Eingang begeben. Für diese Tür und das Gitter dort habe ich keinen Schlüssel. Da alle Fenster in der Verwaltung nach einem Einbruch vor zwei Jahren vergittert wurden, war ich gefangen.« Bei diesen Worten stellten sich ihre Nackenhaare auf. So ruhig sie im ersten Moment gewesen war, als ihr dies aufgegangen war, so sehr schlug ihr dieses Wissen jetzt auf den Magen. Sie knetete ihre Hände in ihrem Schoß.

»Wollen Sie damit sagen, dass es keinen Notausgang gibt?«

»Keinen in der Verwaltung. Die Notausgänge sind allesamt in der Werkstatt.«

Wieder machte sich der Polizist Notizen.

»Es wurden Spuren von Brandbeschleuniger gefunden. Wir brauchen die Kleidung, die Sie gestern Abend getragen haben.«

Marie schaute an sich herunter. Sie trug eines dieser Krankenhaushemden. Wo ihre Sachen waren, wusste sie nicht.

»Ihre Kleidung haben die Kollegen gestern vermutlich in Ihren Schrank geräumt«, bemerkte die Krankenschwester und wies auf den Schrank neben der Tür.

»Die Oberbekleidung reicht uns, wenn Sie uns die bitte geben würden.«

Marie starrte die Beamten entsetzt an. Sie hatte keine anderen Sachen, wie sollte sie denn das Krankenhaus verlassen?

»Würden Sie uns bitte auch Ihr Handy überlassen?«

»Wir können auch auf die richterliche Anordnung warten und die bis dahin gelöschten Daten von den Kollegen wieder herstellen lassen ...«, ergänzte der andere Polizist.

»Darf ich noch eine Freundin anrufen, damit sie mir ein paar Sachen bringt?«

Böttcher nickte ihr zu und sie wählte die Neles Nummer.

»Moin Marie, hast du schon gehört, dass eure Werkstatt abgebrannt ist?«

»Ja, ich weiß davon«, unterbrach Marie. »Nele, ganz kurz: Kannst du bitte in meine Wohnung fahren und mir ein paar Sachen ins Krankenhaus bringen?«

»Krankenhaus? Was ist passiert?«

»Das erzähle ich dir in Ruhe, wenn du hier bist. Kannst du mir den Gefallen tun?«

»Klar, was brauchst du denn? Schlafanzug, Toilettensachen?«

»Nein, ich brauche eine Hose, Sweater, Unterwäsche und Schuhe.«

Nele versprach, sich gleich auf den Weg zu machen, und Marie legte auf.

Zögernd übergab sie das Handy an den Beamten. »Wann bekomme ich es zurück?«

»Die Überprüfung wird nur ein bis zwei Tage brauchen. Dann können Sie sich Ihr Gerät in der Polizeidienststelle abholen, vorausgesetzt, es gibt tatsächlich keinen Hinweis, dass Sie mit dem Brand etwas zu tun haben.«

»Dann glauben Sie mir?«

»Wir tun hier nur unsere Arbeit«, stellte der Polizist fest. Er nahm das Handy an sich und Marie sah, dass der andere gerade ihre Jacke und die Schuhe in eine Tüte packte.

Als sie wieder allein im Zimmer war, fühlte sich Marie merkwürdig nackt. Sie spürte sie die Bettdecke auf ihren Beinen und das hinten offene OP-Hemd erinnerte sie bei jeder Bewegung daran, dass sie im Krankenhaus lag. Hoffentlich kam Nele bald mit ihren Klamotten. Wie lange man sie wohl hierbehalten würde?

Als es klopfte, hoffte sie auf Nele, doch dann fiel ihr ein, dass es zu früh war. So schnell konnte die Freundin niemals sein. Jan steckte seinen Kopf zur Tür herein. Verwirrt schaute Marie ihn an. Er trug wieder einen Bart. In dieser Länge konnte er ihn aber unmöglich erst seit der Sylter Party stehengelassen haben. Er sah aus wie vor ihrer Begegnung in der Firma.

»Darf ich reinkommen?« Er stand noch immer abwartend im Türspalt.

Marie nickte nur und zog die Bettdecke etwas höher. Jetzt fühlte sie sich noch ungeschützter. Nach einem tiefen Atemzug nahm sie die Maske wieder ab, die ihr die Schwester wieder angelegt hatte, bevor sie gegangen war.

»Woher weißt du, dass ich hier bin?«

»Ich habe die Sanitäter heute Nacht gefragt, in welche Klinik sie fahren.«

Vage tauchte sein Bild in ihren Erinnerungen auf. War er da gewesen?

»Vermutlich erinnerst du dich nicht. Ein Feuerwehrmann hat dich aus dem Gebäude gehoben und ich habe dich zum Rettungswagen getragen.«

Sah er enttäuscht aus?

»Hattest du deinen Bart nicht abrasiert?«

»Ich? Niemals. Seit ich siebzehn bin, trage ich einen Bart. Mal länger und mal kürzer, aber ganz ohne war ich seit meiner Schulzeit nicht mehr. Wieso fragst du?«

»Du warst doch bei uns in der Firma vor zwei Wochen, ohne Bart, und auf dieser Party auf Sylt ebenfalls.«

»Auf was für einer Party? Moment«, unterbrach er sich. »Hast du meinen Bruder Arne gesehen?« Auf ihr Stirnrunzeln erklärte er: »Ich habe einen Zwillingsbruder. Arne trägt momentan keinen Bart und war neulich zu einem Gespräch mit Eike in Norderstedt. Vermutlich war er bei euch in der Firma. Er besucht auch regelmäßig Events unserer Kunden auf Sylt.«

Sollte es so einfach sein? Sehr genau erinnerte sie sich an das Gefühl, als Jan, nein Arne, sie auf dem Gang der Verwaltung nur kurz gegrüßt hatte. Sie kannte den Bruder nicht und so war es nur natürlich, dass er ihr nach der Abfuhr von Eike so kühl begegnet war. Erst danach fiel ihr auf, dass Jan ihren Bruder beim Vornamen genannt hatte.

»Und woher kennst *du* Eike?«

»Wir haben früher in der Jugendmannschaft Handball gegeneinander gespielt. Husum und Norderstedt haben sich erbitterte Lokalderbys geliefert. Ich könnte nicht behaupten, dass wir uns gemocht hätten.«

Marie musste erst einmal nachdenken und hielt sich die Maske vor die Nase. So musste sie nicht sofort antworten und konnte die vielen Fragen, die durch ihren Kopf spukten, erst einmal sortieren. Sie war erleichtert, dass ihre Gefühle sie nicht getäuscht hatten. Nicht Jan hatte sie unfreundlich behandelt und mit Eike auf Sylt gefeiert, sondern sein Bruder. Sie ließ die Maske wieder sinken.

»Weshalb warst du denn überhaupt in Norderstedt und warum bist du jetzt hier?«

»Gestern Abend wollte ich mit dir reden. Du hast dich ja nicht gemeldet. Also bin ich zu dir gefahren, sah dich aber nur noch ins Auto steigen und wegfahren. Ich bin dir gefolgt.« Unsicher schaute er sie an. »Vielleicht nicht meine beste Idee, aber unverrichteter Dinge heimfahren wollte ich nicht. – Du bist dann im Industriegebiet ausgestiegen und verschwunden. Erst habe ich gewartet, aber dann wollte ich nachschauen, ob sich die Warterei lohnt. Erst dann sah ich, dass du eurer Firma einen Besuch abstattest, wobei ich mich gewundert habe, warum du nicht auf den Hof gefahren bist. – Dort habe ich dann den Brandgeruch wahrgenommen, habe im Hof nachgeschaut – und die Feuerwehr gerufen.« Er verstummte und sah sie an.

Mehrere Atemzüge lang schauten sie sich in die Augen.

»Du warst da.«

»Und konnte dir nicht helfen. Es gab keine Tür außer der vergitterten und der an der Werkstatt, hinter der es lichterloh brannte. Ich konnte nichts tun.«

Marie zitterte bei diesem Satz. Auch sie hatte nichts tun können, außer auf die Feuerwehr zu hoffen. Draußen auf dem Flur vor dem Krankenzimmer gingen Menschen vorüber und unterhielten sich leise. Dann wurde es wieder still. Marie schluckte trocken. Ihre Kehle wurde eng und wieder hatte sie das Gefühl, keine Luft mehr zu bekommen. Sie sah auch Jan schlucken, der nach ihrer Hand griff. Kaum spürte sie seine Wärme, entspannte sich ihre Kehle und Luft strömte in ihre Lungen. Gleichzeitig reizte die hastig inhalierte Luft ihre Kehle, dass sie husten musste. Sie wollte Jans Hand nicht loslassen und griff mit der anderen nach der Maske. Jan half ihr mit seiner freien Hand und war ihr plötzlich so nah, dass seine Hand ihr Gesicht streifte. Diese zufällige Berührung fühlte sich so gut an, dass ihr die Tränen kamen. Jan schaute ihr ins Gesicht. Dicke Tropfen liefen über ihre Wangen am Rand der Maske entlang.

»Hey, du bist in Sicherheit. Dir ist nichts passiert – oder doch?« Er hielt inne.

Kaum, dass sie den Kopf geschüttelt hatte, setzte er sich auf die Bettkante und nahm sie in die Arme. Er hielt sie einfach fest und Marie ließ ihre Tränen laufen. Das war es gewesen, wonach sie sich gesehnt hatte. Sie lehnte ihren Kopf an seine breite Schulter und ließ sich fallen, weinte lautlos in der Geborgenheit seiner Umarmung.

***

Jan hielt sie fest. Sie lebte, sie hatte ihn nicht wegge-
schickt, sondern lehnte sich an ihn. Er konnte sein
Glück kaum fassen. Maries Haare rochen nach Rauch
und beschworen die bangen Minuten herauf, als er
nicht wusste, ob sie in dem verqualmten Raum über-
lebt hatte. Aber nun saß sie hier im Krankenbett und
ließ sich seine Umarmung gefallen, ja mehr noch, sie
kuschelte sich schutzsuchend an ihn und weinte. Sein
Hemd war sicher schon durchnässt, aber das machte
ihm nichts aus. Auch er merkte, dass ihm vor Erleichterung die Augen feucht wurden. Er würde sie einfach
festhalten, solange sie dies brauchte.

Erst einige tiefe Atemzüge später fiel ihm auf, dass sie
eines dieser Krankenhaushemden trug, das hinten offen war. Mit einer Hand war er versehentlich unter den
Stoff gelangt und spürte nun ihre nackte Haut unter
seinen Fingern. Er wagte nicht, die Hand zu bewegen,
und widerstand dem Wunsch, sie zu streicheln.

Schließlich wurde sie ruhiger, das lautlose Schluchzen ebbte ab.

»Ich bin so froh, dass es dir gut geht. Das ist doch so,
oder?«

Zögernd lehnte er sich ein paar Zentimeter zurück,
um sie anschauen zu können.

Wieder nickte sie nur. Er küsste sie auf die Stirn.

Entschlossen entfernte Marie die Maske und nur einen Herzschlag später erwiderte sie den Kuss. Sie
schmeckte nach Salz und ihre Lippen bebten leicht,
aber das war nur im ersten Moment so. Dann fühlte er
nur noch ihre Frage, die er gern beantwortete, indem er
sie intensiv küsste.

Dann lehnte sie ihre Stirn wieder an sein Kinn und sie verharrten eine Weile bewegungslos.

»Ich hatte Angst um dich.«

Seinem leisen Geständnis folgte ein tiefer Seufzer von ihr. Noch einmal kuschelte sie sich an seinen Hals, ihre Haare kitzelten seine empfindsame Haut.

Nach einem Klopfen trat eine Ärztin ein, widerstrebend gab Jan Marie frei und trat zwei Schritte vom Bett zurück.

»Wie geht es Ihnen, Frau Carstens?«

Er sah Marie schlucken. »Ganz gut.«

Die Ärztin kontrollierte die Aufzeichnungen eines kleinen Computers auf dem Nachttisch und nahm Marie den Messfühler vom Finger. »Ihr Blutsauerstoff ist in den letzten Stunden unauffällig gewesen. Wie ist es mit der Reizung der Atemwege? Haben Sie noch Probleme?«

»Vorhin war ich etwas heiser, aber inzwischen hat sich das gelegt. Ich habe keine Schmerzen.«

»Das ist gut.« Jetzt drehte sie sich zu Jan um. »Dann können Sie Ihre Freundin jetzt mitnehmen. Ich mache die Entlassungspapiere fertig.«

Freundin klang gut. Unsicher schaute er auf Marie, die mit einem Grinsen im Bett saß. Er legte fragend seinen Kopf schräg.

»Bin ich das?«, fragte sie.

Mit zwei Schritten war er wieder bei ihr. »Wenn du magst, ich hätte jedenfalls nichts dagegen.«

Wieder stiegen ihr Tränen in die Augen, der Schock über das Erlebte saß wohl doch tiefer als gedacht.

»Hey, wäre das so furchtbar, mich als Freund zu haben?«, versuchte er es mit einem Scherz. Er setzte sich auf die Bettkante und musterte sie. Sie flüchtete sich mit einem Schluchzen in seine Arme. Wieder hielt er sie fest und drückte einen Kuss auf ihr Haar. An seiner Schulter hörte er ein verwaschenes »furchtbar schön«.

»Wie bitte?« Er lehnte seinen Kopf zurück. War Marie etwa verlegen? Ihre Wangen waren rosé angelaufen.

Sie atmete tief durch, als müsse sie Mut fassen, erst dann sah sie ihm in die Augen. »Das wäre schön.«

Wieder schmeckte er das Salz auf ihren Lippen. Ein Kuss wie ein Versprechen.

Ein Klopfen unterbrach sie und Jan stand wieder auf. Es kam aber niemand zur Tür herein.

»Ja?«, rief Marie.

Nele steckte ihren Kopf durch die Tür. Kurz stutzte sie und kam dann ins Zimmer.

»Mein Gott, was ist mit dir? Was haben die mit dir gemacht? Hattest du einen Unfall? Bist du operiert worden?«

Marie schüttelte den Kopf und lächelte. »Es geht mir gut und ich darf auch gleich nach Hause.«

Jetzt erst bemerkte Nele Jan und schaute daraufhin mit zusammengekniffenen Augen zwischen Marie und ihm hin und her. Schließlich blieb ihr fragender Blick auf ihrer Freundin hängen. »Bringst du mich mal kurz auf den neusten Stand?«, bat sie.

»Ich glaube, ich sollte jetzt gehen«, drängte sich Jan dazwischen. Er zückte sein Telefon. »Aber vorher gibst du mir bitte noch deine Nummer.« Nicht, dass er sie nicht gern besuchte, aber die Strecke Norderstedt – Husum dauerte seine Zeit.

»Mein Smartphone hat die Polizei«, kam es gequält von Marie. Nele riss die Augen auf, sagte aber nichts.

»Festnetz?« Marie schüttelte den Kopf. »E-Mail?« Jan wollte nicht glauben, dass er sie nicht erreichen konnte.

Sie diktierte ihm ihre Emailadresse, die er in sein Smartphone eingab. »Die Beamten meinten, ich könne mir das Handy in ein bis zwei Tagen wieder abholen.«

»Und bis dahin guckst du bitte auch mal in deine Mails, ja?« Jan trat wieder ans Bett und legte seine Hände um ihre Wangen.

»Mache ich.«

Jan küsste sie und bedauerte, dass Nele gekommen war. Andererseits hatte er noch zu tun und einen langen Weg vor sich. Deshalb verabschiedete er sich von den Frauen und machte sich auf den Heimweg.

***

»Jetzt erzähl erst einmal, was los ist. Du liegst hier im OP-Hemdchen rum, Jan ist da und es sieht alles nach Eitelsonnenschein aus. Was ist in den letzten Tagen passiert?« Nele setzte sich ohne Umstände auf das Bett, die Tasche stellte sie beiläufig auf der Bettdecke ab.

Marie angelte danach und zog ihre Kleidung heraus. »Nachdem ich mit dir boxen war, hatte ich die Idee, am Wochenende einfach meinen Schmuck aus der Firma zu holen.«

»Doch nicht etwa gestern Abend?«

»Doch, genau gestern bin ich durch den Hintereingang in den Betrieb rein und habe im Safe nachgeschaut. Da war aber kein Schmuck. Als ich rauswollte, brannte die Werkstatt lichterloh.« Marie merkte, dass sie inzwischen ruhiger darüber sprechen konnte. »Blöderweise habe ich für den Haupteingang keinen Schlüssel.« Mit wenigen Worten beschrieb sie, was danach passiert war.

»Und was will die Polizei mit deinem Handy?«

»Es ist wohl Brandbeschleuniger gefunden worden. Daher haben die Polizisten auch meine Kleidung mitgenommen, um sie untersuchen zu lassen. Danke, dass du mir die Sachen gebracht hast. Die Ärztin meinte, ich darf nach Hause.« Marie angelte ihre Kleidungsstücke aus der Tasche und schwang die Beine aus dem Bett. Kurz überlegte sie, beschloss dann aber, dass sie möglichst schnell aus der Klinik herauswollte und legte die frische Unterwäsche zurück in die Tasche. Sie zog sich Jeans und Sweater über und die Schuhe an. Endlich fühlte sie sich wieder wie ein Mensch.

»Weißt du eigentlich, dass man sich in diesen Hemdchen gleich krank fühlt?« Mit einem leisen Schaudern legte sie das Hemd auf das Bett.

»Dein Anblick hat mich jedenfalls vorhin mächtig geschockt«, bestätigte Nele ihre eigene Einschätzung. »Bist du sicher, dass dir nichts fehlt?«

»Die Ärztin meinte, die Werte seien in Ordnung«, setzte Marie an, wurde dann von einer Krankenschwester unterbrochen, die noch eine Unterschrift wollte.

»Alles Gute!«, wünschte sie Marie und war gleich wieder verschwunden.

Die Freundinnen gingen zu Neles Wagen.

»Kannst du mich zu meinem Auto bringen?«, fragte Marie.

»Steht das etwa auf eurem Firmenparkplatz?«

»Nein, aber in der Nähe.« Marie war sich nicht sicher, ob sie sehen wollte, wie es dort aussah. Andererseits mochte sie Nele aber auch nicht bitten, sie zu einem späteren Zeitpunkt zu fahren. Irgendwann musste sie sich der Situation ja stellen, dann lieber mit der Freundin als Rückenstärkung.

»Bist du denn fit genug, um selbst zu fahren?«

»Du kannst ja hinter mir herfahren, dann können wir gleich noch einen Kaffee bei mir trinken. Deal?«

»Ok, wie du meinst.« Nele konzentrierte sich auf den Verkehr. Je näher sie dem Industriegebiet kamen, desto nervöser wurde Marie. Sie knetete ihre Hände in ihrem Schoß und wischte sich, als sie es bemerkte, die feuchten Handflächen an der Jeans ab. Nele beobachtete sie, hielt sich aber mit Bemerkungen jedweder Art zurück. Marie lotste Nele in die Nebenstraße, in der ihr Wagen stand.

»Willst du nur umsteigen oder sollen wir gemeinsam nachschauen, wie es auf eurem Hof aussieht?«

»Ich weiß nicht. Vielleicht schauen wir mal?«

Eng nebeneinander machten sich die Freundinnen auf den Weg und Marie merkte, wie Nele ihr immer wieder prüfende Blicke zuwarf. Je näher sie kamen, desto stärker lag Brandgeruch in der Luft. Kalter Rauch gemischt mit dem Gestank verbrannten Kunststoffs. Auf dem Firmenparkplatz stand Eikes Kombi neben einem Polizeifahrzeug.

An der Fassade waren das fehlende Fenstergitter und das notdürftig gesicherte Fenster der einzige Hinweis auf den Brand. Marie spürte wieder die Beklemmung in sich aufsteigen und vermied es, sich den Schauplatz ihrer Angst anzuschauen. Der Hof war leer, erst an der Tür zur Werkstatt trafen sie auf einen Polizisten.

»Sie können hier jetzt nicht rein«, wies er sie ab.

»Darf ich einen Blick durch die Tür werfen? Die Firma gehört meinem Bruder, ich arbeite hier.« Maries Stimme klang unsicher. Nele war unbewusst nähergerückt und schien kurz davor, einen Arm um sie zu legen.

»Wenn Sie draußen bleiben, können Sie schauen. Ihr Bruder ist sicher auch gleich fertig. Er ist mit meinem Kollegen in der Werkstatt.«

Marie trat an die Tür heran und schaute sich an, was von der Werkstatt übrig geblieben war. Maschinen, die noch ihr Vater angeschafft hatte, standen wie schwarze Mahnmale zwischen riesigen dreckigen Pfützen von Löschwasser. Die Wände waren verrußt, alle Fensterscheiben geborsten. Nur wenig erinnerte an die stets akkurat aufgeräumte Werkstatt.

»Gut, dass Papa das nicht erleben musste«, entfuhr es ihr entsetzt.

»Es hätte ihm das Herz gebrochen, seine Werkstatt so zu sehen.« Die Bestätigung kam leise von ihrem Bruder, der von der Seite auf sie zukam. »Was tust du hier?«, wollte er dann wissen.

»Ich musste mit eigenen Augen sehen, was passiert ist. Eike, es tut mir so leid!«

Erstaunt schaute ihr Bruder sie an. Müde sah er aus, die dunklen Schatten unter seinen Augen ließen ihn älter wirken, als er war. Spontan überbrückte sie den letzten Meter zwischen ihnen und umarmte ihn. Nach einem kurzen Moment, in dem Eike wie erstarrt wirkte, spürte sie, dass er ihre Umarmung erwiderte. Für zwei Atemzüge hielten sie sich gegenseitig fest.

»Kann ich irgendetwas für dich tun?« Marie schaute ihm ins Gesicht, während sie einen halben Schritt zurücktrat. Ihre Hände glitten wie von selbst über seine Arme zu seinen Händen.

Mit einem überraschten Ausdruck entzog er ihr seine Hände. Er schüttelte den Kopf. »Wir können erst aufräumen und Bestandsaufnahme machen, wenn die Polizei hier fertig ist. Im Verwaltungsgebäude ist soweit alles in Ordnung, sodass der Betrieb dort am Montag wie gewohnt weitergehen kann. Fahr nach Hause, ich muss hier noch ein paar Fragen beantworten.«

Marie nickte mit zusammengepressten Lippen. »Bis Montag.«

Eike hatte sich schon wieder dem Beamten zugewandt und Marie drehte sich zu Nele um, die mit offenem Mund die Szene bestaunt hatte.

Erst als sie außer Hörweite waren, flüsterte sie: »Was war das denn? Wann hat es das zuletzt gegeben? Selbst als euer alter Herr beerdigt wurde, wart ihr euch nicht so nah.«

Beim Gedanken an ihren Vater schluchzte Marie auf. Die Werkstatt war sein Werk, jahrzehntelang hatte er daran gearbeitet, die Firma zu dem gemacht, was sie jetzt war. Nur drei Monate nach seinem Tod war nun auch sein Lebenswerk dahin. »Tschuldige, ich bin ...«

»Endlich traurig, dafür hattest du bisher keine Zeit. Erst war die Beerdigung zu organisieren und dann musstest du dich mit Eike streiten. Komm, ich besorge uns auf dem Heimweg noch Kuchen und dann trinken wir bei dir Kaffee, was meinst du? Ein Stück Schokoladenkuchen könnte ich jedenfalls jetzt brauchen.«

Marie zog die Nase hoch und stimmte zu.

Die Fahrt zu Maries Wohnung verlief besser als erwartet. Marie fuhr konzentriert, froh, ihre Gedanken auf etwas Alltägliches richten zu können. Vor dem Haus blieb sie einen Moment in ihrem Auto sitzen, bevor sie sich aufraffte, um hineinzugehen. Während sie ihren Wohnungsschlüssel hervorholte, parkte Nele ein. Sie hatte Wort gehalten und zauberte ein Paket aus der nahegelegenen Konditorei aus ihrem Auto. Schweigend stiegen sie gemeinsam die Treppen hinauf.

»Am liebsten würde ich mich duschen, dieser Geruch ...«

»Klar. Mach ruhig, ich setze inzwischen den Kaffee an«, antwortete die Freundin.

So wurde Marie kurz darauf von Kaffeeduft und einem gedeckten Tisch in ihrer Küche empfangen. Erleichtert ließ sie sich auf einen Stuhl sinken.

»Jetzt erzählst du mir aber erst mal, was Jan in der Klinik zu suchen hatte.«

Marie trank einen Schluck Kaffee und versuchte zu sortieren, was er ihr im Krankenhaus offenbart hatte.

»Jan hat einen Zwillingsbruder.«

Neles Miene wechselte von Neugier zu Verständnislosigkeit. Sie schüttelte den Kopf. »Das ist keine Antwort auf meine Frage. Bist du sicher, dass dein Hirn keinen Schaden genommen hat?«

Seufzend erzählte Marie vom Aufeinandertreffen mit Jan, vielmehr mit dessen Bruder in der Firma, und dass sie daraufhin die Noten wegwerfen wollte, die er ihr gebracht hatte. »Jedenfalls habe ich mir geschworen, mich nicht bei ihm zu melden«, schloss sie den Bericht über das Missverständnis.

»Das erklärt immer noch nicht, warum er im Krankenhaus war«, bohrte Nele nach.

»Er wollte mich gestern Abend besuchen und sah mich gerade noch wegfahren. Jan ist mir gefolgt und hat dann den Brand bemerkt.« Sollte sie erzählen, dass er Angst um sie gehabt hatte? Nein, diesen Schatz würde sie für sich bewahren.

»Jan, dein edler Retter aus dem Flammenmeer?« Neles Stimme klang begeistert, gleichzeitig mischte sich leiser Spott hinein.

»Ich weiß nicht, was genau passiert ist. Irgendwann ist mir schwarz vor Augen geworden und dann lag ich im Krankenwagen. Aber Jan hat sich erkundigt, wohin sie mich bringen und hat mich besucht.«

Nachdenklich sahen sich die Freundinnen an, während beide ihren Kaffee tranken.

»Habt ihr geredet, also über euch?« Nele ließ Marie nicht aus den Augen.

»Wie sonst wüsste ich von der Verwechslung? Ja!« Erst jetzt spürte Marie dem Gefühl in ihrem Inneren nach. Als hätte ein geplatzter Ballon Schmetterlinge in ihrem Bauch freigesetzt, kribbelte es dort. Sie strahlte Nele an.

Der Morgen danach

Tief in Gedanken versunken fuhr Marie am Montagmorgen zum Betrieb.

Vor der Werkstatt standen einige Menschen beisammen. Sie erkannte im Näherkommen den Altmeister, der Anweisungen erteilte.

»Guten Morgen, Herr Krause«, begrüßte sie ihn.

»Moin min Deern.« Er wandte sich mit ernster Miene zu ihr um und musterte sie. »Wie geht es dir? Marvin hat erzählt, dass du vom Feuer eingeschlossen warst.« Er wies mit dem Kopf zu einem Gesellen, der gerade mit dem Firmenwagen vom Hof fuhr. Marie erinnerte sich vage, dass er sich bei der Freiwilligen Feuerwehr engagierte.

»Ich habe Glück im Unglück gehabt. Sie haben mich über Nacht im Krankenhaus behalten, aber die Rauchvergiftung war glücklicherweise nicht so schwer. Mir geht es gut«, bekräftigte sie auf seine erneute kritische Musterung.

»Gut, dass dein Vater das hier nicht erleben musste.« Herr Krause schien um Fassung zu kämpfen.

Marie sah betreten zur Seite, um nicht ebenfalls in Tränen auszubrechen.

»Das war auch mein erster Gedanke, als ich am Samstag die Werkstatt gesehen habe.«

»Du warst noch mal hier?«

Marie rang nach Worten. »Ich musste einfach kommen. Ich musste sehen, was der Brand zerstört hat, und ...« Sie schluckte und fuhr unsicher fort: »und ich wollte mich dem stellen, ohne ...«

»Zuschauer?«, ergänzte der Meister. »Respekt.« Er legte Marie eine Hand auf die Schulter.

»Ist die Werkstatt denn schon wieder freigegeben? Eike meinte, die Polizei müsse erst ihr OK geben, bevor aufgeräumt werden darf.«

»Nein. Die Jungs sind zur Montage rausgefahren. Zum Glück war der LKW schon beladen, sodass die letzten Fenster nicht verbrannt sind. Damit sind Marvin und Lukas gerade los. Ausnahmsweise werden sie von einem zweiten Team unterstützt. Zum einen dauert die Montage dann nicht so lange, zum anderen können wir dann hier mit vereinten Kräften loslegen, sobald wir grünes Licht bekommen.«

Marie war beeindruckt von der Umsicht und Ruhe, mit der Herr Krause in dieser Situation die Übersicht behielt und die Arbeit neu verteilte. Sie verabschiedete sich und ging zur Vorderseite des Verwaltungsgebäudes. Durch die Werkstatt konnte sie ja nicht gehen.

Frau Schäfer, nein Magda begrüßte sie mit aufgerissenen Augen. »Stimmt es, dass du hier eingeschlossen warst?«

Mit einem Nicken bestätigte Marie, noch damit beschäftigt, den Geruch, der überall in der Luft lag, zu verarbeiten. Überall in den Büros standen die Fenster offen, aber trotzdem war der Gestank nach Brand und vor allem nach verbranntem Kunststoff noch allgegenwärtig. Es machte ihr doch mehr aus, jetzt hier drinnen zu sein, als sie sich ausgemalt hatte. Vielleicht half es ihr ja, die Arbeitsroutine wieder aufzunehmen und sich abzulenken. Marie ging zu ihrem Schreibtisch, stellte demonstrativ ihre Tasche ab wie an jedem Tag der letzten Jahre und schaltete ihren PC ein.

»Du möchtest nicht darüber sprechen?«

»Im Moment nicht, nein.«

Das Gesicht der Kollegin nahm einen gekränkten Ausdruck an. Magda kehrte schweigend an ihren Schreibtisch zurück und würdigte sie keines Blickes mehr.

Marie schloss die Augen und presste die Lippen aufeinander. Auf die Ältere zuzugehen, war ihr dennoch nicht möglich.

»Marie? Hier steckst du!« Eike stürmte, ohne anzuklopfen, ins Büro. »Ich höre gerade, du warst am Freitagabend hier?«

Marie drehte sich auf ihrem Bürostuhl zu ihrem Bruder. »Ja, ich dachte, das wüsstest du.«

»Was wolltest du hier?«

Mit einem resignierten Seufzen verabschiedete sie sich von dem kurzen Moment des Friedens zwischen den Geschwistern, den sie am Samstag hatte erleben dürfen.

»Ich habe nach meinem Schmuck geschaut.«

»Was hast du? Wie kommst du dazu, hier einzubrechen?«

»Wenn ich dich erinnern darf, ich habe einen Schlüssel zur Werkstatt. Also bin ich nicht eingebrochen, sondern habe einfach die Tür aufgeschlossen, sie hinter mir wieder verschlossen und bin in dein Büro gegangen. Ich habe im Safe nach meinem Schmuck gesucht, aber nichts gefunden.«

Sie beobachtete seine Reaktion, aber an seiner entsetzten Maske änderte sich nichts. Kein Zwinkern, kein Hinweis, dass sie ihm auf die Schliche gekommen war, er starrte sie einfach nur an.

»Du hast den Safe durchwühlt?«

»Nein, ich habe lediglich nach meinem Schmuck gesucht und da er nicht dort war, alles an seinen Platz zurückgeräumt. Von Durchwühlen kann keine Rede sein.«

»Und dann hast du Feuer gelegt?«

»Wie bitte?«

»Du hast mich sehr gut verstanden.« Eikes Stimme war kalt und seine Augen hatten sich zu schmalen Schlitzen verengt.

»Du traust mir zu, Papas Werkstatt zu zerstören?«

»Deshalb warst du ja am Samstag auch *so* geschockt«, das *so* zog er in die Länge.

»Traust du mir allen Ernstes zu, ein Feuer zu legen und mich dann von den Flammen hier einschließen zu lassen? Für wie dämlich hältst du mich?«

»Vielleicht warst du ja einfach nur wütend und hast zu spät über die Folgen nachgedacht?« Er holte Luft. »So oder so, du bist fristlos entlassen.«

»Weshalb?« Marie war aufgesprungen und musterte nun ihrerseits den Bruder mit zusammengekniffenen Augen.

»Erstens bist du eingebrochen ...«

»Ich bin nicht eingebrochen.«

»Zweitens hast du vertrauliche Unterlagen durchwühlt.«

»Habe ich nicht, ich habe nicht einmal in die Ordner hineingeschaut.«

»Und drittens will ich eine Person, die im Verdacht steht, meine Werkstatt angezündet zu haben, nicht länger beschäftigen.«

»Und was, wenn die Polizei feststellt, was sie ohne Zweifel tun wird, dass ich nichts mit dem Brand zu tun habe? Was dann?«

Inzwischen standen sich die Geschwister mit nur einem halben Meter Abstand wie zwei Kampfhähne gegenüber.

»Dann ist mir das egal, weil du nicht hier sein wirst. Pack deine Sachen und geh!«

»Du wirfst mich allen Ernstes raus?« Marie musterte ihn, als ihr plötzlich ein Gedanke kam. »Vielleicht ist es ja ganz anders. Bei den finanziellen Problemen kommt die Versicherungssumme ja ganz gelegen, oder? War das Ganze etwa als warme Sanierung von dir geplant?«

»Ich war am Freitagabend auf Sylt und bin überstürzt heimgefahren, als ich vom Feuer erfahren habe.«

Marie verdrehte die Augen. »Ich halte dich nicht für so dämlich, dich mit dem Feuerzeug neben deine Werkstatt zu stellen, damit jeder gleich sieht, was du getan hast. Da gibt es ja sicher Mittel und Wege, dass du ein wasserfestes Alibi hast, während sich hier ein Versicherungsfall abspielt.«

Inzwischen war ihr Bruder rot angelaufen. »Das ist ungeheuerlich!«, fauchte er. »Verlass sofort das Firmengelände und lass dich hier nie wieder sehen.«

»Ist das dein letztes Wort?« Marie schaffte es irgendwie, ihre Wut im Zaum zu halten.

Er griff nach ihrem Arm und schubste sie in Richtung der Tür.

»Fass. Mich. Nicht. An!« Marie starrte ihren Bruder an. Irgendetwas musste er in ihrem Blick gesehen haben, denn er trat einen Schritt zurück. Gleichzeitig wies er aber mit einer deutlichen Geste zur Tür. Marie nahm ihre Handtasche und bemerkte im Aufrichten, wie gebannt Magda ihren Streit verfolgte. Jetzt schloss sie mit einem Anflug von Verlegenheit ihren Mund und schien nicht recht zu wissen, wo sie hinschauen sollte. Ohne ein weiteres Wort ging Marie zur Tür, zögerte kurz und drehte sich zu ihrem Bruder um.

»Wir sehen uns vor dem Arbeitsgericht«, versprach sie ihm. Draußen auf dem Flur standen die anderen Mitarbeiter. Jeder schien seinen Arbeitsplatz verlassen zu haben, um den Streit der Geschwister möglichst hautnah mitzuerleben. Auch Sophia stand dort mit überheblicher Miene. Ohne ein weiteres Wort verließ Marie das Gebäude erhobenen Hauptes.

Im Auto griff sie in ihre Handtasche, um Nele eine Nachricht zu schreiben. Erst dann fiel ihr wieder ein, dass ihr Smartphone noch bei der Polizei lag. Wie sollte sie nun erfahren, wann sie es zurückbekommen konnte? Mit einem ärgerlichen Schnauben legte sie die Tasche zurück auf den Beifahrersitz und startete entschlossen den Motor.

In ihrer Wohnung tigerte sie einige Male auf und ab. Nele war unerreichbar an ihrer Arbeitsstelle, Jan wer weiß wo. Vielleicht sollte sie ihm eine Mail schreiben? Sie verwarf den Gedanken gleich wieder. Dann fiel ihr Blick auf den Flyer, den sie aus dem Boxstudio mitgebracht hatte. Bis zum Mittag wurde dort ein freies Training angeboten. Kurzentschlossen packte Marie ihre Sporttasche und machte sich auf den Weg.

»Hallo Marie, du scheinst ja Geschmack am Boxen gefunden zu haben, wenn du heute schon wiederkommst.«

Sie nickte abwesend und ließ sich einen Spindschlüssel aushändigen.

»Ich würde dir ein ähnliches Training empfehlen, wie wir vergangene Woche gemacht haben. Damit bist du, wie es schien, ja gut klargekommen, oder hattest du Beschwerden?« Kai, so erinnerte sie sich jetzt auch an seinen Namen, schaute sie prüfend an. Auf ihr Kopfschütteln hin bot er ihr an, sich jederzeit an ihn zu wenden, solange es so ruhig bliebe wie momentan.

Marie zog sich um und nahm ihr Handtuch mit zum Laufband. Zehn Minuten wollte sie sich aufwärmen und dann den Circle wiederholen, den Kai ihnen letzte Woche gezeigt hatte.

Gegen Ende des zweiten Durchgangs stand Kai plötzlich neben ihr. »Möchtest du auch wieder am Sandsack boxen? Ich hätte Zeit für eine Einzelstunde.«

Überrascht hielt Marie inne. »Was kostet das?«

Kai hob die Hände. »Du hast die Trainingsstunde doch schon bezahlt. Die Einweisung gibt es gratis dazu – gegen meine Langeweile.« Mit einem Grinsen deutete er auf das fast leere Studio.

»Ok«, willigte sie ein. Sie schaute ihm nach, wie er hinter dem Tresen verschwand und kurze Zeit später mit Bandagen und einem Paar Boxhandschuhen wieder auftauchte.

»Einverstanden, wenn ich dir die Hände bandagiere und dir in die Handschuhe helfe?«

»Klar«, Marie zuckte mit den Schultern. Beim Schnupperworkshop hatten sie sich nach Anweisung gegenseitig die Hände eingewickelt. Sie nutzte den Moment der Muße, um Kai zu beobachten. Natürlich war er breitschultrig und gut trainiert. Die blonden Haare trug er kurz und gekonnt unordentlich. Eigentlich ganz süß, wären da nicht die braunen Augen gewesen, die sie fatalerweise an ihren Bruder erinnerten. In diesem Moment schaute Kai auf und zwinkerte ihr zu. Hoffentlich verstand er ihre Musterung nicht falsch, zuckte ihr durch Kopf. Er hielt ihr den ersten Handschuh und sie schlüpfte hinein. Nachdem er den Klettverschluss geschlossen hatte, kam der zweite dran.

»Letzte Woche hast du dem Sandsack ziemlich zugesetzt, wollen wir damit beginnen?«

»Gern«, Marie behielt lieber für sich, dass sie vor allem wegen der Aussicht auf diesen Teil des Trainings gekommen war.

»Erinnerst du dich, was ich über Schläge gesagt hatte?«

Marie nickte und fühlte sich beobachtet. Die ersten Schläge führte sie langsam aus, versuchte das umzusetzen, was Kai ihr in der letzten Stunde beigebracht hatte. Sie freute sich über sein beifälliges Nicken.

»Dann jetzt mit Kraft«, spornte er sie an.

Marie ließ sich nicht lange bitten. Erbittert ließ sie ihre Wut an dem Sandsack aus.

»An wen auch immer du denkst, in dessen Haut möchte ich nicht stecken.«

Marie erschrak und tauchte aus ihrem Tunnel auf. Verlegen wischte sie sich mit dem Unterarm eine Haarsträhne aus der Stirn. »Sorry«, entschuldigte sie sich, »da hat sich tatsächlich etwas aufgestaut.«

»Hast du schon überlegt, ob du regelmäßig trainieren möchtest? Den notwendigen Biss für diese Sportart bringst du zweifelsohne mit.«

»Ich weiß nicht. Auf einen Sandsack einzuschlagen ist das eine, aber gegen einen anderen Menschen anzutreten?« Sie zuckte mit den Schultern.

»Vorschlag: Wir machen noch eine Runde mit den Pratzen – wenn du noch kannst, heißt das.«

Marie horchte in sich hinein. Die Arme waren schwer, aber noch nicht so bleischwer wie nach der letzten Trainingseinheit. Sie nickte. »Ok.«

Kai strahlte sie an und verschwand kurz. Dann lud er sie ein, mit ihm ins Boxviereck zu kommen. »Du schlägst immer auf die Pratze, die ich dir hinhalte, verstanden?« Er hielt das rechte Schlagpolster hoch und nickte, als Marie ihren Schlag platziert hatte. So ging es eine Weile. Ohne groß nachzudenken, reagierte sie auf seine Vorgaben und ließ sich mitreißen, als er sie anspornte, fester zuzuschlagen.

Schließlich ließ er die Pratzen sinken. Mit Genugtuung sah Marie, dass sie ihn zum Schwitzen gebracht hatte, wenn auch nur leicht. Inzwischen war sie erschöpft und sehnte sich nach Wasser.

»Ich glaube, das reicht für heute«, stellte Kai fest und legte die Polster ab, um ihr aus den Handschuhen zu helfen. Marie tauchte durch die Seile des Boxrings und ging zur Umkleide. Anders als beim ersten Mal duschte sie hier und zog sich an. Mit feuchten Haaren gab sie ihren Schlüssel am Tresen ab.

»Darf ich dir noch einen Kaffee spendieren?«

Marie hatte nichts Besseres vor, also setzte sie sich auf einen der Hocker an der Bar. In der Umkleide hatte sie ihre Wasserflasche geleert und ein Kaffee klang nicht schlecht.

»Hast du dir inzwischen überlegt, ob du weitermachen willst?« Kai schob ihr einen Flyer mit den Trainingszeiten und den Vereinsbeiträgen hinüber.

»Danke, den Flyer habe ich zu Hause liegen. Ich denke drüber nach, bin mir aber noch nicht sicher.«

»Einmal dürftest du noch zum Ausprobieren kommen. Danach musst du dich dann entscheiden, damit es versicherungstechnisch keine Probleme gibt.«

Inzwischen war der Kaffee fertig und Kai stellte ihr die Tasse auf den Tresen und nahm sich selbst auch eine.

»Bist du mit Eike Carstens verwandt?«, fragte er.

Marie stutzte, dann rief sie sich in Erinnerung, dass sie zu Beginn der ersten Stunde einen Zettel mit ihren persönlichen Daten ausgefüllt hatte.

»Ja«, antwortete sie.

»Ist er der Grund, dass du dich hier so abreagierst?«

Marie entfuhr ein kellertiefer Seufzer, bevor sie es unterdrücken konnte. »Sozusagen.«

»Dein Ex?«

»Gott bewahre, nein! Eike ist mein Bruder. Woher kennt ihr euch?«

»Bevor ich geboxt habe, habe ich Handball gespielt. Aber der Sport war mir zu brutal.« Ein schiefes Grinsen folgte, aber Marie fragte nicht nach, hatte sie doch die Blessuren ihres Bruders mitbekommen, während seiner aktiven Zeit.

»Dann ist er also nicht der Grund, warum du zum Boxen kommst?«

»Machst du jetzt einen auf Frauenversteher, um neue Kundinnen an Land zu ziehen?« Allmählich machte es sie nervös, dass Kai sie so unverwandt ansah.

»Den Frauenversteher zeige ich nur, wenn ich selbst Interesse habe.«

Also daher wehte der Wind, wie sie schon halb befürchtet hatte. Sie war nicht in der Verfassung, nonchalant mit seinen Flirtversuchen umzugehen, blockte seinen Blick, indem sie auf ihre Tasse schaute und einen Schluck trank.

»Du bist gar nicht solo zurzeit?«, wollte er trotzdem noch wissen.

»Ich hoffe, du bedauerst nicht, dass du mich zum Kaffee eingeladen hast.«

»Da komm ich drüber«, gab er mit einem Grinsen zurück, dann wurde er ernst. »Eure Werkstatt ist am Wochenende abgebrannt, stand in der Zeitung.«

Marie atmete tief durch. Eigentlich war sie hier, um all das hinter sich zu lassen. Sie merkte, dass ihr gerade die Energie fehlte, sich aufzuregen.

»Da wird es euch freuen, dass der Feuerteufel gefasst ist.«

»Was für ein Feuerteufel?« Marie starrte ihn mit aufgerissenen Augen an.

»In der Zeitung stand heute Morgen, dass es am Sonntag noch einmal gebrannt hat. Dabei hat die Polizei den Brandstifter auf frischer Tat ertappt. Moment«, er kramte hinter dem Tresen und schob ihr ein Exemplar der Lokalzeitung über die Theke.

Marie las den Artikel, in dem sowohl Fenster Carstens als auch eine Treppenbaufirma in einem anderen Industriegebiet Norderstedts erwähnt wurde. Als Feuerteufel wurde ein Mann benannt, Mitglied der Freiwilligen Feuerwehr, der als dringend tatverdächtig in der Nähe festgenommen worden war. Nachdenklich trank sie einen Schluck Kaffee. Sollte es sich so einfach auflösen? Ein Feuerwehrmann, der sich durch besondere Leistungen hervortun wollte und deswegen zuvor selbst für seine Einsätze sorgte? Dann müsste die Polizei mit ihrem Smartphone fertig sein, hoffte sie.

»Kann ich mal telefonieren?«, fragte sie Kai. Er zeigte sich zwar etwas erstaunt, reichte ihr aber das in die Jahre gekommene Festnetztelefon auf den Tresen.

Marie zog den Notizzettel aus ihrer Jeans, auf dem sie sich die Nummer der Polizeidienststelle notiert hatte.

»Guten Tag hier ist Marie Carstens. Ich möchte nachfragen, ob mein Smartphone nach dem Brand in der Fensterfirma meines Bruders Eike Carstens schon freigegeben ist. – Ich kann es mir morgen abholen? Vielen Dank.« Marie verabschiedete sich und wurde sich bewusst, dass Kai sie nicht aus den Augen gelassen hatte.

»Danke«, sagte sie leise, nachdem sie aufgelegt hatte. Ging es ihn irgendetwas an? Nein, befand sie. »Danke auch für den Kaffee und die Info über den Feuerteufel. Ich muss dann los.«

»Bis zum nächsten Mal«, verabschiedete sich Kai. Sie sah ihm an, dass er neugierig war und eine Menge Fragen hatte, aber sie nahm rasch ihre Tasche und ging zu ihrem Auto.

Wieder in ihrer Wohnung setzte sie sich mit ihrem Laptop an den Küchentisch. Hannes hatte gemailt und die Daten der nächsten Aktionen durchgegeben, am kommenden Sonntag sollte der Chor in einem Gottesdienst singen, die geplanten Lieder waren aufgeführt, auch der Gospelsong war darunter. Ob sie dann das

Solo singen würde? So hatte Hannes ihr das ja zugesagt bei jenem unerfreulichen Gespräch nach der Probe.

Unter »Unbekannt« war eine Mail von Jan zu finden. Bevor sie sie las, verschob sie die Mail mit einem Kribbeln im Bauch in den Ordner »Freunde«. Ja, das sah besser aus.

Liebe Marie,

las sie,

es fühlt sich merkwürdig an, Dir eine Mail zu schreiben. Sonst tue ich das nur in meinem Job. Weißt Du schon, wann Du wieder telefonisch erreichbar sein wirst? Leider bin ich bis zur Mitte der Woche noch in Flensburg beschäftigt. Ich würde Dich gern am Wochenende sehen. Ich freue mich schon auf Deine Antwort.
Herzliche Grüße,
Jan.

Ja, der Gedanke, ihn am Wochenende zu treffen, fühlte sich sehr gut an. Ein warmes, kribbelndes Gefühl breitete sich in ihrem Bauch aus. Als sie mit ihrer Antwort begann, zitterten ihre Finger allerdings in der Nachwirkung vom Training. Es war mühsam, die Buchstaben zu tippen. So überlegte Marie, erst einmal nur eine Kurzversion zu verfassen, obwohl ihr danach gewesen wäre, sich alles von der Seele zu schreiben, was ihr in den vergangenen Tagen widerfahren war.

Hallo Jan,

schrieb sie,

am Sonntagmorgen singen wir im Gottesdienst, aber zu allen anderen Zeiten können wir uns gern treffen. Du fehlst mir.

War das zu dick aufgetragen? Nein, wenn sie in sich hineinhorchte, war es genau das, was sie fühlte. Sie überlegte, ob sie schreiben sollte, dass sie vermutlich morgen ihr Smartphone abholen könnte, dachte sich dann aber, sie würde ihn lieber anrufen, sobald sie die Möglichkeit hatte. Sie sehnte sich nach seiner Stimme und seinen breiten Schultern. Die Geborgenheit, die sie in seinen Armen empfunden hatte, fehlte ihr.

Am folgenden Morgen schlief sie sich aus, so ungewohnt es war, mitten in der Woche den Wecker auszumachen. Am Abend war sie vor dem Fernseher versackt, hatte einen Krimi nach dem nächsten geschaut, bevor sie spät schlafen gegangen war.

Gegen Mittag kam sie an der Polizeidienststelle an.

»Guten Morgen, ich bin Marie Carstens und möchte gern mein Smartphone abholen.«

Eine junge Polizistin nahm ihre Bitte entgegen, aber erst als Marie noch den Zusammenhang schilderte, konnte sie helfen.

»Es gibt noch ein paar Fragen«, sagte die Beamtin mit Blick auf einen Zettel, der dem Smartphone beilag. »Einen Moment bitte.«

Sie telefonierte und kurze Zeit später kam Polizeimeister Böttcher hinzu, der Marie bat, ihm zu folgen. In einem kleinen Raum bot er ihr an, Platz zu nehmen. Er

schlug eine Mappe auf, orientierte sich kurz und bat sie
dann, den Verlauf des Freitagabends noch einmal zu
schildern.

Marie nickte. »Der Grund, warum ich am Freitag gegen zwanzig Uhr zum Betrieb gefahren bin, war ein Streit mit meinem Bruder. Ich dachte, dass im Safe noch der Schmuck läge, den meine Mutter mir vermacht hatte. Ich hatte Eike danach gefragt, aber nur ausweichende Antworten bekommen. Er hat mir den Schmuck nicht ausgehändigt und während der Bürozeiten wollte ich nicht einfach an den Safe gehen. Ich wollte keinen neuen Streit provozieren. Ich weiß nicht genau, wann ich an der Werkstatt ankam. Es war dunkel, so wie ich es auch geplant hatte. Ich habe in einer Nebenstraße geparkt und bin dann mit meinem Schlüssel durch die Werkstatt ins Gebäude gelangt. Ich habe die Werkstatt durchquert und die Brandschutztür aufgeschlossen, um in das Treppenhaus zu kommen.«

»Ist Ihnen in der Werkstatt irgendetwas aufgefallen?«

Marie überlegte, schüttelte dann den Kopf. »Nein, aber ich habe auch weder links noch rechts geschaut, ich wusste ja, wo ich hinwollte, und hatte auch kein Licht gemacht.« Auf den ungläubigen Blick des Beamten ergänzte sie: »Ich bin quasi dort aufgewachsen, habe meine Ausbildung im Betrieb gemacht und arbeite seitdem dort. Ich könnte mich blind zwischen den Maschinen bewegen.«

»Roch es an dem Abend anders?«

Wieder überlegte Marie, versuchte im Geist noch einmal durch den Raum zu gehen. »Nein, da war nichts. Es roch wie immer nach Holz und natürlich auch nach dem Kleber, den die Angestellten verwenden, aber da war nichts Besonderes.

Böttcher machte sich Notizen und bedeutete ihr dann fortzufahren. Marie schilderte, wie sie den Tresor geöffnet hatte, um nach den Schmuckstücken zu schauen und schließlich unverrichteter Dinge wieder hatte gehen wollen.

»Wie spät war es da?«

Marie starrte in die Luft und überlegte. »Ich habe nicht auf die Uhr geschaut«, erklärte sie, »aber als ich das Smartphone aus der Tasche genommen habe, um die Feuerwehr zu rufen, zeigte es halb zehn oder kurz davor, jedenfalls stand eine Einundzwanzig auf dem Display, bevor ich das Telefon aktivierte.«

Wieder warf der Beamte einen Blick auf die Unterlagen und nickte. »Ihr Notruf ging um 21:34 Uhr bei der Leitstelle ein.«

Marie wiederholte noch einmal, dass es keinen Notausgang gab und dass sie sich in einem Büro neben dem Eingang aufgehalten hatte, um sich so schnell wie möglich bei der eintreffenden Feuerwehr bemerkbar machen zu können.

»Sonst haben Sie keine Räume mehr betreten?«

Etwas verwundert verneinte sie die Frage.

»Sie haben also keine Pläne oder Unterlagen durchwühlt?«

»Nein!«, erwiderte Marie entrüstet. »Ich hatte weiß Gott andere Sorgen als Unterlagen zu sichten, an die ich auch jederzeit während der Arbeit herangekommen wäre. Mir war zu dem Zeitpunkt klar, dass ich das Gebäude nicht verlassen kann. Kurze Zeit später bemerkte ich, dass der Rauch durch die Lüftungsanlage in den Raum eindrang.« Sie schluckte. »Ich weiß nicht, ob Sie sich jemals in Lebensgefahr befunden haben, aber ich hatte keine anderen Gedanken mehr als die Angst, womöglich nicht rechtzeitig befreit zu werden. Die Fenster der Verwaltung sind allesamt vergittert, ich hatte keine Chance zu entkommen.«

Einige Atemzüge starrte sie den Polizisten an, der sie beobachtete.

»Denken Sie, ich hätte die Werkstatt angezündet, in dem Wissen, dass ich nicht aus dem Gebäude fliehen kann?«

Er zuckte mit den Schultern.

»Ich habe heute Morgen in der Zeitung gelesen, dass sie den Feuerteufel gefasst haben. Wieso sitzen wir eigentlich noch einmal hier?« Marie bemerkte die Ungeduld, die sich zunehmend in ihr ausbreitete und sich in ihre Stimme geschlichen hatte.

»Der Verdächtige hat die Brandstiftung am Sonntag gestanden. Mehr nicht.«

»Aber die Zeitung ...« Marie brach ab. Die Polizei würde es wohl genauer wissen als irgendwelche Lokalschreiberlinge. Sie rieb sich mit der Hand über die Stirn und ließ den Kopf sinken.

»Ist denn irgendein Hinweis auf meiner Kleidung gefunden worden?«

»Nein, aber das heißt nicht unbedingt etwas.« Wieder schaute Böttcher in seine Unterlagen. »Sie waren am Samstag noch einmal dort?«

Marie nickte resigniert. »Ja. Ich konnte mir nicht vorstellen, dass alles, was mein Vater in Jahrzehnten mühevoll aufgebaut hat, nun dahin sein sollte. Ich musste sehen, wie es dort aussah. Ein Kollege von Ihnen hat mich an der Tür empfangen. Ich durfte nur von der Schwelle aus einen kurzen Blick in die Werkstatt werfen.«

»Sie wollten also sichergehen, dass Ihr Werk vollständig war?«

Es dauerte einen Moment, bis Marie begriff, was ihr da gerade unterstellt wurde.

»Nein! Meine Freundin Nele hat mich aus dem Krankenhaus abgeholt. Sie haben mich doch selbst dort gesehen. Wir sind ins Industriegebiet gefahren, weil mein Wagen noch dort stand, und dann musste ich einfach ...« Marie fehlten die Worte. »Ich wollte wissen, wie schlimm es ist, ja. Aber nicht, weil ich es getan habe.«

»Wie ist denn die wirtschaftliche Situation der Firma?«

Verdutzt über den plötzlichen Themenwechsel, überlegte Marie eine Sekunde. »Ich bin nur angestellt im Betrieb meines Bruders«, antwortete sie vorsichtig.

»Nach meinen Unterlagen sind Sie die Buchhalterin, da werden Sie doch meine Frage beantworten können.«

Wenn sie jetzt noch berichtete, dass Eike ihre Zuständigkeit beschnitten hatte, würde sie noch das Motiv zum Verdacht gegen sie liefern. Also gut, dachte sie, dann eben die ganze Wahrheit. »Es gab schon bessere Zeiten. Der Dispositionsrahmen ist ausgeschöpft, es gibt einige unbezahlte Rechnungen und bei zwei größeren Projekten Rechtsstreit mit den Kunden. Mein Bruder hat sich um einen Kredit bemüht, um die momentanen Liquiditätsprobleme aufzufangen. Ob er Erfolg hatte, weiß ich allerdings nicht.«

Wieder nickte der Polizist. Hatte sie bestätigt, was er ohnehin wusste?

Eine Stunde später stand sie mit ihrem Smartphone wieder auf der Straße und fühlte sich vollkommen ausgelaugt. Eigentlich hatte sie noch einkaufen wollen, jetzt aber zog sie alles nur nach Hause. Eine Tasse Kaffee und die Schokolade, die sich noch im Schrank befand, wären jetzt das Richtige.

Eine kurze Chorprobe

Nachdem sich Marie einigermaßen von ihrem Besuch bei der Polizei erholt hatte, fuhr sie abends zum Chor. Zumindest dies war ein Punkt, in dem ihr Wochenablauf noch normal war.

Nele parkte gleich neben ihr und musterte sie kritisch. »Was ist los mit dir, du siehst aus, als hätte Eike dich gefressen und wieder ausgespuckt.«

Marie verzog das Gesicht. »So ähnlich war es ja auch.« Sie zog Nele kurz am Eingang zum Gemeindezentrum vorbei zur Seite. Kurz fasste sie die letzten beiden Tage zusammen und endete mit dem Verdacht der Polizei, der anscheinend noch nicht vollständig ausgeräumt war.

»So ein Mist. Hast du schon einen Anwalt eingeschaltet?«

»Zu meiner Verteidigung? Ich habe nichts getan!«

»Nein«, wehrte Nele ab, »wegen der fristlosen Entlassung. Du bekommst keinen Cent vom Arbeitsamt, wenn du fristlos entlassen wirst, habe ich mal gehört.«

Daran hatte Marie noch nicht gedacht. Sie hatte noch immer Hoffnung gehabt, ihr Bruder würde sich besinnen, wenn erst klar war, dass sie mit dem Brand nichts zu tun hätte.

»Hast du Jan schon angerufen?«, wollte Nele nun mit vor Neugier aufgerissenen Augen wissen.

»Nein. Gestern haben wir gemailt und heute – nach dem Besuch bei der Polizei war mir nicht nach telefonieren, ehrlich gesagt. Dabei hatte ich mich eigentlich darauf gefreut, ihn heute zu überraschen.«

»Dann lass uns jetzt singen gehen, danach ist es ja noch früh genug, um ihn anzurufen.« Nele zwinkerte verschwörerisch.

Untergehakt gingen sie hinein und setzten sich auf ihre Plätze.

Hannes begrüßte gerade den Chor und las aus einem Artikel vor, der im Gemeindeblatt veröffentlich worden war. Dort wurde das Konzert in hohen Tönen gelobt. »Habt ihr noch Rückmeldungen von Zuhörern erhalten?«, wollte er dann wissen.

»Meine Mutter war von dem Musicalteil begeistert«, bemerkte Mona aus dem Alt. Sie lächelte Marie zu, aber irgendwie sah ihr Lächeln etwas gequält aus. Marie wunderte sich.

»Meinen Freunden gefiel die Vielseitigkeit des Programms aus geistlichen und weltlichen Liedern. Sie wollen auf jeden Fall wissen, wann wir das nächste Konzert geben, um wiederzukommen.«

Einige weitere Meldungen kamen noch und rundeten das positive Bild ab, das auch im Artikel schon skizziert worden war.

»Gut, dann lasst uns beginnen«, schloss der Chorleiter die Runde ab und gab das Zeichen zum Aufstehen. Gemeinsam sangen sie sich ein und wiederholten dann im Sitzen die Stücke, die sie im kommenden Gottesdienst singen sollten. Beim Gospel atmete Marie tief durch, aber wie schon bei der Probe vor Wochen hatte Hannes noch einiges auszusetzen, bis er mit dem Refrain zufrieden war.

»Marie, bist du fit?«

»Klar«, antwortete sie und verbiss sich, dass sie auch damals fit gewesen wäre.

»Hannes«, unterbrach Ulla, eine ältere Sängerin aus dem Sopran, »bist du sicher, dass Marie das Solo singen sollte?«

Der Chorleiter stutzte, sah zu Marie herüber, die die Stirn gerunzelt hatte. Was sollte das?

»Wieso nicht?«, reagierte Hannes mit einer Gegenfrage.

»Ich finde es falsch, dass sich jemand wie Marie in der Kirche hervortun will.«

Marie wurde es plötzlich kalt. Ein Stein nistete sich in ihrem Magen ein, hart und kantig.

»Ich möchte nicht, dass eine Brandstifterin vor unserem Chor singt, eigentlich sollte sie gar nicht mitsingen.«

Stille senkte sich über die Gruppe. Marie war entsetzt und unfähig, etwas zu diesen Anschuldigungen zu sagen.

»In der Zeitung stand doch, der Feuerteufel sei gefasst, nach einer anderen Brandstiftung am Wochenende«, schaltete sich Manfred, ein Bassist, ein.

»Der hat aber nur das eine Feuer gestanden. Bei Carstens wird noch immer ermittelt«, wusste Mona zu berichten.

»Und was hat das mit dem Solo zu tun?«, fragte Hannes nach.

»Wenn Marie scheinheilig vor uns steht und Solo singt, fällt das auf uns alle zurück.«

Marie rang nach Luft.

»Dass ermittelt wird, heißt noch nicht, dass sie es getan hat. Gilt nicht in unserem Rechtssystem das Unschuldsprinzip? Wo sind die Beweise?«, verlangte Nele zu wissen.

»Wir können ja abstimmen«, schlug jemand vor.

In Marie platzte etwas. Sie musste hier raus, und zwar schnell. Sonst, so war sie sich plötzlich nicht mehr sicher, würde sie eine fürchterliche Szene machen oder in Tränen ausbrechen oder beides.

»Bemüht euch nicht«, presste sie zwischen zusammengepressten Zähnen hervor. »Ich bin am Sonntag nicht da.« Sie raffte ihre Noten zusammen, schnappte sich ihre Jacke und stakste aus dem Raum. Zumindest kam sie sich furchtbar ungelenk vor und meinte die Blicke der anderen wie Nadelstiche in ihrem Rücken zu spüren. Sie schaffte es bis zum Auto, ohne zu weinen. Der Versuch, tief durchzuatmen, misslang allerdings. Ihre Atemmuskulatur krampfte und ließ nur kleine Atemzüge zu. Erst langsam begriff Marie, dass sie schluchzte und nicht aufhören konnte. Hektisch startete sie den Motor. So sollte sie hier niemand sehen. Niemand sollte sehen, wie sehr sie verletzt war, dass sie am Ende war. Mühsam lenkte sie den Wagen vom Parkplatz und aus der Stadt heraus, bevor sie in eine Nebenstraße fuhr und anhielt. Erst jetzt ließ sie den Tränen freien Lauf, schluchzte, heulte und beobachtete sich, als säße sie gleichzeitig neben sich. Sah so ein Nervenzusammenbruch aus? War sie jetzt reif für die Psychiatrie?

Wie lange es dauerte, wusste sie nicht, irgendwann wurde es dunkel. Als sie wieder ruhig atmen konnte, hörte sie ihr Smartphone summen.

Hi Marie, wo bist du? Ich mache mir Sorgen

schrieb Nele.

Marie wurde warm ums Herz. Sie hatte eben doch die beste Freundin. Wo war sie? So ganz genau wusste sie es nicht, musste sie feststellen. Sie wählte Neles Nummer.

»Hi Nele, ich bin ein Stück aus der Stadt rausgefahren.«

»Inzwischen ist es dunkel, was hast du die ganze Zeit gemacht?«

»Ich – hab einfach im Auto gesessen.«

»Bist du fertig mit *im Auto sitzen*?« Nele klang schwer irritiert und hatte die letzten Worte merkwürdig betont.

»Ich glaube ja. Inzwischen kann ich wieder ruhig atmen. Dann sollte ich wohl heimfahren.« Marie tat nichts dergleichen.

»Marie, was ist los?«

»Will ich wissen, was ihr im Chor noch besprochen habt?«

»Es war nicht schön, insofern kann ich dich zu deinem Entschluss zu gehen, nur beglückwünschen.«

»Hast du schon mal genau gemerkt, dass du kurz davor stehst, eine hysterische Szene zu machen? Wenn ich nicht gegangen wäre, wäre es sehr unschön geworden.«

»Und dann?«

»Habe ich schluchzend im Auto gesessen und mich gefragt, ob ich einen Nervenzusammenbruch habe.«

»Ups.« Danach wurde es still. »Soll ich hier auf dich warten? Ich stehe noch vor deiner Haustür.«

Marie dachte kurz nach. »Nein, Nele, fahr nach Hause. Mir geht es wieder gut.«

Nach einem Zögern antwortete Nele: »Na gut, dann telefonieren wir morgen noch mal. Schlaf gut – also, wenn du wieder zu Hause bist natürlich.«

Schmunzelnd wünschte Marie ihrer Freundin eine gute Nacht.

Ihr Smartphone zeigte ihr, dass es halb zehn war. Ob sie Jan noch anrufen konnte? Dann fiel ihr ein, dass sie seine Nummer in ihrer Notenschublade zu Hause liegen hatte. Marie verdrehte die Augen. Seufzend rief sie ihren Mailaccount auf.

Hallo Jan,
heute habe ich mein Smartphone zurückbekommen. Wenn
Du magst, können wir in einer halben Stunde telefonieren
oder ist das zu spät für Dich?
LG, Marie

schickte sie ihm und legte das iPhone dann in ihre Handtasche.

Sie startete den Motor und machte sich auf den Heimweg.

Kaum hatte sie ihr Auto eingeparkt, schaute sie auf dem Weg in ihre Wohnung nach, ob Jan geantwortet hatte. Er hatte ihr noch einmal seine Handynummer geschickt. Marie wurde es warm ums Herz. Sie legte ihren Schlüssel in die Schale neben der Tür, trat sich die Schuhe aus und setzte sich auf ihr Sofa. Dann wählte sie seine Nummer.

»Hallo Jan.« Sie wusste nicht weiter.

»Schön, deine Stimme zu hören. Wie geht es dir?«

Marie schloss die Augen. »Wie viel Zeit hast du?«

»Wir haben uns ungefähr drei Tage nicht gesehen. So viel kann doch in der Zeit vermutlich nicht passiert sein, oder?«

Sie seufzte kellertief. »Ich fürchte doch.«

»Na, dann schieß mal los.«

Marie hörte, dass er sich zurücklehnte oder bequem hinsetzte. Stockend begann sie zu erzählen, vom Rauswurf, der neuerlichen Befragung bei der Polizei und vom Desaster im Chor. Jan hörte zu, meist still, manchmal fragte er nach, kommentierte zurückhaltend. Als Marie fertig war, sagte er: »Ich wäre jetzt gern bei dir.«

Marie schossen die Tränen in die Augen. Es fühlte sich so gut an, die Wärme und Fürsorge in seiner Stimme zu hören. Ihr Blick fiel auf die Wanduhr. Es war schon fast zwölf. Sie wusste, dass Jan morgens sehr früh arbeitete, und bekam ein schlechtes Gewissen.

»Ja, das wäre schön«, flüsterte sie. Dann setzte sie spontan hinzu: »Ich komme am Wochenende nach Husum. Dann ist der Weg nicht so weit.«

»Leider habe ich am Freitag noch einen Abendtermin, den ich nicht absagen kann.« Jans Stimme war das Bedauern darum anzuhören.

»Dann sehen wir uns am Samstag?«

Treffen in Husum

»Hallo Marie!«

Unvermittelt Jans Stimme hinter sich zu hören, versetzte Marie einen Schrecken. Andererseits war es ja nicht so ungewöhnlich, ihm in seiner Heimatstadt auf dem Markt zu begegnen.

»Hallo Jan.« Erst nachdem sie ihren Einkauf vom Gemüsehändler entgegengenommen hatte, drehte sie sich zu ihm um.

Er musterte sie aufmerksam: »Wie geht es dir?«

»Ohne das Getuschel hinter meinem Rücken geht es mir hier in Husum eindeutig besser.«

Beide gingen synchron ein paar Schritte, um Platz am Gemüsestand zu machen, dann standen sie etwas verlegen voreinander. Die Gelegenheit, ihn mit einem Kuss zu begrüßen, war vergangen, eine Umarmung war mit den Einkäufen auch schwer möglich.

»Würdest du gerne einen Spaziergang mit mir machen?«

Marie deutete auf ihre schweren Taschen. »Das passt gerade nicht so gut.«

Jan grinste. »Nicht sofort. Wir könnten uns heute am frühen Nachmittag treffen, einen Spaziergang machen und anschließend zusammen Kaffee trinken.«

Das klang nach einer angenehmen Einladung. »Gern.«

»Dann um zwei am Marienbrunnen?«

»Ja.« Marie sah Jan nach, der ebenfalls mit Taschen bepackt im Gewühl des Marktes verschwand. Sie bedauerte, dass sie sich so distanziert gegeben hatte. Aber bis zum Nachmittag war es ja nicht mehr lang.

Drei Stunden später wunderte sie sich über sich selbst, dass sie mit einem nervösen Flattern im Magen am Brunnen wartete. Es war ein Spaziergang, kein Date, rief sie sich zur Ordnung, aber trotzdem blieb die Nervosität. Erleichtert sah sie Jan quer über den inzwischen geräumten Marktplatz auf sie zukommen.

»Schön, dass das geklappt hat.« Jan begrüßte sie mit einer Umarmung. »Worauf hast du Lust? Lieber über den Deich am Meer entlang, zum Strand oder zu den Krokussen?«

»Krokusse und Strand klingt gut.« Auf eine längere Wanderung hatte Marie nicht unbedingt Lust und auf der Fahrt nach Husum hatte sie sich vorgenommen, in diesem Jahr endlich einmal die Krokusblüte im Schlossgarten anzuschauen.

Schweigend machten sie sich auf den Weg zum Schloss vor Husum. Unbewusst passte Marie ihre Schritte an die von Jan an, während sie den kurzen Weg zum Schloss absolvierten. Die Märzsonne schien warm und über beiden strahlte ein blauer Himmel. Das Schweigen fühlte sich gut an und Marie registrierte erleichtert, dass ihre Aufregung sich gelegt hatte. Von der Schlossstraße bogen sie in die Allee ein und staunend sah Marie sich um. Der Boden war übersät von violetten Krokussen. Ganz gleich, wohin sie schaute, wuchsen die kleinen Frühlingsboten zwischen den Stämmen der alten Bäume. Der ganze Schlosspark war voll davon. Beeindruckt blieb sie stehen und lauschte dem Summen der Bienen und Hummeln.

Sie bemerkte, dass Jan sie lächelnd beobachtete.

»Ich hatte Bilder der Krokusblüte gesehen, aber hier zu stehen, noch dazu bei diesem traumhaften Wetter, toppt meine Erwartungen.« Marie drehte sich ein weiteres Mal um ihre eigene Achse und nahm die Farben und Geräusche in sich auf.

»Schön, dass dir unser Schlosspark gefällt.« Etwas wie Besitzerstolz klang aus Jans Stimme.

Marie drehte sich mit einem Grinsen zu ihm um. »Es ist wunderschön hier!«

Gemeinsam streiften sie durch den Park und als Marie sich sattgesehen hatte, machten sie sich nach Westen auf, dem Wind entgegen, der, je näher sie kamen, den Geruch des Meeres in sich trug. Sie zog die Mütze tiefer in die Stirn und schloss den Reißverschluss ihres Mantels bis oben hin.

Erstaunt sah Marie die Strandkörbe am Grünstrand stehen. Zwar war es heute sonnig, aber der Wind wehte kühl vom Meer. Sie blieb stehen, um das Bild auf sich wirken zu lassen. Vom Deich aus hatte sie einen guten Blick über das Grün, das von den weißen Strandkörben unterbrochen wurde. Gerade war Ebbe. Zig Möwen und andere Wattvögel suchten auf dem Meeresgrund nach Futter. Endlich konnte sie befreit durchatmen.

»Komm«, Jan ergriff ihre Hand und zog sie hinunter vom Deich in Richtung Wasser. Um mit ihm Schritt zu halten, musste sie laufen. Etwas atemlos kamen sie auf dem Holzsteg an und noch immer hielt er sie fest. Als sie ihn nun anschaute, strahlten seine blauen Augen in der gleichen Farbe wie der Himmel. Jan ergriff nun auch ihre andere Hand. Es war fast wie beim Konzert: Verbunden, Hand in Hand und die Blicke des anderen festhaltend. Unterbrochen wurde dieser intensive Moment durch einen Schauer, der Marie erfasste. Sie stand still, dem Wind ausgesetzt und spürte nun, dessen Kälte. Jan bemerkte das, umarmte sie und drehte sich mit ihr so, dass er sie mit seinem Körper abschirmte.

»Besser?«, fragte er dicht neben ihrem Ohr.

Noch zu überrascht, um zu antworten, nickte Marie nur.

»Ich weiß noch etwas, das helfen könnte.« Er löste einen Arm von ihr und wies ihr den Weg mitten zwischen die Strandkörbe. Sein anderer Arm lag noch immer auf ihrer Schulter, was sich gut anfühlte. Vor einem Strandkorb angekommen, löste er das Schloss und nahm das Gitter herunter.

»Sonne von vorn, Windschutz von hinten. Magst du?«

»In einem Strandkorb habe ich zuletzt als Kind gesessen. Mit meiner Mutter, wenn ich nach dem Schwimmen im Meer ausgekühlt war.« Marie setzte sich mit einem seligen Seufzer in den Korb.

Jan setzte sich neben sie. »Darf ich?«

Er fragte, ob er seinen Arm um sie legen durfte. Etwas überrascht bedeutete sie ihm ihre Zustimmung und gemeinsam lehnten sie sich im Strandkorb zurück und genossen die Wärme der Sonne, die nun ohne den Wind wieder deutlich zu spüren war.

Marie spürte in sich hinein. Seinen Arm zu spüren, sich an ihn zu lehnen, fühlte sich gut an. Nach Geborgenheit hatte sie sich in den letzten Tagen gesehnt, in

all dem Durcheinander nach dem Brand, den Anfeindungen ihres Bruders und dem Getuschel hinter ihrem
Rücken, wenn sie durch Norderstedt ging. Ein tiefer
Seufzer löste sich, der Jan schmunzeln ließ. Einzig sein
Arm zog sie näher. Marie schloss die Augen und genoss
die Wärme der Sonne auf ihrem Gesicht.

»Moin – ach du bist es, Jan.« Eine fremde Stimme
störte die Ruhe.

»Moin Piet.«

Sollte sie die Augen öffnen, um sich den Störenfried
anzuschauen? Marie entschied sich träge dagegen.

»Du machst den Korb ja wieder zu, wenn ihr geht.
Sonst alles klar?«

»Mach ich, ja. Selbst auch?«

»Ja, dann will ich mal nich länger stören.«

Obwohl Marie den Mann nicht kannte und die Augen
geschlossen hielt, konnte sie das Schmunzeln in dessen
Stimme hören. Kurz fiel ein Schatten auf ihr Gesicht,
dann blieb es still.

»Wer war das?«, fragte sie träge.

»Piet gehören die Strandkörbe. Früher haben wir die
gemeinsam im Winter repariert, als das Geschäft noch
seinem Vater gehörte. Seitdem weiß ich, wie man sie
ohne den passenden Schlüssel aufkriegt. Da ich nur
hier bin, wenn es ruhig ist, ist das ok.«

Erstaunt bemerkte Marie, dass Jans Hand nicht länger auf ihrer Schulter lag. Fast fühlte es sich an, als liebkoste sie ihre Seite unter ihrem Mantel, aber das
konnte nicht sein, oder doch? Bevor sie dem auf den
Grund gehen konnte, fröstelte sie.

»Magst du noch einen Kaffee bei mir trinken?«

Bei ihm? Kurz horchte sie in sich hinein und fand nur wohlige Entspannung. »Ja.«

Jans fehlende Hand hinterließ ein kühles Gefühl an ihrer Seite. Er konnte die Hand nicht unter ihren Mantel gemogelt haben. Jan zog sie hoch und sie spürte die Wärme, die von seiner Haut auf ihre Finger überging. Nachdem er den Strandkorb wieder verschlossen hatte, nahm er ihre Hand und wärmte sie, die andere versenkte Marie in ihrer Manteltasche, während sie zügig ausschritten.

»Wie magst du deinen Kaffee?«

»Mit Milch bitte, wenn du hast.« Während Jan den Kaffeevollautomaten bediente, der einen Teil der Arbeitsfläche in der Küche beanspruchte, sah sie sich neugierig um. Helle glänzende Flächen dominierten die Einbauküche. Ein auf den ersten Blick grob gezimmerter Tisch aus Massivholz bildete einen faszinierenden Kontrast. Erst beim genaueren Hinschauen erkannte sie, dass die Oberfläche des Holzes bei allen Makeln, die diese zu haben schien, glatt und ebenmäßig war. Marie legte den Kopf schräg und inspizierte die Tischfläche.

»Das ist Kunstharz in mehreren Schichten. Ich wollte die Struktur des Holzes erhalten, aber trotzdem eine glatte, pflegeleichte Oberfläche haben. Dadurch kommt es zu dieser widersprüchlichen Optik. Abschleifen und ölen wäre einfacher gewesen, aber das wusste ich vorher nicht. So siehst du hier ein absolutes Einzelstück vor dir.«

»Den hast du selbst gebaut?«

»Ja. Über das Holz bin ich in einem alten Bauernhof hinter Schobüll gestolpert. Der Bauer hat sich erst schwergetan, es mir zu verkaufen, aber wir sind uns einig geworden. Schließlich wollte er neue Fenster für sein altes Bauernhaus.« Jan grinste.

»Mhm, Kaffee! Danke!«

Marie fuhr erschrocken herum und starrte Arne an. Er sah seinem Bruder zum Verwechseln ähnlich und grinste auf die gleiche Art. Sein Bart war kürzer, ein Dreitagebart, durch den er sich gerade fuhr.

»Oh, Entschuldigung, Arne Petersen, der ...«

»Zwillingsbruder. Nicht zu übersehen.« Marie schüttelte die ausgestreckte Hand.

»Wo haben wir uns schon einmal gesehen?«, überlegte Arne gerade halblaut, während er an seiner Tasse nippte.

»Wir sind uns bei meinem Bruder begegnet, Eike Carstens. Was immer du ihm erzählt hast, hat ihn sehr wütend gemacht.«

Arne kniff die Augen zusammen und überlegte, dann nickte er. Jan erläuterte: »Das Angebot hat sich ja nun auch erledigt, nachdem die Werkstatt ausgebrannt ist.«

»Wir brauchen zusätzliche Werkstattkapazitäten und nehmen mit verschiedenen Firmen in der Umgebung Kontakt auf. Dass Eike mich gleich rauswerfen würde, hätte ich nicht gedacht.«

»Er sprach von einer Übernahme.«

»Das wäre auch eine Option gewesen, aber, wie gesagt, das hat sich ja nun erledigt. Du arbeitest für deinen Bruder?«

Marie presste die Lippen zusammen. »Nein. Mein Herr Bruder hat mir fristlos gekündigt.«

Erstaunt schaute Arne von Marie zu Jan und dann wieder zu ihr. »Und, jetzt suchst du nach einer neuen Anstellung?«

»Eigentlich wollten wir einen Kaffee zusammen trinken«, grummelte Jan neben der Kaffeemaschine. Gerade war eine weitere Tasse fertig und er reichte sie Marie.

»Setz dich doch«, lud er sie mit einer Geste zum Tisch ein.

Marie nahm an der langen Seite des Tisches Platz und stellte vorsichtig ihren Kaffeebecher auf die glänzende Oberfläche. Neben ihr an der Stirnseite nahm Jan Platz.

Arne setzte sich ihr gegenüber, ohne sie aus den Augen zu lassen.

»Was genau machst du beruflich?«, hakte er nach.

»Bis mein Vater starb, war ich seine Assistentin. Ich habe einen Teil der Buchhaltung gemacht und mich zuletzt um den Einkauf gekümmert. Eike wollte nicht so eng mit mir zusammenarbeiten und hat die Buchhaltung von seiner Frau machen lassen.«

»Hast du eine kaufmännische Ausbildung?«

»Klar, ich bin gelernte Industriekauffrau und habe danach die Zusatzqualifikation zur Bilanzbuchhalterin gemacht.« Verunsichert beobachtete Marie, wie sich die Brüder stumm anschauten. War doch etwas dran, dass sich Zwillinge wortlos verständigen konnten? In den Gesichtern der Männer konnte sie jedenfalls nichts ablesen und so wartete sie ab, bis sich wieder jemand ihr zuwandte.

Arne war derjenige, der den Blickkontakt unterbrach und sie anschaute.

»Genau so jemanden brauchen wir bei uns: Bilanzbuchhaltung und Assistenz der Geschäftsleitung. Vorerfahrungen in der Branche sind kein Muss, aber ideale Voraussetzung.«

Verblüfft runzelte sie die Stirn. Wurde aus dem Kaffee mit Jan gerade ein Bewerbungsgespräch? Zögernd löste sie ihren Blick von Arne und schaute zu Jan hinüber.

»Wir suchen tatsächlich schon länger nach einem geeigneten Kandidaten für die Stelle«, räumte der fast widerwillig ein.

»Oder einer Kandidatin«, ließ sich Arne vernehmen.

»Vielleicht überlegst du dir in Ruhe, ob du dich bewerben willst?« Jans Stimme klang anders, als sie sie kannte, unsicher?

»Gute Idee«, schaltete sich Arne ein, stand auf und stellte seine Tasse in die Spülmaschine. »Ich bin heute Abend eingeladen und werde mich jetzt zurückziehen. Ihr beiden habt also sturmfreie Bude.« Mit einem Zwinkern verließ er die Küche.

Marie hörte ihn die Treppe ins Erdgeschoss hinabsteigen, dann klappte eine Tür und es wurde still.

»Tja, das war Arne. Geschäftsmann auch am Wochenende, vermutlich nutzt er auch die Party heute Abend, um Kontakte zu knüpfen.« Jan war jetzt offensichtlich verlegen, wobei auch ein Hauch Sarkasmus in seinen Worten mitklang.

»Ich habe mich noch nicht auf die Suche gemacht, aber ich brauche natürlich eine neue Stelle. Selbst wenn ich Eike mit seiner fristlosen Kündigung nicht so einfach davon kommen lassen will, so möchte ich nicht mehr in den Betrieb zurück, selbst wenn das ginge.

Würde es dich stören, wenn ich mich bewerben würde?«

»Na ja«, kam es nachdenklich von ihm, »wir würden uns regelmäßig sehen.« Jetzt schaute er sie direkt an und Mutwille blitzte in seinen blauen Augen auf. »Wenn ich es mir recht überlege, gefällt mir der Gedanke.«

»Arbeitest du denn auch im Büro? Ich dachte, du bist eher der Mann fürs Praktische.«

»Schon, aber ich pendle zwischen Fertigung, Montage und der Verwaltung. Für besondere Kunden mache ich selbst die Entwürfe und einen Teil der Kalkulation.«

Marie nickte nachdenklich.

Jan schaute in ihre Tasse. »Möchtest du noch einen Kaffee?«

»Danke«, antwortete Marie mit einem Kopfschütteln. War es jetzt Zeit zu gehen? Sie hatte keine Lust, schon wieder in die Kälte hinauszutreten. Draußen verdeckte eine dunkelgraue Wolke die Sonne und der Wind schien noch einmal zugelegt zu haben. Ein Baum vor dem Haus wurde ordentlich durchgeschüttelt.

»Darf ich dir etwas zeigen?«

Hörte sie da etwa wieder Unsicherheit in Jans Stimme? Marie musterte sein Gesicht und tatsächlich wirkte er verlegen.

»Was denn?«

»Das hier ist der gemeinsam genutzte Teil unseres Hauses«, erklärte er. »Die obere Etage habe ich für mich ausgebaut.«

Auch wenn es interessant war, Arne kennengelernt zu haben, wollte Marie noch einen Augenblick ungestört mit Jan verbringen, deswegen nickte sie. Sie folgte ihm über die Treppe ins Dachgeschoss. Aus dieser Perspektive hatte sie seinen knackigen Hintern vor sich, der sich in der verwaschenen Jeans abzeichnete. Seine Schultern hatte sie schon bei ihrer ersten Begegnung bewundert, als sie wie heute beim Spaziergang durch die dunkelblaue Caban-Jacke betont wurden.

Jan öffnete eine von zwei Türen und sie fand sich in einem sonnendurchfluteten sparsam eingerichteten Raum wieder. Sie blinzelte. Nur langsam gewöhnten sich ihre Augen an die Helligkeit. Die Bodenflächen und Schrägen waren mit hellem Holz verkleidet, das matt schimmerte. An Möbeln sah sie nur ein breites Bett aus eben jenem Holz und einen einladenden XXL-Sessel vor einem bodentiefen Fenster. Eigentlich war der gesamte Giebel verglast und ließ den Schein der tief stehenden Sonne herein. Deshalb war sie auch so geblendet gewesen. Neben dem Sessel stand noch ein Stück Treibholz, aus dem ein kleines Tischchen gearbeitet war. Der Raum strahlte eine ausgesprochen gemütliche Atmosphäre aus. Das Holz duftete leicht oder vielmehr das Wachs, mit dem es behandelt war. Der Ausblick über die Dächer Husums verlieh dem Blick nach draußen etwas Leichtes, Schwebendes. Langsam ging sie auf das Fenster zu und ließ den Blick schweifen.

»Gefällt es dir?«

»Hast du das selbst entworfen?«

»Entworfen und gebaut. Alles, was du hier siehst, bis auf den Sessel, habe ich selbst gemacht.« Jan wartete sichtlich gespannt auf ihr Urteil.

»Es ist wunderschön, Jan. Behaglich, gemütlich und gleichzeitig leicht.« Was redete sie da? »Ich meine, ich mag Holz und dies ist wie eine gemütliche Höhle, gleichzeitig ist es aber so hell und luftig durch die klare Struktur des Raumes und der sparsamen Möblierung. Hast du deinen Schrank in dem anderen Raum hier oben untergebracht, damit dich hier nichts stört?«

Jan grinste und drückte auf eine Holzfläche neben sich. Eine Tür öffnete sich und sie erhaschte einen Blick auf ein Staufach, in dem ordentlich die T-Shirts aufgestapelt lagen. Erst jetzt bemerkte sie die regelmäßigen schmalen Fugen zwischen den Hölzern.

»Sind das alles Schränke?«

»Schränke, Schubladen, ausklappbare Ablagen«, zählte er auf. »Ich habe mich hier ziemlich ausgetobt und viel ausprobiert.«

Staunend versuchte Marie zu erfassen, was er noch hinter dem Holz versteckt haben könnte. Vom ersten Moment an fühlte sie sich geborgen in diesem Raum und der Gedanke, dass Jan alles mit seinen eigenen Händen nach seinen Ideen und Vorstellungen geschaffen hatte, faszinierte sie. Mit langsamen Schritten kam er auf sie zu und blieb unmittelbar vor ihr stehen

»Könntest du dir vorstellen, heute Nacht hierzubleiben?«

Überrascht musterte sie ihn. »Bist du immer so direkt?«

»Nur, wenn mir etwas wirklich am Herzen liegt.«

Diese klare Antwort ließ ihren Atem stocken. Sie lag ihm am Herzen? Ihre Mundwinkel hoben sich. Auch wenn sie fürchtete, mit einem seligen Grinsen im Gesicht keine gute Figur zu machen, so konnte sie doch nichts dagegen tun. Sprechen ging auch nicht, stellte sie fest, als sie vergeblich den Mund öffnete. Sie schloss ihn wieder und nickte.

Mit einem Lächeln strich Jan ihr zart über die Wange. Sie spürte seinen Finger an ihrem Hals, bevor sich seine Hand sanft, aber bestimmt um ihren Hinterkopf legte. Sie folgte dem Druck bereitwillig und ließ sich von ihm küssen. Nicht lange und sie erwiderte seine Berührung, seine Erkundungen an und in ihrem Mund.

Schließlich löste sich Jan von ihr. »*Ich* bin also direkt? Und was bist du dann?«

»Jedenfalls nicht schüchtern.« Sie grinste.

»Das ist gut«, kommentierte er wieder näherkommend. Noch einmal küssten sie sich intensiv und nur am Rande registrierte Marie, dass seine warmen Hände ihren Weg unter ihre Kleidung gefunden hatten.

»Hast du das vorhin im Strandkorb auch schon gemacht?«, fragte sie ihn atemlos.

»Ganz so weit habe ich mich nicht vorgewagt«, flüsterte er, ohne seine Bewegung zu unterbrechen. Marie hob ihre Hände in seinen Nacken und überließ sich seinen Küssen und den Erkundungen seiner Finger. Nur widerstrebend löste sich sie sich von ihm, als er ihr den Pullover über den Kopf zog, dann folgte ihr T-Shirt. Schon zog er sie wieder in seine Umarmung, während sich der BH wie von Zauberhand öffnete. Er küsste ihren Hals und sein Bart streichelte die empfindsame Haut ihres Dekolletés. Marie legte ihren Kopf in den Nacken und genoss seine Berührungen. War es im Raum vorhin schon so warm gewesen? Jetzt jedenfalls war ihr heiß, obwohl ihr Oberkörper nackt war. Ohne seine Küsse zu unterbrechen, schob er ihr die Hose von den Hüften. Wann hatte er sie geöffnet?

Sie löste ihre Hände von seinem Nacken und schob sie unter seinen Pullover. Heiß war es dort und hart fühlte sie die Muskeln unter seinem Shirt. Flugs legte sie ihre Hände unter seinem Shirt auf die Haut seiner Seiten und schob den dünnen Stoff nach oben. Sie wollte mehr von seiner Haut spüren. Jan ließ nur kurz von ihr ab, um sich das Oberteil von ihr über den Kopf schieben zu lassen, dann hob er sie hoch und trug sie zum Bett hinüber. Sein Tempo machte sie schwindelig. Wollte sie, dass sie nackt, er aber noch in seiner Jeans war? Die Gedanken verklangen, als sich sein Mund wieder auf die Reise machte, dieses Mal entlang ihres Bauches abwärts. Er streichelte ihren Bauch, ihre Schenkel.

»Du musst das nicht tun.« Sie lag entspannt auf seinem Bett, sein Kopf tauchte zwischen ihren Schenkeln auf.

»Darf ich es denn, wenn ich es möchte?«

Mehr als ein Nicken brachte Marie nicht zustande. Sie spürte sein Lächeln an ihrer Schenkelinnenseite und schloss die Augen.

»Kannst du noch?«

Marie schlug die Augen auf und brauchte einen Moment, Jans Gesicht zu fixieren. Was hatte er gefragt? Sie merkte, dass sie noch immer nach Luft rang und ihr Unterleib zog sich zusammen, als er einen Kuss darauf drückte. Er schob sich weiter nach oben und knabberte spielerisch an ihrer Schulter. Gleichzeitig spürte sie seine Berührung zwischen ihren Beinen. Dieser kleine, zufällig wirkende Kontakt setzte sie unmittelbar wieder in Flammen. Sie zog ihn in ihre Arme, drückte ihn an sich und genoss sein langsames Eindringen. Einen unendlichen Moment später hob er seinen Kopf und sie verlor sich im strahlenden Blau seiner Augen.

Sie wusste nicht, wie viel Zeit vergangen war, als sie eng an ihn gekuschelt wieder in die Realität zurückfand. Gleich zweimal hatte er sie mitgerissen, nein geführt und sie alles vergessen lassen. Wohlig strich sie mit ihrer Wange über seine Brust und freute sich über sein Erschauern. Dann drängte sich ein Gedanke in ihre Trägheit.

»Haben wir … Ich meine, hast du …« Sie brach ab.

»Ob ich uns geschützt habe? Klar.«

Maire runzelte die Stirn und versuchte, sich zu erinnern. Wann hatte er ein Kondom übergestreift? Sie hatte nicht einmal bemerkt, dass er die Jeans abgelegt hatte.

»Wann? Ich meine«, sie schüttelte den Kopf. »Du musst mich für ein vollkommen kopfloses Huhn halten.« Sie schämte sich.

Jan zog sie näher an sich und küsste sie auf die Stirn. »Nein, das tue ich nicht. Das, was ich mit dir erleben durfte, lässt sich noch am ehesten mit dem alten Begriff *Hingabe* umschreiben. Ich habe es genossen, dass du dich so vollkommen hast fallen lassen.«

Er schien noch mehr sagen zu wollen, ließ es dann aber, und Marie kuschelte sich mit einem Seufzer an ihn. Sie hatte noch nie ihren Kopf ganz abschalten können. Diese neue Erfahrung machte ihr etwas Angst, aber auch die verblasste, als sie wieder in einen Zustand zwischen Wachen und Schlafen versank, seinen Duft in der Nase, seine Wärme an ihrer Haut.

Beim Erwachen spürte sie Jan hinter sich. Er schmiegte sich an ihren Rücken und hatte einen Arm um sie gelegt. So geborgen hatte sich Marie schon lange nicht mehr gefühlt und sie rührte sich nicht, um den Zauber nicht zu zerstören.

Trotzdem schien Jan gemerkt zu haben, dass sie wach war. Er zog sie an sich und vergrub seine Nase in ihren Haaren, bevor er ihr einen Kuss in den Nacken gab.

»Hast du gut geschlafen?«, hörte sie etwas undeutlich.

»Ja, das habe ich.« Marie drehte den Kopf und wurde mit einem Kuss belohnt.

»Bist du ein Frühstücksmensch?«

»Ja.« Untermalt wurde ihre Antwort von einem vernehmlichen Knurren ihres Magens. »Meine letzte Mahlzeit war ein Kaffee vor – wie vielen Stunden?«

»Ich habe dich vernachlässigt, meinst du das?«

Marie drehte sich in seiner Umarmung herum. »Das würde ich jetzt so nicht sagen«, neckte sie ihn und streichelte über seine Schulter. Sein Bart war herrlich weich und die Lippen fühlten sich auch am frühen Morgen wundervoll an, stellte sie fest.

Dann beendete Jan den Kuss und lehnte sich zurück. »Willst du vor dem Frühstück duschen? In der Zeit könnte ich frische Brötchen besorgen.«

Marie bewunderte den üppig gedeckten Tisch, als sie hinunter in die Küche kam.

Jan stand mit dem Rücken zu ihr an der Kaffeemaschine.

»Möchtest du wieder einen Milchkaffee?«

Beeindruckt bejahte sie seine Frage.

»Wann hast du denn das alles gezaubert?« Ein Korb mit einer bunten Brötchenmischung stand auf dem Tisch, eine Käseplatte, eine wohlgefüllte Obstschale und gerade stellte Jan zwei große Kaffeetassen dazu. Die außergewöhnliche Tischplatte wirkte mit dem klaren weißen Porzellan und den bunten Lebensmitteln sehr einladend. In früheren Zeiten hätte man das Bild als Stillleben gemalt, dachte Marie.

»Willst du dich nicht setzen?«

Marie nahm Platz und auch Jan setzte sich. Schweigend griff er nach einem Brötchen und schnitt es auf. Marie nahm sich ein Croissant und entschied sich für die Aprikosenkonfitüre. Zum noch warmen Gebäck schmeckte die leicht herbe Süße der Marmelade herrlich. Sie hatte tatsächlich einen Bärenhunger, sodass sie bald nach einem Brötchen griff. Erst danach rückte sie mit der Frage heraus, die sich immer wieder in ihrem Hinterkopf gemeldet hatte: »Ist es dir wirklich recht, wenn ich mir in eurer Firma bewerbe?«

»Klar. Wieso sollte das ein Problem sein? Ich freue mich darauf, dich oft zu sehen.« Jan hielt ihren Blick fest und Marie wurde es heiß. Ja, darauf freute sie sich auch. Um in sich hineinzuhorchen, nahm sie ihre Tasse und trank einen Schluck. Dabei unterbrach sie den Blickkontakt. Es war eine eigentümliche Mischung, die sie in ihrem Inneren fand. Da war eindeutig ein Flattern in ihrem Bauch, dessen Ursache sie noch immer nicht aus den Augen ließ. Gleichzeitig fühlte es sich vertraut an, mit Jan hier am Tisch zu sitzen, und die wohlige Geborgenheit war noch immer da, mit dem sie in seinen Armen wach geworden war. Wenn sie sich ein Büro vorstellte, in dem sie ihm begegnete, fühlte sich auch das gut an. Keine Beklemmung oder unterdrückte Wut, die sie beim Gedanken an ihre Arbeit in der Firma ihres Bruders oft gespürt hatte.

»Dann möchtest du, dass ich mich bei euch bewerbe?«

Nachdenklich nickte er. »Ja, der Gedanke gefällt mir. Außerdem sparst du dir die Anmeldung beim Arbeitsamt, wenn du gleich wieder eine neue Anstellung bekommst.«

Marie riss überrascht die Augen auf.

»Wir suchen schon eine Weile vergeblich und vermutlich könntest du morgen schon anfangen.«

Sie schnaubte und starrte auf die Tischfläche zwischen ihrem Teller und dem Brotkorb. So schnell? Dann müsste sie auch umgehend umziehen, einen Nachmieter suchen, um nicht monatelang doppelt zu zahlen. Wollte sie in Husum leben? Darüber hatte sie sich noch keine Gedanken gemacht. Dieses Wochenende war als Auszeit gedacht, nicht als Absprung in ein neues Leben. Andererseits, was hielt sie in Norderstedt? Nicht viel. Nele kam ihr in den Sinn und sie nahm sich vor, ausführlich mit ihr zu sprechen, bevor sie irgendetwas unternahm.

»Möchtest du noch einen Kaffee?«

Nach ihrem Nicken hörte sie seinen Stuhl über den Boden scharren. Jan ließ ihr Zeit, und das gefiel ihr. Nachdenklich wählte sie ein weiteres Brötchen aus und schnitt es auf. Konzentriert bestrich sie das weiche Innere mit Butter und griff dann zu einem der Käsestücke. Suchend blickte sie auf den Tisch, fand aber kein Käsemesser. Stattdessen lag ein merkwürdiger Stab neben dem Käse, auf den ein Draht gespannt war. Marie griff danach und drehte das Gerät unschlüssig in ihren Händen.

»Der Käseschneider ist besonders bei weichem Käse geeignet, wie beim dänischen Havarti, Danbo oder auch beim hiesigen Deichkäse. Soll ich dir zeigen, wie es geht?«

Unbemerkt war Jan hinter sie getreten und hatte ihr einen zweiten Kaffee hingestellt. Marie gab ihm den Stab und halb über sie gebeugt, schnitt er ihr zwei perfekte Scheiben vom Käse ab. Dabei war er ihr so nah, dass sie seinen Duft wahrnahm und seine Wärme spürte. Mit ihrem Hinterkopf strich sie über seine Brust, was ihn dazu veranlasste, Käse und Schneider wegzulegen und sie zu umarmen. Er hauchte einen Kuss auf ihre Schläfe. Nur zögernd ging er zu seinem Stuhl zurück und griff selbst noch einmal zu.

»Ich kann es mir nicht erklären, aber ich habe das Gefühl, dich schon ewig zu kennen und nicht erst seit Weihnachten.«

Marie verschluckte sich. Jan beobachtete sie besorgt, während sie hustete, bis ihr die Tränen in die Augen traten.

»Alles in Ordnung? Habe ich was Falsches gesagt?«

Mit einem Kopfschütteln griff sie nach ihrer Kaffeetasse und nahm einen Schluck. »Nein, das hast du nicht. Ich bin nur überrascht, dass du mich wahrgenommen hast.«

»Wieso sollte ich nicht? Du hast mich angeschaut nach dem Lied mit dem Kinderchor und«, er stockte. Hatte er ihre Tränen damals bemerkt? Wieder brannte ihr Gesicht.

»Ich bin mir nicht sicher, aber damals habe ich geglaubt, ein Glitzern in deinen Augen zu sehen. Als du dann deine Tasse zurückgegeben hast, hast du gesagt, wie berührt du von der Musik warst. Ich habe mich gefreut, deine Augen aus der Nähe zu sehen. Sie sind tatsächlich braun, obwohl du blonde Haare hast. Diese Kombination hat mich schon immer magisch angezogen.« Er verstummte mit einem verlegenen Lächeln.

»Ich hatte nicht den Eindruck, dass du unsere erste Begegnung überhaupt wahrgenommen hattest.«

»Wieso das?«

Marie holte tief Luft, atmete aus und entschied sich, offen zu sein. »In der ersten Probe für den Gospelsong mit dir dachte ich eigentlich, ich würde das Solo singen. Hannes hatte das so einige Wochen zuvor gesagt und ich hatte mich im Gesangsunterricht darauf vorbereitet. Und dann warst da plötzlich du und«, auch jetzt, als sie ihm längst nicht mehr böse war, schnürte ihr die Erinnerung an die Situation die Kehle zu.

»... habe dir das Solo weggenommen.«

»Nein, es war ja nicht deine Entscheidung.«

»Aber bei der Probe warst du sauer auf mich, oder?«

So wie ihre Wangen glühten, musste sie knallrot angelaufen sein, was Marie unangenehm war. Sie nickte.

»Das wäre ich wohl auch gewesen. Ich wusste nicht, dass es dein Solo war.«

»So war es ja nicht. Hannes stellte nach der Probe klar, dass es ein Männersolo sei und ich nur die Notbesetzung.« Überrascht von der Bitterkeit in ihrer Stimme hielt Marie inne.

»Autsch«, kommentierte Jan ihre Erinnerung.

Nach einem Seufzen erzählte sie weiter: »Nele hat mich darauf gebracht, dass ich nicht auf dich, sondern auf Hannes sauer sein sollte. Außerdem hat sie ihm den Kopf gewaschen. Deshalb hat er wohl die Idee mit dem Duett ausgebrütet.«

»Das wiederum war eine sehr gute Idee.« Jan sagte das in einem Brustton der Überzeugung, der sie schmunzeln ließ.

»Albern, sich darüber so aufzuregen, oder?«

»Nein, wenn du so stark reagierst, hat Hannes' Entscheidung etwas anderes berührt, was du tief in dir vergraben hast. Inzwischen habe ich auch eine Ahnung, was das sein könnte.« Nachdenklich musterte er sie mit einer Intensität, dass sie erneut die Tischplatte betrachtete. Ja, das ätzende Gefühl der Zurücksetzung brannte wieder in ihrem Magen.

»Du bist auch die Jüngere, die bei der Firmennachfolge das Nachsehen hat, stimmt's?« Seine Stimme war leise und fühlte sich wie ein Streicheln an. *Auch* hatte er gesagt. Marie schluckte, dann nickte sie langsam.

»Die Jüngere, das Mädchen ... Und ganz gleich, wie sehr ich meinem Vater beweisen wollte, dass ich besser bin als mein Bruder, er hat immer nur ihn gesehen.« Tränen traten in ihre Augen.

»Ich war genau aus diesem Grund bei einem – Berater.«

Hatte er etwas anderes sagen wollen? Selbst dieses Geständnis schien ihm so schwergefallen zu sein, dass er atemlos auf ihre Reaktion wartete.

»Dir geht es ähnlich?«

Jetzt nickte er. Dann straffte er sich. »Vielmehr ging es mir so. Wir haben lange Gespräche geführt und unsere Arbeitsbereiche so aufgeteilt, wie es unseren Fähigkeiten und Interessen am besten entspricht. Wir haben uns geeinigt.«

»Und wie gut läuft die Zusammenarbeit? Streitet ihr euch oft?«

»Nein, seitdem wir die Arbeit geklärt haben, nicht mehr. Auch wenn wir uns sehr ähnlichsehen, so sind unsere Interessen doch verschieden. Das zu entdecken und umzusetzen hat uns beiden sehr gutgetan.«

Auf ihrem Weg nach Norderstedt dachte Marie über die letzte Nacht und den Morgen nach. Beim Gedanken an Jan spürte sie ein warmes Gefühl im Bauch. Er hatte ihr sehr offen von seinem Verhältnis zu seinem Bruder berichtet. War es tatsächlich so, dass sie und ihr Bruder nur nie geklärt hatten, was zwischen ihnen stand? Mit ihrem Vater zu sprechen, war ja nun nicht mehr möglich. Hätte er andere Entscheidungen getroffen, wenn sie über ihre Gefühle gesprochen hätte? Frustriert gestand sie sich ein, dass sie auf diese Frage nie eine Antwort erhalten würde.

Je näher sie Norderstedt kam, desto dringender wurde ihr Wunsch, Nele anzurufen.

Kaum, dass sie die Autobahn verlassen hatte, hielt sie am Straßenrand und griff zum Handy. Kurze Zeit später fuhr sie weiter, direkt zu ihrer Freundin.

»Natürlich bewirbst du dich«, stellte Nele mit Nachdruck klar, nachdem Marie von ihrem Treffen mit Jan erzählt hatte.

»Hast du keine Bedenken, dass ich hier so überstürzt meine Zelte abbreche und mich freiwillig wieder in eine ähnliche Situation bringe wie hier?«

»Dass du bei der Familie arbeitest?« Neles Grinsen reichte fast um ihren Kopf herum. »So weit seid ihr mit euren Plänen also schon?«

Marie wollte die Augen verdrehen über diese absurde Bemerkung, merkte aber, dass ihre Wangen brannten. »Nein sind wir nicht«, widersprach sie leise.

»Aber du warst über Nacht bei ihm.«

Neles Feststellung ließ Marie lächeln. Sie nickte nur.

»Ich freue mich für dich und außerdem bin ich schon lange scharf auf deine Wohnung.«

Erstaunt riss Marie die Augen auf.

»Das wäre die perfekte Lösung. Du ziehst nach Husum und ich in deine Wohnung. Für dieses Appartement findet sich bestimmt auch schnell ein Nachmieter. Was sagst du dazu?«

Marie schnappte nach Luft. Irgendwie fühlte sich das gesamte Wochenende an, als würde sie ständig von ICEs überfahren und mitgeschleift. Wie konnte sich vieles in dieser kurzen Zeit zum Guten wenden? Oder tat es das am Ende gar nicht?

»Mache ich einen Riesenfehler, wenn ich hier kneife und einfach das Feld räume?«

»Welches Feld? Eure Firma kann nicht richtig arbeiten ohne Werkstatt. Du streitest dich nicht länger jeden Tag mit Eike und die letzten beiden großen Streitpunkte übergibst du einem Anwalt. Mit Kneifen hat das überhaupt nichts zu tun.«

Neustart

Am Montagmorgen fuhr Marie mit klopfendem Herzen nach Husum. Nachdem sie ihre Bewerbung am späten Abend noch zusammengestellt hatte, musste sie noch zum Copyshop, um ihre Zeugnisse zu kopieren. Jetzt lag ihre Tasche mit den Unterlagen neben ihr auf dem Beifahrersitz. Jan hatte sich gefreut, als sie ihn am Abend angeschrieben hatte, um zu fragen, wann sie denn kommen solle, um ihre Bewerbungsmappe einzureichen. Sie hatten sich für zwölf Uhr verabredet und so war sie nun wieder Richtung Norden unterwegs.

Nervös betrat sie das Verwaltungsgebäude der Firma Petersen. Ein großzügiger Empfangsraum, hell und freundlich eingerichtet, empfing sie. Eine junge Frau hinter einem Tresen sprach sie nach ihrem Eintreten freundlich an: »Frau Carstens? Die Brüder Petersen erwarten Sie bereits.« Sie beschrieb den Weg in die zweite Etage, den Marie nehmen sollte.

Im Aufzug atmete sie tief durch. Ihre letzte Bewerbung lag lange zurück und mit dem Wissen im Nacken, dass sie im Zweifel auch im heimischen Betrieb unterkäme, war sie damals gelassen gewesen. Jetzt gab es keinen doppelten Boden. Auch wenn es gestern so geklungen hatte, als habe sie die Stelle schon in der Tasche, kamen ihr nun doch Zweifel. Würde sie Jan und Arne überzeugen können? Eine Absage würde ihr schwer zusetzen, merkte sie.

Arne empfing sie in seinem Büro und bat sie, an einem Besprechungstisch Platz zu nehmen. Er selbst telefonierte noch kurz und setzte sich dann ihr gegenüber auf einen Stuhl.

»Schön, dass du es dir so zügig überlegt hast. Ich schätze Entschlossenheit.«

Marie schob ihre Mappe über den Tisch. »Hier sind meine Zeugnisse. Einzig von meinem letzten Arbeitgeber gibt es keine Beurteilung.« Den letzten Satz untermalte sie mit einem schiefen Grinsen.

»Das habe ich auch nicht erwartet.« Arnes Gesicht blieb ernst, aber seine Augen funkelten belustigt. Er schlug die Mappe auf und überflog ihren Lebenslauf, dann blätterte er weiter zu ihren Zeugnissen. Anerkennend verzogen sich seine Lippen und Marie entspannte sich. Sowohl ihre Ausbildung als auch die Zusatzqualifikation hatte sie mit Bestnote absolviert. Der freundliche Empfang und Arnes Interesse, mit dem er sich in ihre Mappe vertiefte, schenkten ihr Zuversicht. Bis zuletzt hatte sie gefürchtet, doch einem üblen Scherz aufgesessen zu sein.

»Hallo Marie«, Jan hatte unbemerkt das Büro betreten und kam an den Tisch.

Marie stand auf und umarmte ihn. Kurz schaute er ihr lächelnd ins Gesicht, dann widerstrebend zu seinem Bruder, der ebenfalls aufgestanden war.

»Schau dir die Zeugnisse an«, empfahl Arne. Er griff zielsicher nach einem Stapel Papier und kam damit zurück.

Marie setzte sich wieder und beobachtete nun Jan, der durch ihre Unterlagen blätterte. Auch er nickte anerkennend. Kurz blickten sich die Zwillinge in die Augen und Marie meinte, eine winzige Bewegung wahrzunehmen. War das ein Ja? Sie traute sich noch immer nicht, sich zu entspannen.

»Bei deinen Qualifikationen eignest du dich perfekt für die Stelle. Ich habe mir die Freiheit genommen, einen Arbeitsvertrag vorzubereiten. Möchtest du einen Kaffee, während du ihn liest?«

»Danke, gern.« Ein Arbeitsvertrag? Vorbereitet? Ungläubig schaute sie von einem Mann zum anderen.

Wieder verständigten sich Jan und Arne mit einem stummen Blick, dann verließ Arne das Büro. Marie begann zu lesen.

»Was hast du? Stimmt etwas nicht mit dem Vertrag?«

Jans besorgte Stimme holte sie zurück. Sie wusste nicht, wie lange sie auf die aufgeschlagene Seite gestarrt hatte. Kurz blickte sie auf und schüttelte den Kopf, schaute dann wieder ungläubig auf die Zahl auf der Seite. Dreitausendfünfhundert Euro standen dort als Gehalt, fünfhundert mehr, als sie zuvor bekommen hatte.

Am Rand ihres Blickfeldes tauchte eine Kaffeetasse auf. »Milchkaffee war richtig?«

Abwesend nickte sie. Noch immer konnte sie den Blick nicht vom Vertrag losreißen, fast erwartete sie, dass sich vor ihren Augen die Zahlen ändern würden.

»Das ist nur das Einstiegsgehalt«, bemerkte er und setzte sich wieder ihr gegenüber hin. Auch für Jan und sich hatte er Kaffee geholt und trank nun einen Schluck.

Marie schaute nun doch auf. Dort im Vertrag stand ein Monatsgehalt, das sie kaum glauben konnte und das sollte noch gesteigert werden? Ungläubig starrte sie Arne an.

»Wenn es zu wenig ist, sag uns, was du dir vorgestellt hast.«

Ihr wurde heiß. Was sollte sie darauf nur antworten?

»Wie groß ist denn die Firma?« Davon war auch abhängig, wie hoch das Gehalt eines Buchhalters ausfiel. Vielleicht konnte sie Zeit gewinnen, aber gleichzeitig ging ihr auf, dass sie keine Ahnung hatte, wie die aktuelle Lohnstruktur war. Hätte sie mit ihrer Zusatzausbildung mehr Geld fordern können? Konnte sie es jetzt?

»Insgesamt haben wir momentan 70 Mitarbeiter. Vorschlag: Wir behalten das Einstiegsgehalt erst einmal bei. Die Probezeit beträgt drei Monate. Danach setzen wir uns zusammen und handeln aus, auf welchen Betrag dein Gehalt erhöht wird.«

Mechanisch nickte Marie. Ja, das klang gut. Dann konnte sie sich auf das Gespräch vorbereiten. Noch einmal musterte sie prüfend Arnes Gesicht und schaute auch zu Jan hinüber. Beide sahen sie ernst an, warteten ruhig auf ihre Entscheidung. Sie würden sie nicht über den Tisch ziehen, sagte ihre innere Stimme. Entschlossen griff sie nach dem Kugelschreiber, den Arne auf den Tisch gelegt hatte und unterschrieb.

Arne strahlte. Kaum dass Marie den Stift abgesetzt hatte, zog er die Verträge zu sich. »Bleibt nur noch festzulegen, wann du anfängst. – Morgen?« Er grinste spöttisch.

Obwohl sie seine Frage nicht ernst nahm, stockte ihr der Atem.

»Scherz beiseite. Es wäre gut, wenn du möglichst bald anfangen könntest. Vielleicht am nächsten Ersten?«

Bis dahin hätte sie noch etwas mehr als eine Woche. Zeit, die sie dringend brauchte, um ihren Umzug zu organisieren und auch die anderen Dinge in ihrem Leben zu ordnen. Zögernd stimmte sie zu.

Nachdem Arne das Datum eingesetzt hatte, unterschrieb auch er die Verträge und gab ihr ein Exemplar zurück. Dann stand er auf und streckte ihr seine Rechte entgegen: »Willkommen an Bord!«

Marie nahm seine Hand. Sein Händedruck war fest und beruhigte sie. Ja, es fühlte sich richtig an, dachte sie. Auch Jan gab ihr seine Hand, zog sie dann aber in seine Arme. In der Geborgenheit seiner Umarmung wurde sie vollkommen ruhig. Ja, es *war* richtig.

***

Pünktlich am nächsten Samstag klingelte Jan an Maries Wohnung in Norderstedt. Mit seiner Werkzeugtasche über der Schulter wartete er auf ein Geräusch der Gegensprechanlage, stattdessen hörte er den Summer und machte sich schmunzelnd auf den Weg nach oben.

Marie erwartete ihn in der offenen Wohnungstür und freute sich offensichtlich, ihn zu sehen. Zumindest strahlte sie ihn an und fiel ihm um den Hals, kaum dass sie die Tür hinter ihnen zugezogen hatte.

Jan ließ die Tasche von seiner Schulter auf den Boden gleiten und erwiderte ihre Umarmung. Vier Tage hatte er sie nicht gesehen, nicht ihren Duft gerochen und sie nicht geküsst.

Letzteres holte er gerade ausgiebig nach, als Marie etwas atemlos raunte: »Nele ist da.«

Nach einem weiteren Kuss antwortete er: »Schade.« Er hatte gerade begonnen, sich auszumalen, wie es wäre, etwas später mit dem Abbau des Bettes zu beginnen, und dieser Gedanke hatte ihm zunehmend gefallen.

»Ich kann euch hören!«, tönte es fröhlich aus dem Wohnzimmer.

»Hallo Nele!«, rief Jan, ohne den Blick von Maries Gesicht abzuwenden. Ihr schien es auch leidzutun, dass sie nicht allein waren. Entschuldigend verzog sie gerade das Gesicht und küsste ihn noch einmal kurz.

»Was soll ich tun?«, beendete er die Begrüßung.

»Die Schlafzimmermöbel müssen abgebaut werden«, Marie nahm ihn bei der Hand und zog ihn in ihr Schlafzimmer.

Gleich neben der Tür mussten sie einen Stapel Umzugskartons umrunden, dann war der Blick frei auf ein Bett, das gleichzeitig alt wie neu wirkte. Auch die dazu passende Kommode und der Schrank waren hell, schienen aber im Stil der 50er-Jahre gemacht zu sein. Jan runzelte die Stirn und untersuchte den Schrank, dessen Türen offen standen, näher. Innen war der Massivholzschrank dunkel, auf den ersten Blick wirkte das Holz wie Eiche. Außen war die Oberfläche weiß gekalkt, wie es seit einiger Zeit modern war, aber dazu passten die Formen der Möbel nicht. Die Ecken waren abgerundet und umlaufend war eine Zierleiste angebracht. Die Verbindung der Schrankseiten mit dem Deckel bestand aus einer Metallklemme, wie er sie aus alten Schränken kannte.

»Die Sachen stammen von meinen Großeltern. Ich fand die Formen wunderschön, aber meine Mutter meinte damals, dunkle Eiche sei für ein Mädchen die falsche Farbe. Ich würde sicher depressiv werden, wenn ich mein Zimmer so dunkel einrichten würde. Dann hatte mein Vater die Idee, die Möbel abschleifen und kälken lassen. Es hängen viele Erinnerungen daran.« Maries Stimme war nachdenklich und leise geworden.

Jan sah zu ihr, während sie sich mit wehmütiger Miene umschaute.

»Solche Möbel findet man heute nicht mehr. Der Ab- und Aufbau ist ein Klacks und die Stabilität ist auch nach Jahren hervorragend. In dieser Optik haben sie einen besonderen Reiz, das muss ich zugeben. Lackierte alte Schränke habe ich schon gesehen, abgebeizte natürlich auch, aber auf die Idee, die Oberfläche anzuschleifen und zu kalken, wäre ich nicht gekommen. Interessant.«

»Es war damals meine Idee und ich liebe die Sachen noch immer.« Marie schien etwas verlegen zu sein. »Meinst du, die bekommen wir nachher in deinen Wagen?«

»Klar. Ich habe extra einen Transporter dabei. Das wird passen.« Im Lauf der Woche hatte Marie ihn gefragt, ob sie sich einen Laster mieten sollte, was er aber abgelehnt hatte. Sie wollte nur die Schlafzimmermöbel mitnehmen und natürlich die persönlichen Sachen. Wenn er an den letzten Umzug bei einem Kumpel zurückdachte, so wäre heute eher die Ladungssicherung ein Problem als mangelnder Platz.

Ein paar Decken hatte er noch in den Wagen geworfen, bevor er losgefahren war, sodass auch die empfindlichen Oberflächen gut geschützt sein würden, wie auch der alte Spiegel, der auf der Kommode thronte. Auch er war an den Kanten abgerundet und hatte zwei Seitenteile, die sich vorklappen ließen. Eine originale Frisierkommode der Fünfzigerjahre, bis auf die Farbe.

»Dann lass uns mal zusehen, dass wir weiterkommen.« Zwar hätte Jan am liebsten etwas anderes mit dem Bett gemacht, als es auseinanderzubauen, aber einfach nur Herumstehen wollte er auch nicht länger. Wer weiß, vielleicht ergäbe sich ja heute Abend nach dem Aufbau eine Gelegenheit. Nele würde doch sicher nicht nach Husum mitfahren. Er holte sich sein Werkzeug aus dem Flur, allerdings eher, damit es nicht weiter im Weg stand. Für den Schrank reichte ein Schraubendreher, und die Verbindungsteile aus Messing lösten sich. Wenige Minuten später standen die Einzelteile an der Wand und er nahm sich das Bett vor. Auch hier konnte er, nachdem er die Matratze herausgenommen hatte, die Einzelteile auseinanderheben. Die Steckverbindungen, ebenfalls aus Messing, waren intakt. Er überlegte, mit dem Beladen des Transporters zu beginnen, und wollte Marie fragen, ob sie Einwände hätte. Auf dem Weg ins Wohnzimmer hörte er ein Schluchzen, das seine Schritte beschleunigte. Marie saß auf dem Sofa, vor sich eine Kiste mit Briefen. Einen davon hatte sie auf ihrem Schoß. Nele hockte neben ihr und hatte ihr den Arm um die Schultern gelegt. Marie selbst presste eine Hand vor ihren Mund. Nach dem Schluchzer, den er vom Flur aus gehört hatte, war es still geworden.

Nele hielt Marie dazu an, eine gefundene Kiste zu sortieren und nicht einfach in einen Umzugskarton zu stecken.

»Wenn du jedes Mal einfach alles mitnimmst, kannst du nie loslassen und mit der Vergangenheit abschließen.«

»Nele, die Kiste ist schon genau so wie sie ist von meinen Eltern zu mir umgezogen. Alter gefühlsduseliger Erinnerungskram für lange Winterabende. Das mache ich in Ruhe, wenn ...«

»Nein«, widersprach die Freundin, »das machst du jetzt.« Energisch schob Nele sie auf das Sofa zu und stellte ihr die Kiste auf den Schoß.

Seufzend ergab sich Marie ihrem Schicksal und nahm halbherzig die ersten Briefe in die Hand. Die waren wirklich uralt. Gleich drei ihres ersten Freundes hielt sie in Händen. Er hatte ein halbes Jahr in England die Schule besucht und in der Zeit hatten sie sich ein paar Mal geschrieben. Nein, korrigierte sie sich. Sie hatte oft geschrieben, aber er nur dreimal geantwortet. Kurz nach dem Auslandssemester hatte er die Beziehung dann beendet. Als sie aufblickte, stellte Nele gerade den Papierkorb neben sie, und mit einem schiefen Grinsen warf sie die Briefe ungelesen hinein.

»Siehst du? Du musst nicht alles noch einmal mitnehmen. Wie oft hast du in den Jahren hier in die Kiste geschaut? Gar nicht? Dann kannst du sie eigentlich komplett wegwerfen.«

»Nein! Schau doch, die hier könnte ich niemals weg-
tun.« Marie hielt Nele zwei Fotos unter die Nase, die sie
beide bei ihrem Abschlussball der Tanzschule zeigten.
Zwei verlegene Teenager in modischen Kleidern, genauer gesagt, der Mode vor fünfzehn Jahren entspre-
chend.

»Das mit dem Schminken haben wir zum Glück noch
gelernt«, kommentierte Nele. »Guck durch, was du behalten willst. Ich packe derweil deine Gläser in die
Kiste.«

Marie nahm Stück für Stück, Briefe, Fotos, Zeitungs-
artikel und zwang sich, einiges auszumisten. Zwei Fo-
toromane der Bravo landeten ebenso im Altpapier wie
viele Briefe von ehemaligen Freunden oder Verwand-
ten. Bei einem großen braunen Umschlag zögerte sie.
Darauf stand nur ihr Name, ohne Adresse. Erst im zweiten Hinsehen erkannte sie die Handschrift ihres Vaters. Sie hatte das Kuvert offenbar nie geöffnet und
konnte sich nur vage daran erinnern, den Brief bekommen zu haben.

Ungeduldig riss sie den Umschlag auf und holte
gleich einen ganzen Stapel Papier und Fotos heraus.
Ganz oben lag ein handbeschriebener Bogen in der ge-
stochenen Schrift ihres Vaters.

Liebe Marie,
wenn Du Dich an unsere Abmachung hältst, wirst Du die-
sen Brief erst in ein paar Jahren lesen, wenn Du Dein Erbe
antrittst.
Ich weiß, dass Du nicht verstehen magst, dass Eike die
Firma bekommt. Dir lag immer viel an unserem Familien-
betrieb und Du bist ehrgeizig. Wenn ich ehrlich bin, zweifle

ich manchmal, ob Du nicht geeigneter für den Posten bist als er. Wärst Du ein Junge, wäre meine Wahl auf Dich gefallen, aber im Handwerk ist es für Frauen gerade in Leitungspositionen noch immer schwierig. Ich hoffe, dass Du Deinem Bruder eine Stütze sein wirst und ihn von allzu unbedachten Handlungen abhältst.

Mutters Schmuck geht an Dich, wie Du weißt. Damit Du den Wert des Erbes richtig einschätzen kannst, habe ich die Quittungen beigelegt und die Schätzungen der Stücke, die Mama von ihrer Mutter geerbt hat. Wenn Du Dir die Liste anschaust, wirst Du sehen, dass Dein Erbe mit dem Appartement in Husum nicht geringer ist als die Firma, die Eike erhält.

Ich weiß nicht, ob ich Dir je gezeigt habe, wie stolz ich auf Dich bin. Vielleicht schaffe ich das ja noch in den Jahren, die uns bleiben.

Dein Dich liebender Vater

Die rechte Faust fest auf den Mund gepresst, starrte Marie auf die Zeilen. Das Sofa sank unter Neles Gewicht, als diese sich neben sie setzte. Als Marie Neles Arm auf ihrer Schulter spürte, lösten sich die ersten Tränen.

»Was hast du?«

Unfähig, ein Wort herauszubringen, deutete Marie auf den Brief, während sie ihn selbst wieder und wieder las.

Noch einmal ächzte das Sofa, als sich Jan auf ihre andere Seite setzte.

»Dein Vater war stolz auf dich«, stellte Nele leise fest.

Marie hob den Blick. Tränenverschleiert versuchte sie, ihre Freundin anzuschauen, die gerade aber an ihr vorbeisah. Dann drehte auch sie ihren Kopf zu Jan.

»Papa hat mir einen Brief geschrieben, wenige Tage bevor er gestorben ist. Er hat ihn mir damals in der Firma gegeben. Ich solle ihn später lesen, hat er gesagt, in Ruhe. Ich habe den Umschlag weggelegt und vergessen. Vergessen!« Marie war fassungslos. Tränen liefen unentwegt über ihre Wangen. »Wir hätten noch reden können, wenn ich den Brief nicht vergessen hätte!«

Jan zog sie in seine Arme und die letzten Dämme brachen. Ihre Schultern zuckten in seiner Umarmung, sie schluchzte. Kaum spürte sie, dass auch Neles Hand noch auf ihr lag.

»Endlich kannst du über seinen Tod weinen«, murmelte die Freundin.

Marie spürte, dass Jan seinen Kopf hob.

»Für mein Gefühl hat Marie nie richtig um ihren Vater getrauert. Es war so viel zu regeln, dann der Ärger mit Eike ... Ich mach uns mal Kaffee.«

Das Sofa bewegte sich und Jan strich mit seiner Wange über Maries Stirn. Inzwischen liefen die Tränen still über ihr Gesicht und in sein Shirt. Sie hob den Kopf. »Tschuldigung«, murmelte sie mit Blick auf den nassen Fleck.

»Wofür?« Jan schüttelte den Kopf und strich ihr über die Wange. »Das trocknet wieder. Geht es dir etwas besser?«

Marie schniefte und plötzlich stand Nele neben den beiden und hielt ein Paket Taschentücher in der Hand.

»Danke.« Marie putzte sich die Nase und atmete tief durch. »Er hat nie auch nur Andeutungen gemacht.«

»Manchmal ist es leichter, seine Gedanken aufzuschreiben.« Nele stellte zwei große Tassen auf den Couchtisch und ging noch einmal zur Küche, um sich selbst einen Kaffee zu holen.

Marie griff nach der Tasse und Jan mühte sich, die Fotos von ihrem Schoß aufzufangen.

Verlegen stellte sie ihren Kaffee wieder ab. »Die hatte ich ganz vergessen.« Sie nahm ihm den unordentlichen Stapel ab und versuchte, die Bilder ordentlich aufeinanderzulegen.

Nele nahm ihr energisch die Papiere vom Schoß und schüttelte den Kopf. »Man sollte nicht meinen, dass du sonst ein Perfektionist in Sachen Ordnung bist«, spöttelte sie. Den Brief legte sie vorsichtig hinter die Kaffeetassen, bevor sie weitere Fotos stapelte und an der Tischkante platzierte. Übrig blieb eine lange Liste. Nele pfiff verwundert.

»Was hast du da?« Inzwischen hatte Marie ihre Fotos gebändigt und ebenfalls auf Neles Stapel abgelegt.

»Du bist reich«, stellte ihre Freundin fest und gab ihr das Blatt.

Verwundert nahm Marie den Zettel. Säuberlich aufgelistet waren die Schmuckstücke, die ihre Mutter ihr vererbt hatte, durchnummeriert und mit ihrem Einkaufspreis oder der Taxierung eines Juweliers daneben. Am Ende stand eine sechsstellige Summe.

»Das heißt nichts, schließlich lässt sich Schmuck nie zu dem Preis verkaufen«, bremste Marie Neles Begeisterung. Trotzdem war ihr schwindelig, als sie den Betrag sah. Ihr Vater hatte recht. Das Appartement und der Schmuck waren zusammen ein stolzes Erbe. Er hatte sie nicht vergessen oder schlechter gestellt als

Eike. Blieb nur ein Problem. »Ich habe den Schmuck nicht.«

»Aber der Haushalt deiner Eltern ist doch aufgelöst worden? Wo sind die Sachen hingekommen?« Nele schaute sie verwundert an.

»Mamas Schmuck lag immer im Firmentresor. Deswegen bin ich ja extra hingefahren, aber der Tresor war leer. Also nicht leer«, verbesserte sie sich, »aber es war eben kein einziges Schmuckstück da.« Mit der Erinnerung der Enttäuschung, als sie nichts vorgefunden hatte, ploppte auch die Angst dieser Nacht wieder auf, als sie realisiert hatte, nicht aus dem brennenden Gebäude herauszukommen. Marie zitterte.

»Du bist in Sicherheit.« Jan zog sie wieder in seine Arme. Als sie ihn Minuten später ansah, erkannte sie, dass auch er an diesen Abend zurückdachte. »Zum Glück ist dir nichts geschehen.«

»Weil du da warst.«

Jan lächelte verlegen, schüttelte dann aber den Kopf. »Weil du ruhig geblieben bist und die Feuerwehr verständigt hast. Sie waren rechtzeitig da und konnten dich befreien. Ich habe nur zugeschaut.«

»Und doch warst du da.« Marie kuschelte sich an Jan.

Nele hatte sich unterdessen die Liste und die Fotos genommen. »Damit könntest du Eike konfrontieren. Dann muss er dir dein Erbe aushändigen. Diese Behauptung, dass ihm alles gehört, was in der Firma lag, ist doch hanebüchen.«

»Hast du einen Anwalt?«, schaltete sich Jan ein. »Überlass es einem anderen, deine Forderungen zu vertreten. Tu dir das nicht an.«

Marie hob den Kopf. »Du hast recht. Ich war vorgestern bei einem Anwalt für Arbeitsrecht, um meinen Widerspruch gegen die fristlose Kündigung in Angriff zu nehmen. Aber das hier ist ja etwas vollkommen anderes.«

»Wenn du willst, höre ich mich um, wer sich im Erbrecht und ähnlichen Streitfällen bewährt hat.« Jan küsste sie auf die Schläfe.

»Danke, das wäre gut.«

Nele schaute in ihre Kaffeetasse. »Soll ich noch mal neuen Kaffee aufsetzen, der ist inzwischen kalt.«

Jan nahm sich seine Tasse. »Ich trinke meinen gern kalt. Eigentlich wollte ich auch nur fragen, ob ich schon mal anfangen soll, den Transporter zu beladen.«

Marie schaute ihn verliebt an. Es fühlte sich großartig an, ihn an ihrer Seite zu wissen.

»Was denn?«, fragte er, als sie ihn anstarrte.

»Schön, dass du da bist.« Sie beugte sich zu ihm und küsste ihn.

»Das schmeckt nach mehr«, murmelte er später.

»So salzig?« Marie schmunzelte.

»Auch das.«

***

»Was hältst du von Pizza?«

Jan hob den Kopf. Gerade hatten sie die letzte Steckverbindung an Maries Bett zusammengefügt. Jetzt fehlten nur noch der Lattenrost und die Matratze.

»Sollen wir was bestellen?«, fragte er zurück.

»Natürlich lade ich dich ein. Worauf hast du Lust?«

»Wenn Pizza, dann bei Leonardo, er macht richtige italienische Pizza. Seine Spinatpizza ist klasse. Das heißt«, er zögerte, »wenn du Knoblauch magst.«

»Sollten wir die dann beide essen?« Marie lachte.

»Sagen wir mal so, solltest du keinen Knoblauch mögen, wäre der Abend dann nach der Pizza wohl beendet.«

»Also zweimal Pizza Spinaci, wie Sie wünschen!« Marie ging in die Küche, wo sie ihr Handy abgelegt hatte. Jan hörte, wie sie bestellte, während er weitermachte. Als sie wieder zu ihm kam, legte er gerade die Matratze auf den Lattenrost.

»Warum hast du nicht gewartet? Ich hätte dir doch mit den sperrigen Sachen geholfen?«, fragte sie.

»Du kannst mir bei etwas anderem helfen.«

Verwundert hob sie den Kopf und legte ihn schräg, während sie ihn musterte.

»Wir sollten testen, ob alles richtig zusammengebaut ist.« Jan setzte sich auf das Bett und wippte probehalber. Es war kein Knarren oder gar quietschen zu hören. »Ob uns das Bett auch beide aushält?«

»Davon will ich doch mal ausgehen.« Marie schlenderte aufreizend auf ihn zu, ohne den Blickkontakt abzubrechen. Mehr noch, sie ging auf sein Spiel ein und setzte sich rittlings auf seinen Schoß.

Jan lehnte sich einladend zurück und stützte sich mit den Ellbogen auf die Matratze.

»Traust du meinem Bett nicht, dass wir jetzt ganz allmählich das Gewicht erhöhen sollten?« Marie lachte und stützte sich auf seinen Schultern ab. Dabei rieb sie sich natürlich an seiner Hose, was nicht ohne Folgen blieb.

Kurzentschlossen packte Jan sie und drehte sich mit ihr auf die Seite. Durch seinen Schwung lag sie nun neben ihm und er rückte zu ihr auf, sodass sie beide auf dem Bett lagen. Maries Augen hatten sich überrascht geweitet, als er sie herumgeworfen hatte. Jetzt schaute sie ihn erwartungsvoll an und er kostete diesen Moment aus. Schon den ganzen Tag hatte er sie berühren wollen, sie küssen. Auf einen Ellbogen gestützt, strich er ihr sanft eine Haarsträhne aus dem Gesicht. Während seine Hand danach federleicht über ihren Hals streichelte, beobachtete er, dass ihr Pulsschlag sich erhöhte. Sanft ließ er seinen Finger an genau der Stelle ruhen, an der er ihren Herzschlag wahrnahm. Erst jetzt beugte er sich vor, um sie zu küssen.

Weich fühlten sich ihre Lippen an, nein, es war diese wunderbare Mischung aus Festigkeit und Nachgiebigkeit, die zeigte, dass sie genau wusste, was sie tat. Marie knabberte an seiner Unterlippe. Langsam und sanft intensivierte Jan den Kuss und spürte unter seinen Fingerspitzen, wie sich ihr Herzschlag beschleunigte. Bei der Erinnerung, wie es am vergangenen Wochenende nach den Küssen weitergegangen war, wurde ihm heiß. Er wollte sie nicht hier mitten im Chaos verführen. Mit einem nachdrücklichen Kuss beendete er die Knutscherei und legte sich neben sie. Seine Hand hatte er nicht von ihrem Hals genommen, den zugehörigen Arm aber jetzt auf ihrem Leib abgelegt. Er achtete darauf, dass dieser zwischen ihren Brüsten lag, um ihr zu signalisieren, dass er kuscheln wollte. Marie lehnte ihren Kopf an seinen an und seufzte.

Beide hielten einen Moment inne. Jan genoss es, ihre Wärme zu spüren, ihren Duft in der Nase zu haben.

Einfach neben ihr zu liegen, ohne ein Wort, ohne einen Plan, ganz im Hier und Jetzt, fühlte sich genau richtig an.

Als die Türklingel ertönte, war es, als müssten beide erst aus ihrer Versenkung auftauchen. Marie kletterte über ihn hinweg und lief zur Tür. Als er ihr langsamer folgte, sah er, dass sie dem Pizzaboten das Geld überreichte und im Tausch zwei große Pizzakartons bekam. Sie schloss die Tür und drehte sich zu ihm um.

»Im Wohnzimmer sieht es noch am aufgeräumtesten aus«, lud sie ihn ein, ihr zu folgen. Sie legte die Kartons auf dem Couchtisch ab. »Was möchtest du trinken? Wein, Wasser, Cola oder Bier?«

»Ich muss den Transporter gleich noch wegbringen«, überlegte Jan halblaut.

»Ich habe auch alkoholfreies Bier.«

»Dann nehme ich gern eins.«

Marie ging in die Küche und er ließ sich auf die Couch sinken. Vorsichtig öffnete er die Kartons und mit dem Dampf entwich ein intensiver Duft von Knoblauch.

Marie stellte zwei Flaschen auf den Tisch. »Oder willst du ein Glas?«

Jan schüttelte den Kopf. Sie stießen mit den Flaschen an.

»Danke!« Marie schaute ihn bewegungslos an. Der Ernst in ihrem Blick verwunderte ihn.

»Reiner Eigennutz«, wiegelte er ab. »So gehört deine Arbeitskraft uneingeschränkt unserer Firma.«

Unsicherheit flackerte in ihrem Blick.

»Jedem Mitarbeiter helfe ich nicht beim Umzug«, versuchte er, seinen augenscheinlich missglückten Scherz zu entkräften. »Ich freue mich darauf, dich ab jetzt häufiger zu sehen.« Mit diesen Worten lehnte er sich zu ihr herüber und küsste sie. Marie gab ihm spielerisch einen Nasenstüber, bevor sie sich das erste Stück ihrer Pizza nahm. Sie schnupperte kurz. »Gut, dass ich zweimal das Gleiche bestellt habe«, bemerkte sie grinsend. Nach dem ersten Stück bedankte sie sich für den Tipp. »Diese Pizza ist wirklich gut, mit ihrem krossen Rand und dem dünnen Boden.«

»Sag ich ja.« Er schielte auf ihre halbgegessene Pizza, als sie sich zurücklehnte. »Hast du dich überschätzt?«

»Ohne dich hätte ich mir eine kleinere Pizza bestellt. Die ist für dich, wenn du magst.« Statt einer Antwort nahm er sich ein Stück aus ihrem Karton und aß weiter.

Marie trank einen Schluck Bier und drehte sich zu ihm. Ohne ein Wort zu sagen, beobachtete sie ihn, was ihn etwas verlegen machte. Fragend kniff er seine Augen zu und legte den Kopf schräg. In ihren Augen entdeckte er ein belustigtes Aufblitzen, aber sie sagte nichts. Jan aß auch das letzte Stück der Pizza, wischte sich mit einer Serviette Mund und Hände ab und hob einladend seinen Arm. Marie kuschelte sich an seine Schulter. Auch nach dem langen Tag duftete ihr Haar noch nach Sanddorn. Seidig weich war es, als er nun seine Nase darin vergrub.

»Ich traue mich kaum, dich zu fragen, aber magst du über Nacht hierbleiben? Die Couch lässt sich ausklappen und ist recht bequem, dann vergessen wir einfach die Kisten in den anderen Zimmern.«

Jan küsste sie auf den Scheitel. »Das klingt verlockend, aber ich muss noch den Wagen zurückbringen und morgen früh nach Nürnberg zur Messe. Ich muss noch packen.«

»Bist du länger weg?« Marie hob den Kopf.

»Ja, ich werde erst im Lauf des Mittwochs wieder nach Husum kommen.«

Marie schaute ihn an.

Er seufzte. Sicher war es besser, sie könne sich allein im Büro orientieren, ohne gleich als Freundin der Geschäftsleitung eingeführt zu werden.

»Schade«, sagte sie nur und kuschelte sich wieder an ihn. »Wann musst du los?«

»Etwas Zeit habe ich noch«, murmelte er und strich mit seinen Lippen über ihre Schläfe.

***

Am Montagmorgen fuhr Marie mit Vorfreude, aber auch mit einem nervösen Kitzeln im Magen zur Firma Petersen hinaus ins Industriegebiet. Ab jetzt würde sie jeden Tag diese Straßen entlangfahren, im Sommer sicher auch eine Strecke, die sie mit dem Fahrrad bewältigen könnte. Heute regnete es in Strömen, weshalb sie gar nicht über ein anderes Verkehrsmittel nachgedacht hatte. An der Firma angekommen, atmete sie tief durch und setzte den Blinker. Als sie jedoch auf den Parkplatz abbiegen wollte, wurde sie von einem roten Kleinwagen geschnitten, der rasant um die Ecke bog. Am Steuer saß eine blonde Frau, die Maries kleinen Flitzer augenscheinlich nicht gesehen hatte. Marie atmete tief durch und bog dann langsam ab. Nach dem Einparken blieb sie einen Moment im Auto sitzen, um den Schreck zu verdauen.

Auf dem Weg in die Verwaltung kam sie an dem Kleinwagen vorbei, von der Fahrerin war jedoch nichts mehr zu sehen. Marie schüttelte bei der Erinnerung an den Beinahezusammenstoß den Kopf und betrat kurz darauf das Gebäude.

Arne begrüßte sie freundlich in seinem Büro. »Am besten stelle ich dich den Gruppenleiterinnen vor, mit denen du Kontakt haben wirst.«

Kurz fragte sich Marie, ob Arne genderkorrekt gesprochen hatte, oder sie wirklich nur auf Frauen treffen würde.

Ihr erster Weg führte sie in die Lohnbuchhaltung. »Guten Morgen, Frau Möller«, begrüßte Arne beim Betreten eines nahe gelegenen Büros eine blonde Frau hinter ihrem Schreibtisch.

Diese richtete sich auf und strich sich eine Strähne ihres langen Haars aus dem Gesicht und hielt sie einen Moment fest. »Guten Morgen, Herr Petersen. Was kann ich für Sie tun?«

»Das ist Nicole Möller, die Gruppenleiterin der Entgeltstelle, Marie Carstens, unsere neue Bilanzbuchhalterin. Bitte versorgen Sie Frau Carstens mit den aktuellen Zahlen, damit sie sich einen Überblick verschaffen kann.«

Der Blick der Blondine wechselte verspätet von Arne zu Marie. Musternd glitt ihre Aufmerksamkeit einmal über Marie, bevor sie antwortete: »Guten Morgen Frau Carstens. Es wird einen Moment dauern, bis ich die Unterlagen zusammengestellt habe.«

Irrte sich Marie, oder klang die Stimme nun kühler und eher distanziert? Was hatte sie erwartet? Letztlich würde sie dieser Frau auf ihre Finger schauen und ihre

Zahlen nochmals prüfen. Forsch ging sie auf die Blondine zu und streckte ihr die Hand hin. Ihr Gruß wurde erwidert, wobei Marie registrierte, dass ihr Gegenüber auf dem Bürostuhl sitzen blieb.

Die Gruppenleiterin des Einkaufs war eine Mittfünfzigerin, die Marie spontan an ihre ehemalige Kollegin Magda Schäfer erinnerte. Die ältere Frau stand auf und schüttelte ihr die Hand, der Händedruck war fest und zeugte von einer zupackenden Art.

»Mit dem Planungsbüro wirst du seltener zu tun haben, deshalb gebe ich dir noch eine kurze Einführung an deinem Arbeitsplatz.«

Wie sich zeigte, wurde bei Petersen mit der gleichen Software gearbeitet wie bei Carstens. Marie konnte mit ihrem Passwort also gleich loslegen und sich einen Überblick über die Unterordner verschaffen.

»Ich möchte bis heute Abend eine vorläufige Bilanz der letzten Woche von dir«, verabschiedete sich ihr neuer Boss.

Während Marie sich durch die Ebenen des Intranets klickte, ließ sie ihre ersten Begegnungen mit den neuen Kolleginnen Revue passieren. Bei Nicole Möller war sich Marie inzwischen sicher, dass diese sehr viel freundlicher auf Arne reagiert hatte als auf sie. Ob das Spielen mit ihren Haaren ein bewusstes Signal gewesen war? So offen mit dem Arbeitgeber zu flirten, kam Marie billig vor. Mühsam zügelte sie sich, zu viel in diese erste kurze Begegnung hineinzudeuten.

Bis zum Mittag hatte sie sich einen ersten Überblick verschafft, auch was den Inhalt der Aktenschränke in ihrem Büro anging.

»Ich bin zu Tisch und danach noch zu einem Gespräch, werde also bis etwa vierzehn Uhr unterwegs sein. Brauchst du noch etwas, hast du Fragen?«

»Danke, sobald ich die Zahlen aus der Entgeltstelle habe, kann ich mich an deine Übersicht machen.«

»Du hältst aber die tariflichen Arbeitszeiten ein und machst Mittagspause!« Arne hatte eine Augenbraue in die Höhe gezogen, was sie an Jan erinnerte. Unwillkürlich lächelte sie und versprach, ihre Pausenzeiten einzuhalten.

Als er den Raum verließ, musste er Nicole Möller umrunden, die mit einer Mappe in der Hand vor der Tür stand. Misstrauisch blickte sie zu Marie und dann ihrem Boss hinterher. Dann betrat sie das Büro und setzte ein Lächeln auf. Es sollte wohl freundlich wirken, hatte in Maries Augen aber eher etwas Wölfisches.

»Hier sind die aktuellen Zahlen aus der Entgeltstelle. Sie finden die Dateien auch unter ...«

»Danke, ich habe den Ordner schon gefunden. Die letzte Version war jedoch von gestern. Danke also für Ihre Mühe.«

Marie bekam die Mappe ausgehändigt.

»Wenn Sie noch Fragen haben, zögern Sie nicht. Ich helfe Ihnen gern.«

»Das ist nett, danke.«

Verwundert schaute Marie die neue Kollegin an, die noch immer keine Anstalten machte, das Büro wieder zu verlassen.

»Darf ich Ihnen eine Frage stellen?«

»Nur zu.« Marie lehnte sich in ihrem Bürostuhl zurück.

»Kennen Sie Herrn Petersen näher?«

Oh, sollte die Intuition bezüglich ihrer ersten Begegnung doch gestimmt haben?

Marie schüttelte den Kopf. »Nein, wieso?«

»Mir war, als hätten Sie sich geduzt, aber da habe ich mich sicher verhört.«

Schweigend wartete Marie, bis sich Frau Möller mit Nicken verabschiedete und den Raum verließ. Mit einem Kopfschütteln wandte sie sich der Mappe zu.

Um fünfzehn Uhr rief Marie Arne an, um ihn zu fragen, wann er ihre Ergebnisse zu sehen wünsche. Er lud sie ein, direkt zu ihm zu kommen.

»Möchtest du einen Kaffee?«, begrüßte er sie. Als sie bejahte, orderte er zwei Kaffee bei seiner Sekretärin und wies auf die Sitzecke. Marie setzte sich zum zweiten Mal an den Tisch, an dem sie erst vor einer Woche ihren Vertrag unterzeichnet hatte, und legte die mitgebrachte Präsentation für ihn bereit.

Während Arne die Unterlagen durchblätterte, trank sie einen Schluck Kaffee und beobachtete ihn. Heute war er glatt rasiert, aber das war nicht der einzige Unterschied zu Jan, stellte sie fest.

»Habe ich etwas an mir, dass du mich so anstarrst?«

Entschuldigend schüttelte sie den Kopf. »Nein, ich habe mich nur gefragt, wie ich euch verwechseln konnte.«

»Wusstest du, dass Jan einen Zwillingsbruder hat?«
»Nein.«

»Wie hättest du dann damit rechnen sollen, dass dir jemand begegnet, der genau so aussieht wie er?«

»Ok, das ist ein Argument.«

Arne lehnte sich zurück. »Du bist dir also sicher, dass du uns auseinanderhalten kannst?«

»Ja.«

Abwägend musterte Arne sie.

»Du hast eine senkrechte Falte auf der Stirn, wenn du dich konzentrierst. Man könnte es für Verkniffenheit halten, aber es sieht für mich so aus, als wüsstest du um die Verantwortung, die du hier trägst. Da ist eine Ernsthaftigkeit, die ich von meinem Vater kenne. Gerade siehst du, ehrlich gesagt, müde aus.«

Ängstlich wartete sie auf seine Reaktion. War sie zu forsch gewesen? Dieses Gespräch sprengte den Rahmen zwischen Firmenleiter und Buchhalterin, so viel war sicher.

»Ja, ich bin geschafft«, gab er zu. »Das Gespräch heute Mittag war aufreibend, aber ich glaube, wir haben eine Möglichkeit gefunden, demnächst auf zusätzliche Werkstattkapazitäten zurückgreifen zu können. Deine Arbeit gefällt mir«, setzte er nach einem letzten Blick in die Mappe hinzu. »Du hast dir einen ersten Überblick verschafft und deine Darstellung ist auf das Wesentliche reduziert. Schön, dich an Bord zu haben.«

Die ersten drei Tage vergingen wie im Flug und die Arbeit ging Marie flott von der Hand. Einerseits waren die Programme und Strukturen ähnlich, wenn auch die Firma Petersen deutlich größer war. Letztlich, so dachte Marie, ist es aber gleich, ob man bei den Beträgen, die gebucht werden, ein Mehrfaches notiert. Sie begann, das angenehme Betriebsklima zu genießen. Arne begegnete ihr mit einer ungekannten Wertschätzung, fragte immer wieder, ob sie zurechtkäme. Auch Frau Klein aus dem Einkauf half, wann immer Marie

Fragen hatte, meist zur Zuständigkeit innerhalb des Betriebs. Inzwischen kannte sie auch die Mitarbeiter des Planungsbüros und der EDV und alle begegneten ihr unvoreingenommen freundlich.

Am späten Mittwochnachmittag stand Arne unmittelbar hinter Marie und zeigte ihr gerade den Zugriff auf die Daten der Altersversorgung der Mitarbeiter, als Marie die Tür hinter sich hörte. Sie beugte sich vor, um an Arne vorbei sehen zu können, wer da ohne zu klopfen ihr Büro betrat.

Jan stand mit gerunzelter Stirn im Türrahmen und schaute von einem zum anderen. Erst als Marie strahlte und sich hinter ihrem Boss hervorwand, um auf ihn zuzueilen, heiterte sich seine Miene auf. Unmittelbar vor ihm blieb sie jedoch stehen. Sie hatten noch nicht darüber gesprochen, wie sie sich hier im Betrieb verhalten wollten. Durfte jeder sehen, dass sie zusammen waren? War das klug?

Jan schloss die Tür hinter sich und umarmte sie. Marie kuschelte sich an ihn.

»Du hast mir gefehlt«, hörte sie ihn murmeln und spürte seine Lippen an ihrer Schläfe. Kurz darauf küsste er sie auf den Mund und Marie erwiderte seinen Kuss.

»Dafür bezahlen wir dich aber nicht«, hörte sie hinter sich. Auch wenn der Ton scherzhaft war, brannten Maries Wangen. Ihr Versuch, sich von Jan zu lösen, wurde von dem jedoch rigoros unterbunden. Er hielt sie einfach fest und hob kopfschüttelnd den Kopf.

»Seit wann wird hier nach Stechuhr gearbeitet?«, fragte er.

»Gar nicht. Aber wir waren mitten in einem Prozess und du hältst uns auf.«

Dieses Mal war eindeutig zu hören, dass Arne sie foppen wollte, und Marie entspannte sich etwas.

»War er sehr streng zu dir?«, erkundigte Jan sich mitfühlend.

»Nein. Bisher jedenfalls nicht«, verbesserte sich Marie und lächelte Jan zu. Gut sah er aus mit seinen strahlend blauen Augen und dem blonden Bart, der sich zu einem breiten Lächeln teilte. Jan war deutlich anzusehen, wie sehr er sich freute, wieder bei ihr zu sein. Noch immer hielt er sie umfasst. »Aber wenn ich jetzt weitermache, bin ich in einer halben Stunde mit meinem Pensum für heute fertig. Dann könnten wir uns in Ruhe unterhalten. Also, wenn du dann schon Zeit hast.« Fragend schaute sie zu ihm auf.

»Ich mache mir einen Kaffee und werde dir kurz berichten, sobald du hier fertig bist, dann mache ich Feierabend.« Nach seiner Ankündigung an seinen Bruder küsste er Marie noch einmal und ging hinüber in Arnes Büro.

Marie setzte sich wieder an ihren Computer und wiederholte, was Arne ihr erklärt hatte, bevor Jan sie gestört hatte, als wäre dies nie geschehen. Nur ihre Mundwinkel schienen sich verselbstständigt zu haben. Sie bewegten sich immer wieder nach oben.

»Schön, wenn jemand eine schnelle Auffassungsgabe und ein gutes Gedächtnis hat. Dann sind wir hier fertig, wenn du sonst keine Fragen hast.«

Als Marie verneinte, folgte er seinem Bruder und Marie machte sich daran, die letzten Punkte ihrer To-do-Liste für heute abzuarbeiten. Sie brauchte allerdings eine Dreiviertelstunde. Immer wieder drifteten ihre Gedanken zu Jan ab, so sehr freute sie sich, dass er zurück war. Gleichzeitig schalt sie sich für ihre Unvernunft. Sie wusste nicht einmal, ob er heute Zeit haben würde. Sie hatten sich nicht verabredet, nur beide ungeduldig auf ihr Wiedersehen gewartet. Darüber hatten sie am Telefon gesprochen und davon zeugten die kleinen Textnachrichten, die zwischen Nürnberg und Husum hin- und hergegangen waren.

Während der Rechner herunterfuhr, hörte sie, dass hinter ihr die Tür geöffnet wurde. Dieses Mal klopfte Jan an den Türrahmen und blieb dann angelehnt stehen. Er beobachtete sie bei ihren letzten Handgriffen und schließlich, wie sie abwartend mit ihrer Handtasche auf dem Schoß dasaß.

»Hast du heute Abend schon etwas vor?« Marie brach das Schweigen.

»Ja.« Mehr sagte er nicht.

Mit jedem Augenblick, den es still blieb, schien sich die Luft zwischen ihnen aufzuladen. Wieder war es Marie, die Luft holte. »Zu mir oder zu dir?«

Jans Lächeln vertiefte sich. »Zu mir?«

Statt einer Antwort stand sie auf und schlenderte zu ihm hinüber. Ein Kuss besiegelte ihre Zusage und gemeinsam verließen sie das Gebäude.

***

Jan schloss die Haustür auf und bedeutete Marie vorauszugehen. Zum zweiten Mal stieg sie die Treppe zum gemeinsamen Wohnbereich der Zwillinge hinauf, zögerte aber, als sie Stimmen hörten.

Jan lauschte kurz und übernahm dann die Führung. Gleich hinter der Tür blieb er jedoch verdutzt stehen. Am Tisch saß Arne zusammen mit ihren Eltern. Er bemühte sich, seine Enttäuschung darüber nicht zu zeigen. Zwar hatte er daran gedacht, kurz mit seinem Bruder zu essen, aber mit den Eltern würden Marie und er sich nicht nach einem kurzen Imbiss verabschieden können. Auch die Aussicht, sie mit nach oben zu nehmen, während hier unten seine Familie saß, behagte ihm nicht.

Etwas zu spät bemerkte er, dass es still geworden war und sich vor allem seine Mutter nach einem Blick auf Marie erwartungsvoll ihm zuwandte.

»Das ist ja eine Überraschung«, versuchte er Zeit zu schinden.

»Arne hat uns erzählt, dass du aus Nürnberg zurück bist«, sagte Uwe Petersen.

Jan sah ihm seine Neugier an. Zwar hatte sich der Vater aus dem aktiven Firmengeschehen zurückgezogen, verfolgte aber die Entwicklungen rund um den Betrieb mit großem Interesse. Unter normalen Umständen hätte er sich gern mit seinem Vater zusammengesetzt und bei einem gemeinsamen Bier von der Messe erzählt, von den Bekannten des alten Herrn berichtet, aber heute hatte er gänzlich andere Pläne gehabt. Bevor er endgültig als unhöflich gelten musste, besann er sich auf seine Pflichten und stellte Marie seinen Eltern vor.

»Carstens? Sind Sie mit Hendrik Carstens in Schleswig verwandt?«, fragte der Vater.

»Soweit ich weiß, ist das ein Cousin meines Vaters. Ich bin in Norderstedt geboren.«

Uwe Petersen schaute kurz auf Jan, dann wieder zu ihr. »Also sind Sie verwandt mit Rolf Carstens?«

Marie nickte und Jan wurde unsicher, wie sie reagieren würde. Sehr ruhig antwortete sie: »Rolf Carstens war mein Vater.«

Der Ältere stutzte und überlegte einen Moment, bevor er sein Mitgefühl ausdrückte. Jan sah, dass er in Gedanken schon mit etwas anderem beschäftigt war und prompt fragte der Vater auch nach dem Brand.

»Wie es aktuell aussieht, weiß ich ehrlich gesagt nicht«, antwortete Marie. »Am Morgen nach dem Brand zeigte sich, dass die Werkstatt fast vollständig zerstört ist.«

Angespannt verfolgte Jan das Gespräch und sah, dass seine Mutter die Situation mit Argusaugen beobachtete. Arne hatte indessen den Tisch für alle gedeckt. Marie setzte sich zwischen Jan und Arne gegenüber den Eltern.

»Wie haben Sie Jan kennengelernt?«, wollte Heike Petersen schließlich wissen.

»Begegnet sind wir uns in der Christmette hier in Husum«, übernahm es Jan zu antworten.

»Dann wohnen Sie also nicht bei Ihrer Familie?«

Marie sah irritiert auf. »An den Feiertagen war ich noch zu Besuch hier in Husum, inzwischen bin ich aber hergezogen.«

»Was machen Sie beruflich?«

»Marie ist die langgesuchte Buchhalterin. Seit Montag arbeitet Sie für uns«, schaltete sich nun Arne ins Gespräch ein.

Jan meinte wahrzunehmen, wie sehr seine Mutter über diese Aussage irritiert war. Ihr Blick wechselte zwischen den Zwillingen und Marie hin und her. Was hatte eine Buchhalterin beim Abendessen der Familie zu suchen, schien sie sich zu fragen.

Als Antwort legte Jan seine Hand auf Maries. Die Berührung erinnerte ihn jedoch in erster Linie daran, was er sich eigentlich von diesem Abend erhofft hatte, und so zog er seine Hand nach einem kurzen Zudrücken wieder zurück. Stattdessen verteilte er den Eintopf, den die Mutter mitgebracht hatte.

»Magst du Grünkohl?«, fragte er Marie.

Auf ihr Nicken hin stellte er einen Teller vor sie, auf den er zum Schluss eine Grützwurst legte.

Stille kehrte ein, während gegessen wurde. Ein Seitenblick zeigte Jan, dass Marie tatsächlich mit Genuss aß. Er selbst liebte es eigentlich, wenn seine Mutter Grünkohl mit Pinkel machte und sie als Familie zusammenkamen, um an kalten Winterabenden lange über Gott und die Welt zu schnacken. Dieses Mal stimmte das Timing einfach nicht. Nach dem Essen half Marie, den Tisch abzuräumen, und entschuldigte sich. Jan hörte, wie sie die Treppe hinaufging. Wie gern würde er jetzt hinterhergehen, sie vor dem Bad abpassen und dann mit in sein Schlafzimmer nehmen. Er rief sich zur Ordnung.

»Eine sympathische junge Frau«, hörte er hinter sich von seiner Mutter. »Ist sie qualifiziert?«

»Sonst hätte ich sie nicht eingestellt.« Arne klang selbstzufrieden. Er liebte es, seine Position als Firmenleiter und Entscheider hervorzuheben.

»Aus guter Familie, fähig, da ist sie doch eine gute Partie für dich, Arne.«

Jan knirschte mit den Zähnen und klappte die Spülmaschine nachdrücklich zu. Bevor er etwas sagen konnte, reagierte jedoch Arne.

»Marie und Jan sind zusammen Mama.« Er warf seinem Zwilling einen besänftigenden Blick zu.

Jan hingegen wischte noch einmal über den Tisch und verkündete dann: »Danke für das Essen. Marie und ich wollten noch spazieren gehen.«

Wohl nahm er wahr, dass die anderen verwundert waren, aber es war ihm gleich. Er würde sich nicht den Abend um die Ohren schlagen, indem er dieses überraschende Zusammentreffen moderierte. Als er hörte, dass Marie die Treppe herabkam, ging er ihr entgegen und schlug ihr leise vor, hinauszugehen. Sie war sofort einverstanden, weshalb sie nur noch für eine kurze Verabschiedung in die Küche zurückkehrten. Wenige Minuten später standen sie vor der Tür. Es war kühl, aber Jan fühlte sich wie befreit.

»Es tut mir so leid.« Kaum draußen zog er Marie in seine Arme. »Ich wusste nicht, dass sie heute kommen würden, sonst hätte ich vorgeschlagen, dass wir zu dir gehen.«

»Was wir noch immer tun können.«

Jan seufzte. »Ich brauche erst mal Bewegung. Wenn du keine Lust hast, bringe ich dich heim und ...«

Ein Kuss beendete seinen Satz. »Vergiss es!« Marie dreht sich unter seinem Arm in die gleiche Richtung und signalisierte ihm so, dass sie bereit sei, loszugehen.

Schweigend liefen sie die ersten Schritte und Jan merkte, dass ihm die Bewegung wohltat. Nur gut, dass Marie nicht gehört hatte, was seine Mutter da gesagt hatte. Andererseits hatten Arne und sie heute sehr vertraut miteinander gewirkt. Er hatte sehr nah hinter ihrem Stuhl gestanden, während er mit ihrer Computermaus hantiert hatte. Jan schob das Gefühl erneut beiseite, das ihn bei diesem Anblick überkommen hatte. Sie war bei ihm, in seinen Arm gekuschelt und hatte ihren Arm um seine Taille gelegt.

»Deine Eltern sind nett.«

»Ich hatte eher das Gefühl, dass sie gleich das Inquisitionsgericht einberufen.«

»Wieso das? Sie haben ein paar Fragen gestellt, aber das ist ja wohl normal, wenn man einem unbekannten Menschen begegnet.«

»Dann war es für dich nicht unangenehm?« In Jan hallte noch immer die letzte Frage seiner Mutter nach, die Marie zum Glück nicht gehört hatte.

»Nein«, Marie lachte leise. »Dein Vater scheint ja viele Menschen im Norden zu kennen, dass er bei Carstens gleich Verbindungen zog.«

»Das war eine seiner großen Stärken als Firmenleiter. Er hat ein großes Netzwerk geschaffen und damit den Familienbetrieb weiter vergrößert.«

Marie schaute aufmerksam zu ihm auf, deshalb holte er etwas weiter aus: »Wir sind die fünfte Generation, und was im 19. Jahrhundert als kleine Schreinerei begann, hast du zumindest in Zahlen inzwischen kennengelernt.«

»Also eine richtige Dynastie? Dann wird ihnen an der Fortsetzung viel gelegen sein. Machen deine Eltern Druck in dieser Richtung?«

»Den Druck habe ich nie so empfunden«, räumte Jan ein, »aber, es war auch schon lange klar, dass Arne den

Betrieb leiten würde. Damit habe ich wohl auch die Verantwortlichkeit für den Fortbestand unserer Dynastie – wie das klingt«, er schüttelte den Kopf, »bei ihm gesehen.«

Ob dies der Zeitpunkt war, über Kinderwünsche zu sprechen? Nein, beschloss Jan, er würde das Thema nicht ansprechen, nicht in der aufgewühlten Stimmung, in der er sich noch immer befand.

Sie wanderten weiter durch die dunklen Straßen der Stadt, Arm in Arm, den Rhythmus ihrer Schritte perfekt aufeinander eingespielt. Ohne es bewusst gesteuert zu haben, standen sie eine halbe Stunde später vor Maries Haustür.

»Kommst du noch mit hoch?«

Jan überlegte. Das war eigentlich der Plan für den heutigen Abend gewesen: Zeit mit Marie, nur mit ihr. Aber etwas in ihm sperrte sich nun dagegen.

»Ich glaube nicht«, begann er, stockte dann jedoch.

Marie küsste ihn und er erwiderte ihre Zärtlichkeit. Dabei wurde ihm klar, dass der Abend hier beendet war.

»Sei mir nicht böse, aber ich werde jetzt heimgehen. Übermorgen könnten wir uns zusammen etwas kochen und dann ...« Er drückte Marie an sich, um anzudeuten, was das sein könnte.

»Schade, aber ok.« Noch einmal reckte sich Marie, um ihn zu küssen. »Schlaf gut.«

»Du auch.« Jan war erleichtert, dass sie keine Enttäuschung über diesen Abend ausdrückte, der so ganz anders verlaufen war, als auch sie es sich sicher ausgemalt hatte. Er wartete, bis Marie die Haustür aufgeschlossen hatte, winkte noch einmal und wandte sich zum Gehen. Trotz der späten Stunde musste er noch einen roten Kleinwagen vorbeifahren lassen, bevor er die Straße überqueren konnte. Nachdenklich machte er sich auf den Heimweg.

Warteten seine Eltern schon lange darauf, dass einer von ihnen Anstalten machte, eine Familie zu gründen? Ja, gestand er sich ein, so war es wohl. Erst durch ihr Gespräch unterwegs war ihm klar geworden, dass er sich bisher quasi aus der Verantwortung gestohlen hatte. Nicht er war der Betriebsleiter. Andererseits zeigte Arne keinerlei Interesse, ernsthaft nach einer Partnerin zu suchen. Er war oft auf Sylt, ging bei einigen prominenten, aber auch unbekannteren Syltern ein und aus. Eigentlich hielt seine Liaison mit Ines Roters schon recht lang, aber davon wussten seine Eltern nichts. Sie war auch nicht gerade das, was sie sich für den Fortbestand der Familie vorstellten, vermutete er. Was, wenn nun nicht nur er sich auf eine längerfristige Beziehung besann, sondern auch sein Bruder? Musste Marie da nicht zwangsläufig auch in dessen Blickfeld rücken? Und selbst wenn nicht, würden seine Kinder, so er denn welche haben sollte, im Zweifel für die Weiterführung der Firma in Frage kommen? Ihm schwirrte der Kopf bei all den bisher ungedachten Fragen. Nur gut, dass der Spaziergang dazu geführt hatte, dass er ruhiger darüber nachdenken konnte. Das Gefühl von Eifersucht, das ihn gleich mehrfach heute heimgesucht hatte, erinnerte ihn an zurückliegende Jahre, die er hinter sich gelassen haben wollte. Was hatte der Therapeut damals gesagt? Bevor er sich in seinen Neid hineinsteigerte, sollte er das Gespräch suchen. Da wären nun wohl einige Gespräche fällig.

Als er daheim ankam, waren die Fenster des Hauses dunkel. Arne war vermutlich schon schlafen gegangen. Genau das würde er nun auch tun.

214

Angekommen

Mit einem Gefühl kribbelnder Vorfreude im Bauch klingelte Marie am Freitagabend bei Jan. Arne war für das Wochenende verreist, so hatte Jan gesagt, sie wären also ungestört. Er begrüßte sie zärtlich und nahm ihr die Tasche ab. Einerseits hatte es sich merkwürdig angefühlt, Sachen zu packen, um zu ihm zu gehen. Andererseits war sie durch Zahnbürste und Wechselsachen auf alles vorbereitet.

»Ich habe uns für heute Abend ein paar Kleinigkeiten besorgt, Oliven, Käse und ein paar Tapas. Dann sind wir flexibel«, kommentierte er seine Ankündigung mit einem breiten Grinsen.

»Flexibel wofür?«, Marie runzelte die Stirn, konnte aber ein Schmunzeln nicht vermeiden.

»Na ja, falls wir Bedürfnisse haben, die uns wichtiger erscheinen als Essen.«

Todernst hatte er diesen Satz gesagt und ließ Maries Atem stocken. Er drückte sie zur Bekräftigung an sich und Marie ließ sich zu gern mitreißen von seinem Kuss.

»Wir können auch sofort hochgehen, wenn du magst«, raunte er ihr zwischen zwei Küssen zu.

Ja, das war es gewesen, was sie am Mittwoch wollte, als sie unverhofft seine Eltern angetroffen hatten.

Später saßen sie in ihren Pyjamas am Esstisch und ließen sich die Tapas schmecken. Marie war froh, dass sie ihre Webhose und das passende schlichte Shirt eingesteckt hatte. Jan schien seinen Blick gar nicht von ihr lassen zu wollen und sie genoss seine Aufmerksamkeit. Auch er trug eine karierte Flanellhose mit dunklem Oberteil, das seine Schultern herrlich betonte. Man hätte sie für ein langjähriges Paar halten können, fiel ihr auf, so gut passten ihre Outfits zueinander. Sie zog ihren Fuß unter sich. Trotz der dicken Socken, die sie angezogen hatte, bekam sie allmählich kalte Zehen.

»Mir scheint, ich sollte dich gleich wärmen.«

Das klang wie ein wunderschönes Versprechen.

»Ich nehme nicht an, dass ich neben dir im Bett frieren werde«, neckte sie ihn mit einem frechen Grinsen. Sie hatte Bedenken gehabt, dass sich ihr erstes Zusammentreffen nicht würde wiederholen lassen, aber Jan hatte ihre Ängste zerstreut. Zärtlich und bestimmt hatte er sie mitgenommen, sie wieder zum Schweben gebracht. Noch nie hatte sie sich so bei einem Mann vergessen, sich derart fallen lassen können. Allein beim Gedanken daran zog sich ihr Unterleib zusammen. Marie schluckte trocken und schaute verlegen zu Jan herüber. Der strahlte sie nur an und schlagartig war das Knistern wieder zwischen ihnen.

»Möchtest du noch etwas, oder kann ich schon abräumen?«

Gemeinsam räumten sie rasch die Lebensmittel in den Kühlschrank, dann zog Jan sie an der Hand wieder hinauf in sein Schlafzimmer.

»Ich habe dich schon so lange nicht mehr gespürt«, flüsterte er rau, während seine Hände schon unter ihrem Shirt glitten und über ihren Rücken strichen. Zärtlich schälte er sie aus dem Oberteil und bedeckte ihr

Dekolleté mit Küssen. Marie revanchierte sich und kurze Zeit später lagen sie beide aneinandergekuschelt unter seiner Decke.

»Brr, deine Zehen sind wirklich kalt«, bemerkte er.

»Die merke ich gar nicht«, widersprach sie und quiekte auf, als er sich einen Fuß griff und ihn massierte. Er stellte ihre Füße auf seinen Bauch, während er sie beobachtete. Marie bewegte ihre Zehen sacht über seine warme Haut und er streichelte ihre Beine.

»Was willst du?« Jans Augen waren dunkel auf sie gerichtet, wie sie ausgestreckt vor ihm lag.

Geschmeidig richtete Marie sich auf und ließ ihre Füße um ihn herumgleiten, bis sie nah vor ihm saß. »Dich«, antwortete sie.

Am Morgen holte Jan wieder frische Brötchen, während diesmal Marie den Tisch deckte und anschließend versuchte, dem Vollautomaten die gewünschten Kaffeesorten zu entlocken.

Plötzlich wurde es dunkel. Zwei Hände hatten sich auf ihre Augen gelegt. Nach einem kurzen Schreck entwand sie sich dem Griff. »Lass das Arne!« Ihre Abfuhr klang genervt und ärgerlich in ihren Ohren, erst danach drehte sie sich um.

Ihr Boss hob entschuldigend die Hände. Erst als er sie mit einem schiefen Grinsen sinken ließ, fragte er: »Woran hast du mich erkannt? Lass mich raten, Jan ist unterwegs zum Brötchenholen.«

»Er ist schon wieder da«, hörte Marie von der Tür. Irrte sie sich oder klang Jan gereizt?

Erst jetzt wurde Marie bewusst, dass sie das Schloss unten gehört hatte und sich gefreut hatte, Jan wegen der Bedienung der Kaffeemaschine fragen zu können. Weshalb war sie sich sofort sicher gewesen, dass es Arne war?

»Um auf deine Frage zurückzukommen, Arne, deine Hände riechen nach Nikotin und außerdem hast du damit sicher nichts außer Stiften oder einer Computermaus gestemmt, oder?« Sie wies auf seine Hände.

Arne musterte seine Finger und schnupperte daran. »Ich habe nur kurz eine Zigarette gehalten für … jemanden.« Dann drehte er sich herum und hob Jans Hand vor seine Augen. Selbst aus der Entfernung sah Marie die Schwielen, die Jan sich mit seinen praktischen Einsätzen in der Montage erworben hatte. Sie kannte Jans vertraute Hände auf ihrer Haut, besser als die weichen Hände von Arne.

Gerade entzog Jan seinem Zwilling mit einem Schnauben seine Hand. »Was machst du überhaupt hier? Ich dachte, du bleibst auf Sylt?«

»Ich wollte nur ein Angebot fertigstellen, weil ich gestern zufällig einen Interessenten getroffen habe, der nur bis morgen in Deutschland sein wird. Wir treffen uns heute Abend zu einem privateren Essen. Diese Gelegenheit lasse ich mir nicht entgehen. Es könnte ein ähnliches Projekt werden wie die Roters-Villa, nur dass dieser Kunde noch einmal deutlich mehr Geld investieren will.« Arne grinste selbstzufrieden. »Wenn ihr mir einen Kaffee gebt, bin ich auch schon wieder weg, also unten im Büro.« Er zwinkerte und machte sich den Kaffee dann selbst, während Marie zwei Schritte zu Jan hinüberging. Der starrte mit gerunzelter Stirn auf den Rücken seines Bruders.

Marie beobachtete ihn besorgt. Die Leichtigkeit, mit der sie heute Morgen aufgestanden waren, war dahin, ihre gute Laune auch.

Erst als Arne die Tür hinter sich zuzog und hörbar ins Erdgeschoss hinunterging, seufzte Jan. Er entspannte sich, atmete einmal tief durch und wandte sich ihr zu.

»Mein Bruder ist manchmal ein Kindskopf.«

»Aber ein ziemlich geschäftstüchtiger Kindskopf, wenn er aus seinem Wochenende heimfährt, um ein Angebot zu erstellen.«

»Wenn der Auftrag wirklich noch größer wird als die Villa von Ines Roters, dann ist dafür jedes Opfer gerechtfertigt.«

Ines Roters, den Namen hatte Marie schon einmal gehört. Ihr Blick schweifte ab, während sie grübelte. Woher kannte sie den Namen?

»Wie kam Arne nur dazu, so eine Kinderei anzuzetteln?« Jan schaute auf die geschlossene Tür.

Marie riss sich von ihren Gedanken los. »Es könnte sein, dass ich ihn dazu angestachelt habe.«

Langsam drehte sich Jan zu ihr. Lag da Misstrauen in seinem Blick?

»Wir haben uns am Montag darüber unterhalten, dass ich mir sicher bin, euch beide auseinanderhalten zu können.«

Unvermittelt grinste er. »Damit hast du ihn allerdings herausgefordert. Er hatte schon immer einen diebischen Spaß daran, Verwechslungsstreiche zu spielen. Allerdings hätte ich eher damit gerechnet, dass er sich wieder einen Bart stehen lässt, um dich dann auf die Probe zu stellen.«

»Ein Bart verdeckt aber die markanten Unterschiede zwischen euch nicht.« Marie schüttelte den Kopf. »Arne hat eine steile Falte auf der Stirn und selbst wenn er lacht, hat er einen ernsten Zug um die Augen, den ich von meinem Vater kenne. Als läge die Verantwortung der ganzen Welt auf seinen Schultern. Du hast einen feinen Kranz Lachfältchen um deine Augen – zumindest, wenn du etwas fröhlicher schaust.« Zögernd hob sie die Hand und strich Jan über die Schläfe. Endlich lächelte er wieder und prompt zeigten sich die vielen feinen Linien, die von seinen Augen ausstrahlten. Marie konnte nicht anders und erwiderte sein Lächeln. Ihr Magen knurrte vernehmlich.

»Ich erinnere mich vage, du hattest Frühstück bestellt, oder?« Er hob die Brötchentüte in die Höhe.

»Du kannst mich nicht nachts zu sportlichen Höchstleistungen verführen und dann verhungern lassen«, beschwerte sie sich und fand sich unvermittelt in seinen Armen wieder.

»Höchstleistungen?«, raunte er in ihr Ohr.

»Geschlafen haben wir jedenfalls nicht besonders viel ...«, bekräftigte sie.

Mitten in ihrem Kuss knurrte ihr Magen erneut, was sie verlegen innehalten ließ. Bevor sie sich entschuldigen konnte, küsste Jan sie ein weiteres Mal und wandte sich entschlossen der Kaffeemaschine zu.

Marie nahm ihm die Tüte ab und füllte die Brötchen in den Korb, den sie auf dem Tisch platziert hatte. Kurze Zeit später kam Jan mit zwei dampfenden Tassen dazu und setzte sich.

***

Arne stellte den Motor ab und stutzte, weil Jan neben ihm nicht wie sonst ausstieg, sondern ihn nachdenklich ansah.

»Hast du dir je Gedanken gemacht, wie es mit unserer Firma nach uns weitergehen wird?« Jan schaute zu seinem Bruder, der überrascht die Augen aufriss.

»Wie kommst du darauf?«

»Ich habe neulich daran denken müssen, dass ich mich aus dieser Frage immer rausgehalten habe, weil du die Firma leitest. Aber in den letzten Jahren hast du nie Ambitionen gezeigt, dich länger an eine Frau zu binden, geschweige denn eine Familie zu gründen.«

»Mit neulich meinst du, seit du mit Marie zusammen bist?«

Jan spürte, dass seine Wangen brannten, und fühlte sich ertappt. »Ich will dir nichts streitig machen und es ist ja auch viel zu früh, um irgendetwas zu regeln, aber wir kamen auf die Tradition unserer Familie zu sprechen, ja.«

»Ich habe mir tatsächlich schon hier und da Gedanken darüber gemacht, vor allem in der letzten Zeit.«

»Entwickelt sich deine Liaison zu etwas Ernstem?«

»Könnte sein. Erst war es ja nur ...« Arne brach ab.

»Ja?«

»Ich bin mir noch immer nicht sicher, ob wir beim ersten Mal im Bett gelandet sind, weil ich mir Vorteile davon erhoffte. Und darauf bin ich wahrlich nicht stolz. Aber Ines ist eine wahnsinnig interessante und vielschichtige Frau. Ich fürchte, ich bin dabei, mich ernsthaft in eine ältere Frau zu verlieben.« Äußerlich gelassen wartete er Jans Urteil ab.

»Irgendwie passt ihr zueinander, was macht dir so große Sorgen?«

»Sollten wir – also Konjunktiv – tatsächlich zusammenbleiben, werde ich definitiv keine Kinder haben. Selbst wenn es biologisch noch möglich sein sollte, möchte ich das Risiko nicht eingehen.«

Jan nickte nachdenklich.

»Insofern wäre die Bahn frei für deine Kinder, also eure. Ich hätte nie gedacht, dass du so schnell Nägel mit Köpfen machst.«

»So weit sind wir noch nicht. Also wir halten nicht nur Händchen, aber bisher haben wir noch nicht über unsere Zukunft gesprochen. Ich habe auch nicht vor, mit unseren Eltern über dieses Thema zu debattieren.«

»Dann sind wir uns ja einig. Wir sollten auch langsam hineingehen, bevor Mutter zu uns rauskommt. Sicher wundert sie sich schon, dass wir nicht aussteigen.«

Tatsächlich tauchte an einem erleuchteten Fenster der elterlichen Backsteinvilla ein Schatten auf.

»Kein Wort, solange es geht«, Jan zwinkerte seinem Bruder zu und stieg aus. Während sie auf das Haus zugingen, verschwand die Silhouette am Fenster und noch bevor sie klingeln konnten, wurde die Haustür geöffnet.

»Hinein mit euch, das Essen ist längst fertig«, Heike Petersen begrüßte ihre Söhne mit einer kurzen Umarmung und drängte sie umgehend im Esszimmer Platz zu nehmen.

»Rieche ich da Rotkohl?«, Jan schnupperte. »Kann ich dir helfen, Mama?«

»Ja und ja, du kannst die Schüsseln herübertragen.«

Jan folgte ihr in die Küche und nur kurze Zeit später ließen sie sich das gemeinsame Mahl schmecken.

Später stand Arne auf und räumte mit seiner Mutter den Tisch ab. Jan lehnte sich gesättigt zurück und bemerkte, dass sein Vater ihn nachdenklich betrachtete. Fragend legte er den Kopf schräg und schaute ihn an.

»Wie ist deine Beziehung zu Marie Carstens?«

»Wir sind zusammen, warum fragst du?«

»Ihr Vater, Rolf Carstens war ein ehrenwerter Mann. Aber der Firma soll es gar nicht gut gehen«, Uwe Petersen zögerte. »Sie arbeitet nicht mehr in Norderstedt?«

»Nein, Eike hat sie rausgeworfen.«

»Was war der Grund?«

Jan war sich sicher, dass sein Vater mehr wusste oder vielmehr glaubte zu wissen, als er jetzt zugab. »Bei dem Brand ist Marie fast getötet worden. Trotzdem behauptet ihr Bruder, sie habe die Werkstatt angezündet.«

»Verständlich, wenn sie an diesem Abend dort war.«

Erbost starrte Jan seinen Vater an. »Eike hat ihr das Erbe ihrer Mutter vorenthalten. Sie wollte einem weiteren Streit aus dem Weg gehen und ist deswegen spät abends nachschauen gefahren.«

»Wäre es nicht besser gewesen, ihren Bruder zu fragen?«

»Das hat sie. Er argumentiert, dass alles, was in der Firma ist, ihm gehört.«

»Hat sie denn etwas mitgenommen, als sie dort – eingedrungen ist?«

Fassungslos starrte Jan seinen Vater an. Eingedrungen?

»Der Schmuck, der zu Lebzeiten des Vaters immer im Safe gelegen hatte, ist verschwunden. Marie ist mit ihrem Schlüssel zur Werkstatt ins Gebäude gekommen und konnte nicht raus, als es dort brannte. Der Vordereingang war durch ein Gitter verschlossen, genauso wie alles Fenster. Es gibt in diesem Gebäude keinen Notausgang.«

Der Vater schwieg betroffen.

»Die Feuerwehr konnte sie gerade noch rechtzeitig befreien. Eike behauptet, sie sei eingebrochen und habe Firmengeheimnisse ausgespäht. Welche Geheimnisse? Sie war wenige Tage zuvor vom Posten seiner Assistentin und Buchhalterin in den Einkauf versetzt worden.«

»Firmengeheimnisse auszuplaudern ist kein Kavaliersdelikt«, wandte Uwe Petersen ein.

»Dass Eike nicht liquide ist, ist ein offenes Geheimnis. Arne hat versucht, ihn zu einer Kooperation zu bewegen. Eike versucht ständig, auf Sylt bei unserer Kundschaft Fuß zu fassen, und treibt sich auf den Partys herum. Er träumt von großen Aufträgen, liefert aber Allerweltsware. Da passt nichts zusammen. Marie kennt die Zahlen natürlich. Aber sie hat mir nie etwas erzählt.«

Der Ältere nickte nachdenklich. »Wie macht sie sich bei euch?«

»Gut, soweit ich das beurteilen kann, aber das kann Arne dir genauer sagen. Maries Bewerbungsunterlagen waren hervorragend.«

Einige Atemzüge schauten sich die Männer schweigend in die Augen.

»Was ich dich fragen wollte: Du hast dich doch seinerzeit beraten lassen bei einer Anwaltskanzlei, die sich auf Erbrecht spezialisiert hat. Kannst du mir einen Kontakt zukommen lassen?«

»Was hast du denn zu vererben?«, der Vater schmunzelte.

Jan stimmte in das leise Lachen ein. »Es geht nicht um mich. Eike hat Maries Erbe unterschlagen. Beim Umzug hat sie eine Aufstellung der Schmuckstücke gefunden, die ihr Vater zusammengestellt hat. Es geht um einen sechsstelligen Betrag.«

Ein leiser Pfiff war die Reaktion. »Natürlich gebe ich dir die Kontaktdaten.« Nach einer Weile fügte Uwe Petersen hinzu: »Es muss Fräulein Carstens hart getroffen haben, dass ihr Vater so unvermutet gestorben ist. Ihre Mutter hat lange elend dahingesiecht, bis der Krebs sie besiegt hat. Zwischen den beiden Beerdigungen lag kein Jahr.«

***

Am Montagmorgen war Marie zum ersten Mal vor ihren Chefs im Büro. Inzwischen kannte sie die Abläufe in der Firma gut genug, dass sie sich auch ohne aktuelle Anweisungen an die Arbeit machen konnte. Sie startete den Rechner, um ihre Mails zu checken, und holte sich währenddessen die Ordner hervor, in denen die letzten Vorgänge abgeheftet waren.

Eine Stunde später ging sie hinüber in die Teeküche, um sich einen Kaffee zu holen. Als sie auf die offene Tür zuging, hörte sie: »Ob die Neue wohl mit beiden Zwillingen ins Bett geht?« Das war doch die Stimme von der Möller aus der Entgeltstelle, Marie verlangsamte ihre

Schritte. Dann kniff sie ihre Augen zusammen und schritt entschlossen weiter.

»Guten Morgen Frau Möller. Hatten Sie eine gute Nacht, einen attraktiven Sexualpartner?«

Der Angesprochenen klappte der Kiefer auf, während ihre Augen riesengroß wurden. Mühsam schnappte sie nach Luft und lief rot an. Schließlich hatte sie sich etwas gefangen und fauchte: »Das geht Sie überhaupt nichts an, das ist privat!«

Marie gab sich nachdenklich. »Ach ja, stimmt. Ihr Privatleben geht mich nichts an. Allerdings frage ich mich, warum das andersherum nicht gelten sollte oder für Ihre Arbeitgeber.« Die letzten Worte hatte Marie bewusst kalt und scharf ausgesprochen. Sie nickte den beiden anderen Mitarbeiterinnen aus der Entgeltstelle zu, die mit offenen Mündern die Szene verfolgten, nahm sich einen Kaffee und ging zurück an ihren Schreibtisch.

Was bildete sich diese blöde Kuh eigentlich ein? Marie ärgerte sich über den zufällig belauschten Gesprächsfetzen. Ob noch andere im Betrieb darüber spekulierten, wem ihre Zuneigung galt? Vielleicht wäre es doch besser gewesen, sich während der Arbeit bedeckt zu halten. Dann aber richtete sich Marie auf und ging entschlossen an ihre Arbeit. Nein, sie würde kein Geheimnis daraus machen, dass sie mit Jan zusammen war.

Marie überquerte den Hof der Firma Petersen und musste kurz stehenbleiben, um einen der Kleinlaster passieren zu lassen, mit denen die Mitarbeiter die Fenster und Türen zu ihren Kunden lieferten, um sie dort einzubauen. Hatte Jan im Führerhaus gesessen? Sie war sich nicht sicher, trödelte aber auf ihrem Rückweg ins Büro, um zu schauen, ob er es tatsächlich war. Drei Tage war er wegen einer umfangreichen Montage auf Sylt gewesen. Tatsächlich stieg er gerade aus und streckte sich. Zwei Mitarbeiter begannen, das Fahrzeug auszuräumen.

Einer spontanen Idee folgend, ging Marie schnurstracks auf Jan zu und küsste ihn stürmisch. Sie spürte seine Überraschung und freute sich, dass er sie nach einem kurzen Moment fest in die Arme schloss. Auch das Johlen der beiden anderen hörte sie sehr wohl, unterbrach ihren Kuss jedoch nicht.

»Womit habe ich das verdient?«, fragte Jan etwas atemlos, als sie sich schließlich von ihm löste.

»Du hast mir gefehlt und ich war mir nicht mehr sicher, ob du dich so herrlich anfühlst, wie ich es in Erinnerung hatte. Das musste ich dringend überprüfen.«

Er runzelte die Stirn und musterte sie, um dann zu lächeln. »Und, was hat deine Überprüfung ergeben?«

»Dass ich unbedingt heute Abend mehr davon brauche.« Marie hatte leise gesprochen und sah ihm intensiv in die Augen.

»Wie genau hattest du dir das vorgestellt?« Auch seine Stimme war nun leise und dankbar sah Marie, dass die beiden anderen Männer in der Werkstatt verschwunden waren.

»Sehen wir uns heute Abend?«, fragte sie ihn.

»Willst du jetzt direkt mitkommen?«

Seine Nähe und der Kuss hallten noch in ihr nach, deswegen hätte sie am liebsten zugesagt, aber sie schüttelte den Kopf.

»Ich bin noch nicht fertig. Leider.«

»Dann treffen wir uns nachher bei mir? Ich könnte etwas kochen.«

»Das klingt großartig«, meinte Marie und reckte sich, um ihn noch einmal zu küssen. Ob die Ziege aus der Entgeltstelle sie wohl gesehen hatte? Letztlich spielte das aber keine Rolle, fand sie und genoss Jans weiche Lippen, das Kitzeln seines Bartes.

Eine knappe Stunde später fuhr sie den Rechner herunter. Auch Arne hatte offensichtlich beschlossen, für heute Schluss zu machen, und so trafen sie im Gang aufeinander.

»Fahren wir gleich hintereinander her oder soll ich dich mitnehmen?«

Verdutzt starrte Marie ihren Chef an.

»Man hat mir berichtet, du habest Jan sehr vermisst, da dachte ich, dass ihr euch heute Abend trefft.«

»Wer hat dir denn davon erzählt?«

Arne schmunzelte. »Piet hat mir von eurem heißen Kuss berichtet. Er war mit Jan auf Sylt und hat noch kurz bei mir hereingeschaut, bevor er in den Feierabend gegangen ist.«

Das war also einer der beiden gewesen, die gejohlt hatten. Marie grinste. »Ich nehme dein Angebot gern an«, beschied sie ihm. Gemeinsam gingen sie hinunter zum Parkplatz. Einerseits fürchtete Marie, dem Gerede so weiter Futter zu geben, andererseits war es wirklich Blödsinn, mit zwei Autos hintereinander herzufahren.

Kurze Zeit später stiegen sie blödelnd vor dem Haus der Zwillinge aus. Die Fahrt war entspannt verlaufen,

Arne schloss die Haustür auf und ließ Marie den Vortritt. Im ersten Stock angekommen, fand sie Jan in der Küche vor. Er lehnte am Küchenschrank und schaute ihr entgegen. Das Geplänkel war auch auf der Treppe noch weitergegangen und Marie bemerkte Jans zusammengezogenen Augenbrauen. Sie trat zu ihm und gab ihm einen Kuss.

»Was kann ich tun?«, bot sie ihm ihre Hilfe an.

Er hielt sie fest und schaute ihr prüfend ins Gesicht oder bildete sie sich das ein?

»Eigentlich bin ich so gut wie fertig. Die Nudeln brauchen noch einen Moment und den Salat habe ich schon vorbereitet.«

Arne hatte sich an ihnen vorbeigeschoben und deckte den Tisch. »Setz dich doch«, bot Jan ihr an.

Eigentlich wollte sie lieber bei ihm bleiben, statt am Tisch Platz zu nehmen, direkt bei Arne. Da sie aber auch nicht im Weg stehen wollte, setzte sie sich so hin, dass sie die Männer beobachten konnte.

Die Zwillinge so vertraut miteinander arbeiten zu sehen, versetzte Marie einen Stich. Von einem Moment auf den anderen fühlte sie sich überflüssig, ausgeschlossen. Gleichzeitig kam sie sich albern vor. Es sollte Nudeln mit Pesto geben, ein einfaches Gericht, bei dem es für drei Helfer nicht genug zu tun gab. So saß sie untätig am Tisch und kämpfte mit ihren Gefühlen. Jan und Arne arbeiteten Hand in Hand, selten fiel ein Wort. Sie gaben ein Bild vollkommener Harmonie ab, das Maries Kehle eng werden ließ. Unvermittelt stand sie auf. Sie musste hier raus, sofort. Ohne ein Wort verließ sie die Küche und stieg die Treppe hinauf. Gegenüber von Jans Zimmer im Bad ließ sich Marie mit einem Seufzen auf die Toilette sinken. Sie kämpfte mit den Tränen und schalt sich mimosenhaft zu reagieren. Vergeblich spürte sie ihrer Empfindung aus der Küche nach. Sie hatte den Männern bei der Arbeit zugeschaut, zunächst fasziniert von ihrer Harmonie. Dann aber, gestand sie sich ein, hatte sie Neid gefühlt. Sie hatte die Empfindung gleich beiseitegeschoben. Es war lächerlich, in dieser alltäglichen Situation eifersüchtig zu sein, vollkommen unpassend.

Als sie sich sicher war, ihre Gefühle wieder unter Kontrolle zu haben, verließ sie das Bad und stieg die Treppe hinunter.

Jan musterte sie besorgt, aber sie lächelte ihm beruhigend zu. Arne stellte gerade eine große dampfende Schüssel auf den Tisch, aus der es nach Basilikum und Knoblauch duftete.

Als sie unter sich waren, oben in Jans Schlafzimmer, hakte er nach: »Was war vorhin los?«

Marie seufzte. Einerseits freute sie sich, dass er so sensibel war, zu merken, dass es ihr nicht gut gegangen war. Andererseits hatte sie gehofft, nicht darüber reden zu müssen.

»Euch miteinander arbeiten zu sehen, so vertraut, hat mich – nachdenklich gemacht.«

Jan legte den Kopf schräg und schaute sie an.

Marie biss sich auf ihre Unterlippe, dann gab sie zu: »Ich war neidisch auf euer blindes Einverständnis, eure Harmonie. Ich fühlte mich ausgeschlossen«, ergänzte sie leise.

»Hey«, er kam näher und zog sie in seine Arme, »wie lange kennen wir uns?«

Als Marie nur mit den Schultern zuckte, küsste sie auf die Schläfe. »Arne und ich kennen uns schon, solange wir denken können. Dass wir gut zusammenarbeiten, erleichtert unser Zusammenleben und die Arbeit in der Firma ungemein. Aber glaub mir, harmonisch war es zwischen uns nicht immer.« Einen Moment hielt er sie einfach fest, dann bat er: »Gib uns Zeit. Hab etwas Geduld mit uns.«

***

Jan lenkte am folgenden Tag selbst den Firmentransporter Richtung Schuby zu einer Baustelle. Während der Fahrt schaute er seinen neuen Mitarbeiter von der Seite an. »Wo haben Sie vorher gearbeitet?«

»Ich war in Norderstedt bei einem Fensterbauer angestellt.«

Jan runzelte die Stirn. Wie groß mochte Norderstedt sein? »Etwa bei Carstens?«

»Genau. Vermutlich hat sich bis nach Husum herumgesprochen, dass unsere Werkstatt abgebrannt ist. Ich habe Ihre Anzeige in der Zeitung gesehen und mich beworben.«

»Wird denn bei Carstens nicht weitergearbeitet?«

»Die Untersuchungen ziehen sich hin. Soweit ich weiß, soll die Werkstatt wieder aufgebaut werden, aber der Chef verhandelt noch mit seiner Versicherung. Die weigert sich zu zahlen und behauptet, er selbst habe die Hände im Spiel gehabt.«

»Trauen Sie ihm zu, dass er selbst Feuer gelegt hat?« Kurz musterte Jan seinen Beifahrer, bevor er wieder auf die Straße schaute.

»Sagen wir mal so. Er behauptet, es sei seine Schwester gewesen, aber sie ist fast im Feuer ums Leben gekommen. Marie Carstens hat sehr an ihrem Vater gehangen und auch an der Firma. Die Geschäfte sollen mau sein und ihm würde die finanzielle Unterstützung tatsächlich nutzen. Es wird von einer warmen Sanierung gemunkelt. Aber nachzuweisen ist ihm wohl nichts.«

Jan wunderte sich über die offenen Worte des Mannes.

»Merkwürdig finde ich im Nachhinein, dass er sich vorher für den Feuerteufel interessiert hat. Er hat mich genau ausgefragt, wie die Brände gelegt worden sind.«

»Was wussten Sie darüber?«

»Die Feuerwehr stand in regem Austausch mit der Polizei.«

Ein fragender Blick ließ ihn erklären: »Ich bin bei der Freiwilligen Feuerwehr in Norderstedt.«

»Dann ist eine Arbeit in Husum ja eher ungünstig. Sie können ja quasi nur am Wochenende zu den Einsätzen mitfahren.«

»Na ja, deshalb halte ich es mir noch offen, ob ich mich hier wieder engagiere. Erst einmal heißt es, die Probezeit zu überstehen.«

»Und dann melden Sie sich wieder bei der Freiwilligen Feuerwehr? Mein Bruder unterstützt Engagement dieser Art.«

»Ihr Bruder? Oh«, der Neue brach ab. »Da habe ich mich ja gründlich verplappert.«

»Nein. Ich schätze die Arbeit, die Sie leisten und zu unserer Firmenpolitik gehört es, ehrenamtliches Engagement zu unterstützen. Haben Sie der Polizei eigentlich davon berichtet, dass sich Eike Carstens so für die Brände des Feuerteufels interessierte?«

»Nein.«

Inzwischen waren sie an der Baustelle, einem abgelegenen alten Bauernhaus, angekommen. Jan parkte den Bulli und ging dann ins Innere, wo er mit dem Bauherrn verabredet war.

***

Als das Telefon klingelte, nahm Marie, ohne auf die Nummer zu achten, ab. »Fenster Petersen, Marie Carstens, was kann ich für Sie tun?«

»Zieh deine Klage zurück!«, tönte es wütend aus dem Hörer.

Marie richtete sich auf. »Guten Tag, Eike.«

»Wie kommst du dazu, mir gleich zwei Anwälte auf den Hals zu hetzen? Spar dir dein Geld lieber, wenn du doch angeblich zu wenig davon hast.«

»Was willst du?«

»Hast du mir gerade nicht zugehört? Du sollst mich in Ruhe lassen! Pfeif deine Anwälte zurück oder du kannst was erleben.«

»Willst du mir drohen?«

»Wenn ich dir das Geld auszahle, was die Rechtsverdreher fordern, muss ich Insolvenz anmelden. Das kannst du nicht wollen«, klang es etwas ruhiger aus dem Apparat.

»Zahlt die Versicherung etwa nicht?«

»Nein, die Ermittlungen sind noch nicht abgeschlossen. Ich stehe mit dem Rücken zur Wand und ausgerechnet meine eigene Schwester stößt mir ein Messer zwischen die Rippen.«

»Übertreib nicht so, ich ...«

Eike unterbrach sie: »Es ist mir wirklich ernst, wenn du auf deinen Forderungen bestehst, gehe ich vor die Hunde.«

»Bruder, du verkennst da Ursache und Wirkung. Nicht ich habe mich fristlos entlassen, sondern du. Und deine Frau hat die Perlenkette von Mama auf Sylt getragen, vom Rest meines Erbes ganz zu schweigen.«

Am anderen Ende brüllte Eike los und beschimpfte sie scheinbar ohne Luft zu holen. Marie löste den Hörer vom Ohr, weil ihr die Lautstärke wehtat. Ihre Ruhe war dahin. Heiß stieg Wut in ihr auf.

»Leg auf.« Unbemerkt hatte Arne das Büro betreten. Wie lange stand er schon da?

»Tu dir das nicht an. Leg einfach auf«, bekräftigte er.

Inzwischen bebte Marie, während ihr Bruder nach wie vor lautstark pöbelte.

Arne trat an ihren Schreibtisch, sah ihr in die Augen und legte seine Hand in die Telefongabel. Ruhe kehrte ein, als er die Verbindung unterbrach.

»Gib her.« Er ließ sich den Hörer geben und legte auf.

Marie saß starr auf ihrem Stuhl. Noch nie hatte sie solche Worte von ihrem Bruder gehört. Selbst in ihrem größten Streit war er nicht so ausfallend geworden. Sie zitterte.

Arne zog sie vom Stuhl hoch und schloss sie in die Arme. Er murmelte beruhigende Worte, die sie nicht verstand.

Marie schüttelte den Kopf. Das war falsch. Sie versteifte sich und Arne ließ sie los, trat aber nicht zurück.

Sie ließ sich auf ihren Stuhl sinken. Als sie eine Hand auf ihrer Schulter spürte, schüttelte sie diese ab. Dann bemerkte sie die beiden Männer neben ihr. Sie starrten sich über Maries Kopf hinweg an.

»Jan?« Maries Gedanken rasten.

»Was geht hier vor?« Seine Stimme klang merkwürdig ruhig. Irgendetwas stimmte hier ganz und gar nicht.

»Entschuldige, ich bin noch ganz durcheinander. Eike hat mich gerade am Telefon übel beschimpft, ich würde ihn mit meinen Forderungen zugrunderichten.« Marie starrte vor sich hin. Wieso war sie nun plötzlich die Böse? Würden die Mitarbeiter in Norderstedt auf der Straße landen, weil sie ihrem Bruder das Messer auf die Brust setzte? Eher am Rande nahm sie wahr, dass Arne das Büro verließ. »Mache ich gerade einen Fehler?« Hilfesuchend schaute sie zu Jan hoch.

»Was meinst du?«

Täuschte sie sich oder klang Jans Stimme gepresst?

»War es falsch, die Anwälte einzuschalten?«

Jan ging neben ihr in die Hocke. »Wer hat denn betrogen, du oder Eike?«

»Und, wenn darüber die Firma unseres Vaters draufgeht?«

»Hast nicht du das zu verantworten. Marie, er hat dich betrogen. Ohne dein Erbe hätte Eike vermutlich schon längst eher Insolvenz anmelden müssen.«

»Und trotzdem versetze ich ihm den Todesstoß und mache kaputt, was mein Vater in all den Jahren aufgebaut hat.« Eine Träne rollte über ihre Wange.

»Nein. Dich trifft keine Schuld daran.« Jan strich die Tränenspur fort und schloss sie in die Arme.

»Warum fühlt es sich dann falsch an?« Diese Umarmung mit Jan, die fühlte sich jedenfalls richtig an. Marie legte ihren Kopf an seine Schulter und ließ sich von ihm halten.

»Oh Entschuldigung.«

Widerwillig hob Marie ihren Kopf. Nicole Möller stand in der Tür und beobachtete von dort die Szene.

»Was gibt es?« Mühsam konzentrierte sich Marie.

»Sie hatten mich doch zu einem Gespräch hergebeten. Ich habe die Unterlagen vorbereitet. Wenn es aber gerade nicht passt, komme ich später noch einmal wieder. Dann müsste ich zwar meinen Tagesplan noch einmal ändern, aber ...«

»Ja, das wäre gut«, schaltete sich Jan in das Gespräch ein. »Frau Carstens wird sich heute Nachmittag bei Ihnen melden.«

Marie war dankbar über die Bestimmtheit, mit der er dies sagte, und damit Frau Möller aus dem Raum verwies.

»Danke.« Marie schloss die Augen und atmete tief aus.

***

»Moin Piet, wir machen das wie gestern: Ich setze dich an der Baustelle ab und fahre dann weiter.«

»Moin, wenn ich kurz korrigieren dürfte: Gestern hast du Marvin mitgenommen, den Neuen. Hast du erfahren, was du wissen wolltest?«

Jan grinste wenig schuldbewusst. »Ja, das könnte man so sagen.«

Gemeinsam stiegen sie in den Firmenbulli ein.

Unterwegs ging es zunächst um die laufenden Aufträge, dann zögerte Piet.

»Kriegt ihr eigentlich mit, was in der Belegschaft über euch getratscht wird?«

Jan musterte den langjährigen Mitarbeiter von der Seite. Sie hatten schon auf mancher Baustelle gemeinsam gearbeitet und Piet kam dem nahe, was Jan einen Freund nannte.

»Möchte ich das wissen?«

Der Kumpel zuckte mit den Schultern. »Das musst du entscheiden.«

Jan seufzte, setzte den Blinker und bog ab. Nachdem er sich in den Verkehr der Bundesstraße eingefädelt hatte, knurrte er: »Schieß los.«

»Es gibt Gerüchte, dass Marie es mit euch beiden treibt. Marie hat der Möller aus der Entgeltstelle aber darauf schon den passenden Kommentar gegeben, hört man.«

»Hat die denn die Gerüchte in die Welt gesetzt?« Halb hoffte er auf ein Ja, dann wäre ziemlich klar, dass es vor allem Neid war, der hinter den Gerüchten steckte.

»Unklar. Huhn oder Ei, wer weiß schon, was als Erstes da war.« Piet schaute aus dem Seitenfenster auf einige Störche, die auf einer Wiese standen. »Na ja, du bist oft unterwegs und sie ist die Assistentin vom Boss. Dass es Gerede geben würde, war wohl absehbar.«

»Weil es so schön ins Klischee passt, die Assistentin mit dem Boss oder wie?« Jan merkte selbst, dass er ziemlich aggressiv klang.

»Hey! Knüpf nicht den Boten auf, ja?«

»Entschuldige«, Jan holte tief Luft und ließ sie wieder entweichen.

»Wenn du dir sicher bist, dass da nichts läuft, ist doch alles klar, oder?«

War er sich sicher? Wenn er an die Szene gestern im Büro zurückdachte. Marie in Arnes Armen und erst als er in den Raum gekommen war, hatte sein Bruder sie losgelassen. Seine Hand hingegen hatte Marie abgeschüttelt. Sein Magen krampfte sich zusammen. Beinahe hätte er die Abfahrt verpasst. Er musste ziemlich hart bremsen. Piet hielt sich fest, so abrupt bog Jan in die Nebenstraße ein.

Als er an der Baustelle angehalten hatte, wandte er sich noch einmal an seinen Beifahrer. »Danke Piet und nix für ungut.«

»Da nicht für. Bei Zwillingen geht die Fantasie mit den Leuten schon mal durch. Euch kann man ja gut unterscheiden, aber ...«

»Hast du Arne mal mit Bart gesehen?«

»Ja. Trotzdem bin ich mir sicher, Marie kann euch bestens auseinanderhalten. Sie liebt dich, das hat neulich jeder auf dem Hof gesehen.«

Ja, der Kuss war für alle sichtbar und sehr stürmisch gewesen. Trotzdem.

Piet verabschiedete sich und stieg aus. Jan fuhr gedankenverloren zurück auf die Bundesstraße in Richtung Norden. Wenn er nur endlich mal ungestört Zeit mit Marie verbringen könnte. An Niebüll vorbei führte ihn seine Strecke nach Süderlügum kurz vor der dänischen Grenze. Ja, das wäre eine Idee. Er würde Marie seine Lieblingsinsel zeigen. Ein romantisches Wochenende zu zweit auf Rømø, das wäre das Richtige.

***

»Hallo Nele«, begrüßte Marie ihre Freundin am Telefon. Was gibts?

»Ich muss dir unbedingt erzählen, was mir Ulla aus dem Sopran gestern berichtet hat.«

Marie erinnerte sich nur zu gut, dass es eben diese ehemalige Chorschwester gewesen war, die ihren Rauswurf ausgelöst hatte. Etwas verstimmt bat sie Nele weiterzusprechen.

»Ulla hat gesagt, dass die Ermittlungen wegen der Brandstiftung eingestellt wurden. Man geht von einem technischen Defekt aus.«

»Und der Brandbeschleuniger, der angeblich gefunden wurde?«

»War wohl ein Fehlalarm, so genau wusste sie das wohl auch nicht, jedenfalls bist du nun von ihr rehabilitiert worden.«

Marie schnaubte. Die Worte der Freundin hatten die Situation wieder heraufbeschworen, in der sie ein zweites Mal um ihr Solo gebracht worden war, nein schlimmer, in der sie ihren Chor verloren hatte. Das wöchentliche Treffen mit Nele und das Singen fehlten ihr.

»Du klingst nicht so begeistert«, hörte sie vom anderen Ende.

»Sorry, aber das quirlt gerade alles wieder auf. Dazu kam heute Post vom Anwalt. Es gibt einen Verhandlungstermin vor dem Arbeitsgericht.«

239

»Ich dachte, ich mache dir eine Freude, wenn ich es dir erzähle. Ulla hat sich entschuldigt und mir Grüße an dich aufgetragen.«

»Danke. Letztlich hat sich ja alles zum Guten gewendet, auch wenn es weh tat.« Marie hatte beschlossen, die Ereignisse positiv zu sehen, und ermahnte sich selbst, ihren Blick auf etwas Schönes zu richten. »Auch ich habe Neuigkeiten«, wechselte sie daher das Thema. »Jan hat mich eingeladen. Wir werden ein romantisches Wochenende an der See verbringen, in Dänemark, drei Tage nur er und ich.« Bei diesen Worten hoben sich ihre Mundwinkel von allein, noch mehr, als Nele sie zu ihrem tollen Freund beglückwünschte.

Ein Wochenende auf Rømø

Während Marie sich die unteren Räume im Ferienhaus ansah, brachte Jan ihre Taschen ins obere Geschoss, wo die Schlafräume lagen. Die Küche war hochwertig ausgestattet und wie sie vermutet hatte, mit einer stabilen Holzarbeitsplatte. Darin eingelassen entdeckte sie einen Induktionsherd und ein eckiges Spülbecken in dunkler Farbe. Auch der Esstisch, der den Wohnraum von der Küche trennte, war aus Naturholz. Die mehr als fünf Zentimeter starke Tischplatte ruhte auf massiven Holzbeinen. Den Wohnraum dominierte ein dunkles Ledersofa vor einem Ofen mit Glasfenster, den sie bei dem kühlen Wetter sicher anheizen würden.

Nach der Fahrt freute sie sich auf einen Kaffee und sie ging zurück in die Küche, um die Maschine zu starten. Kaffeepads hatte sie in dem Willkommenspäckchen entdeckt.

Kaum, dass sie die erste Tasse fertig hatte, umfasste Jan sie mit seinen starken Händen.

»Weißt du eigentlich, wie sehr ich mich danach gesehnt habe?«

»Wonach?« Marie drehte sich in seinen Händen um und lehnte sich zurück, um ihm ins Gesicht zu schauen.

»Danach, dich immer und überall berühren zu können, ohne dabei gestört zu werden.« Um ihr zu verdeutlichen, welche Berührungen er meinte, fuhr er mit seinen Händen an ihren Seiten nach oben und auf Höhe ihrer Brüste nach vorn. Gleichzeitig drängte er sie gegen die Küchenschränke, so dass sie seine Erregung spüren konnte.

»Was denn, willst du gleich hier und jetzt?«

Statt einer Antwort hob er sie hoch und setzte sie vor sich auf die Arbeitsplatte. Sein Kuss zeigte ihr deutlich, wonach er sich sehnte. Ohne jede Zurückhaltung presste er seine Lippen auf ihre und umspielte ihre Zunge mit seiner.

Seine stürmischen Avancen blieben nicht ohne Wirkung und sie spürte sein Lächeln, als sie sich auf sein Spiel einließ. Wie weit er wohl gehen würde?

Er löste sich von ihr und schaute ihr in die Augen. Sah er ihr Begehren, das er entfacht hatte?

»Die Kondome sind oben in der Reisetasche«, murmelte er.

Marie wollte sich gerade zurücklehnen und dachte an ihren Kaffee, als er sie an sich drückte und kurzerhand hochhob.

»Was tust du?« Erschreckt klammerte sie sich an ihm fest, aber er trug sie ungerührt in Richtung der Treppe. Vorsichtig manövrierte er sie beide durch die Tür und die Stufen hinauf. Oben im Schlafzimmer ließ er sie herunter.

»Die Betten sind noch nicht bezogen«, stellte Marie bedauernd fest.

»Wer braucht schon ein Bett?« Jan beugte sich kurz über seine Tasche. »Hier«, er drückte ihr ein Kondom in die Hand und küsste sie wieder so fordernd, wie er es unten in der Küche schon getan hatte. Gleichzeitig spürte sie, dass er sich an ihrer Hose zu schaffen machte und ihr diese mit dem Slip gemeinsam herunterstreifte. Was hatte er vor? Ihre Schuhe hatte sie schon unten im Vorraum ausgezogen. So stieg sie jetzt aus den Hosenbeinen, während er seine eigene Hose öffnete und herabsinken ließ.

»Wärst du vielleicht so freundlich?«, er deutete auf seinen erigierten Penis, der sich ihr entgegenreckte.

Marie riss die Verpackung auf und streifte ihm das Kondom über. Sie ließ die Hände weiter nach unten streifen und umfasste seine Hoden und freute sich über sein scharfes Einatmen.

»Na warte«, knurrte er. Er drängte sie gegen die Wand zwei Schritte hinter ihr. Unwillkürlich löste sie ihre Hände von ihm, als sie strauchelte. Bevor sie jedoch fallen konnte, packe er sie und hob sie erneut in die Höhe. Eingeklemmt zwischen ihm und der Mauer hinter sich spürte sie seine Eichel in der richtigen Position. Aber er verharrte an diesem Platz. »Was willst du?«, fragte er sie mit blitzenden Augen.

Marie war nicht nach Reden zumute. Auch wollte sie sich nicht bewegen, um das Gefühl auszukosten, das seine Berührung auslöste.

»Soll ich aufhören?«, neckte er sie.

Nein, auf keinen Fall sollte er das. Sie schüttelte den Kopf. Ohne den Blickkontakt zu unterbrechen, glitt er langsam in sie. Marie schnappte nach Luft. Seinen Unterleib fest gegen ihren gepresst, hielt er sie an der Wand fest. Sie genoss sein Gewicht und schlang ihre Beine um ihn. Gemächlich begann er, sich in ihr zu bewegen, und sie spannte ihren Beckenboden an, um ihn noch stärker wahrzunehmen. Er neigte seinen Kopf zu ihr und knabberte an ihrer Lippe. Sein Kuss raubte ihr den Atem.

Jan ließ sie herab, hielt sie aber weiter fest oder lehnte er sich ermattet an sie? Egal, sie brauchte einen Moment, bis sie wieder auf eigenen Beinen stehen konnte.

»Ich bin gleich wieder da«, raunte er ihr ins Ohr und verschwand im Bad.

Marie sah ihm selig nach. Was hatte dieser Mann an sich, dass sie seinem ungeduldigen Drängen einfach nachgegeben hatte? Sie erkannte sich selbst nicht. Ja, es hatte Männer in ihrem Leben gegeben, Enttäuschungen. War er der eine?

Sobald sich ihr Atem beruhigt hatte, zog sie sich Slip und Jeans wieder an und ging ins Schlafzimmer. Ein herrliches breites Bett wartete darauf, bezogen zu werden, und Marie machte sich an die Arbeit. Kissen und Bettdecken beiseitegeräumt, bezog sie die breite Matratze mit den beiden Laken, die sie im Wäschepaket des Vermieters gefunden hatte. Mit dem Rücken zur Tür bezog sie gerade eine der Bettdecken, als Jan wieder seine Arme um sie legte.

»Mmh«, hörte sie und spürte seinen Atem an ihrem Ohr. So kurz nach ihrem Sex, zog sich prompt ihr Unterleib zusammen. Als hätte er ihre Reaktion bemerkt, schob Jan seine Hand unter ihren Hosenbund.

Marie griff hinter sich und bemerkte, dass er seine Jeans nicht wieder angezogen hatte. Dass er sie gleich noch einmal wollte, spürte sie deutlich an ihrer Hinterseite. Sie legte die Decke beiseite und drehte sich langsam zu ihm um. Wie hatte er so schnell ihre Jeans öffnen können? Seine Hände umfassten ihren Po und das unter dem Stoff. Seine Küsse trieben ihre Temperatur in die Höhe und sie ließ ihre Finger über seinen Bauch und seine Brust kreisen. Jan drückte sie nach hinten, sodass sie über die Bettkante in ihrer Kniekehle strauchelte. Gemeinsam fielen sie auf die Matratze und sie spürte sein Gewicht auf ihr. Nach einem weiteren Kuss stützte er sich kurz auf und zog sein Shirt über den Kopf. Komplett nackt und mutwillig grinsend machte er sich daran, sie auszuziehen. Gleichzeitig sorgte er dafür, dass sie nicht länger nur halb im Bett lag. Marie war schwindelig bei seinem Tempo. Sie genoss das Gefühl der glatten Baumwolle auf ihrer Haut und seine Hände auf ihrem Körper.

»Moment, wir brauchen noch ein Kondom.« Ihre Stimme klang atemlos in ihren Ohren. Sie spürte, dass sich sein Mund zu einem Lächeln verzog.

»Längst erledigt«, raunte er in ihr Ohr und jagte damit einen weiteren Schauer über ihren Rücken. Wann hatte er denn das noch geregelt? Er würde doch nicht schon mit der festen Absicht aus dem Bad gekommen sein? Letztlich war das aber auch gleichgültig, befand Marie und überließ sich seinen Zärtlichkeiten.

Ein junger braun gebrannter Mann mit flachsblonden Haaren fragte: »Hej, ein Tisch für zwei?«, und bedeutete ihnen, ihm zu folgen. Er entzündete die Kerze auf einem kleinen Tisch an einer Wand und wartete, bis Jan Marie den Stuhl zurechtgerückt und sich gesetzt hatte.

»Möchtet ihr die Karte oder darf ich euch die Spezialität der Küche empfehlen, gebratene Scholle mit Meerspargel und Kartoffeln?«

Er reagierte umgehend auf Maries fragenden Blick und erklärte: »Meerspargel wird in Deutsch auch Queller genannt.«

Marie hatte Lust, etwas Neues auszuprobieren, und so bestellten beide das Tagesgericht.

Marie schaute dem Kellner nach. Für die Jahreszeit ungewöhnlich braun kontrastierte die Haut mit dem hellen Haar, und die wasserblauen Augen hatten sie auf eine wohltuende Art gemustert. Auffällig war sein Akzent, ein scharf gesprochenes s und trotz der grammatikalisch richtigen deutschen Sprache fühlte sie sich einmal mehr im Urlaub. Sie schüttelte den Kopf und wandte sich Jan zu der sie, wie sich jetzt zeigte, beobachtete.

»Hast du den Akzent gehört?«

»Ja, so sprechen viele Dänen«, er ließ sie nicht aus den Augen.

Schon war der junge Mann zurück und servierte den Wein und eine große Flasche Wasser. Marie schaute fasziniert auf seine feingliedrigen Hände, deren blonden Härchen sich von der Haut abhoben.

»Du warst noch nicht oft in Dänemark?«, riss Jan sie aus ihrer Betrachtung.

»Nein, noch nie. Wir sind früher nach St. Peter Ording gefahren und zweimal in den Harz. Meine Eltern hatten ja kaum Zeit, zu verreisen. Also war ich einige Male im Jugendzeltlager im Ostfriesland. Und du? Warst du schon oft hier?«

Jan nickte. »Ich liebe das Meer. Bis hierher ist es nur knapp eine Stunde Fahrt. Ich kann herrlich entspannen und runterkommen.«

»Eike fährt immer nach Sylt«, warf Marie ein und fragte sich verwundert, warum sie jetzt von ihrem Bruder anfing.

»Eine großartige Insel, aber ich bin viel zu oft zum Arbeiten dort, um mich dort zu entspannen. Außerdem geht es mir an vielen Stellen auf Sylt zu nobel zu. Hier ist alles viel unkomplizierter. Vielleicht hast du dich gewundert, aber die Dänen duzen fast jeden, außer der Königin.«

Dann hatte der Däne sie nicht geduzt, weil er sie als jung einschätzte? Schade.

»Es ist einfach gemütlicher hier. Der Verkehr rollt langsamer, die Leute sind gelassen. Es gibt sogar ein dänisches Wort, das gar nicht ins Deutsche übertragen werden kann, das genau dies ausdrückt.«

»Kannst du Dänisch?«

»Etwas. Ich verstehe vieles und beherrsche ein paar Floskeln, wobei eigentlich jeder Däne englisch spricht und gerade hier, in der Nähe der Grenze, viele auch deutsch.«

»Wie bedankt man sich auf Dänisch?«

»Das ist eine wichtige Sache. Danke heißt Tak. Es wird auch in Situationen verwendet, wo in Deutschland eher ein Bitte zu hören ist.«

Marie schaute ihn verwundert an.

»Was sagt eine Bäckereiverkäuferin in Deutschland, wenn sie einen Kunden begrüßt?«, fragte Jan grinsend.

Marie überlegte kurz. »Wenn sie höflich ist, ,Was kann ich für Sie tun?‘ Oder: ,Was wünschen Sie?‘«

Jan verdrehte die Augen. »In der Kurzform würde sie fragen: ,Ja bitte?‘ und hier hört man ,Ja, tak?‘«

»Also heißt ja auch hier ja?«

Jan bestätigte.

»Hier ist euer Fisch, zwei Mal Scholle mit Meerspargel und Kartoffeln.«

»Tak«, wagte Marie ihren ersten Versuch und wurde mit einem strahlenden Lächeln belohnt.

»Nyd dit måltid!«, wünschte der Kellner und Jan übersetzte, als er sich abgewendet hatte: »Guten Appetit!«

Auf diesen Wunsch hin widmete sich Marie ihrem Essen. Scholle hatte sie schon oft gegessen, aber das grüne Gemüse neben ihrem Fisch kannte sie nicht. Es erinnerte tatsächlich an sehr dünnen Spargel, allerdings waren die Pflanzen verzweigt und viel kürzer. Vorsichtig probierte sie. Knackig waren die Sprossen und salzig, aber nicht zu sehr. Zitrone und eine buttrige Note rundeten den salzigen Geschmack ab. Zusammen mit einer weichen, fast cremigen Kartoffel war das grüne Gemüse ein Traum.

»Schmeckt es euch?« Unbemerkt war der Kellner an den Tisch getreten.

»Wunderbar«, schwärmte Marie und wurde mit einem freundlichen Nicken bedacht.

Als der Kellner wieder fort war, bemerkte sie leise: »Der sieht eher wie ein Surfer aus, aber um diese Jahreszeit?«

Nach dem Essen wollte Marie gern noch an den Strand, aber Jan bremste sie. »Der Strand ist jetzt bei Ebbe sehr breit. Lass uns das morgen machen. Jetzt habe ich Lust, etwas ganz anderes zu tun.« Den letzten Satz hatte er leise in ihr Haar geraunt. Sein Atem streifte ihr Ohr und ihre Nackenhaare stellten sich auf.

Lächelnd ging sie darauf ein, auch wenn sie etwas enttäuscht war, dass sie heute noch nicht ans Meer gekommen war.

***

Jan hielt Wort und fuhr nach dem späten Frühstück am nächsten Morgen mit Marie ans Meer. Er schmunzelte, als er ihr Erstaunen bemerkte, dass er kurzerhand mit dem Auto auf den Strand fuhr.

»Nur direkt ans Wasser dürfen wir nicht, aber das habe ich auch nicht vor, schließlich willst du ja noch laufen, oder?« Kurze Zeit später stellte er den Wagen ab, etwa auf halber Strecke zwischen Dünen und Meer, mehr als vierhundert Meter von den Flaggen entfernt, die die Zufahrt zum Strand markierten. Hier standen bereits andere Fahrzeuge, neben denen sich Jan einreihte.

»Wollen wir?«, wandte er sich Marie zu.

Die schaute sich begeistert um. Weite, blauer Himmel und das Meer in einigen Hundert Metern Entfernung schienen ihr zu gefallen. Sie streifte die Schuhe und Socken kurzerhand ab und stieg aus. Er merkte ihr die Ungeduld an, bis er ihr es nachgemacht hatte und sie vor dem Wagen an die Hand nahm. Gemeinsam liefen sie auf die Brandung zu.

»Ieh, ist das kalt!«, quietschte Marie, als ihre Füße vom Wasser umspült wurden. Nach wenigen Schritten tänzelte sie zurück auf den feuchten Sand, der nicht vom Meer überspült wurde. Still stand sie an der Wasserkante und lauschte dem Rauschen der sich brechenden Wellen wenige Meter entfernt.

Jan beobachtete sie voller Zufriedenheit. Sie fühlte sich wohl, wirkte vollkommen entspannt, obwohl sie recht wenig geschlafen hatten. Mit einem breiten Lächeln kam sie auf ihn zu.

»Danke, dass du mich hierher mitgenommen hast!« Sie umarmte ihn und er schlang seinerseits seine Arme um sie. Gemeinsam gingen sie noch ein Stück, aber dann meinte Marie: »Ich habe Eisfüße, gehen wir zum Auto zurück?«

Auch Jans Füße kribbelten, als sie wieder in Socken und Schuhen steckten. Zwar schien die Sonne, aber die Luft und das Wasser waren jetzt im Frühjahr noch reichlich frisch. »Und jetzt?«, fragte er.

»Gibt es einen Laden, wo ich eine Kleinigkeit für Nele bekommen kann?«

»Auf dem Weg hierher hast du vielleicht die kleine Ladenzeile in Lakolk gesehen. Dort gibt es eine Lysstøberi.«

»Eine was?«

Jan schmunzelte. »Einen Laden, in dem es Kunsthandwerk, Kerzen und Andenken gibt. Sogar eine Dauerausstellung zu Weihnachten findest du dort.«

»Klingt gut«, befand Marie und Jan startete den Wagen.

»Du könntest auch selbst Kerzen ziehen. Solange das Wachs noch warm ist, lassen sich die sehr individuell gestalten.« Er lenkte das Auto umsichtig zurück zur asphaltierten Auffahrt zum Strand und kurze Zeit später auf den Parkplatz vor besagter Ladenzeile.

»Hier haben wir gestern gegessen, oder?«

Wie es schien, hatte Marie das Restaurant entdeckt. Wenige Meter daneben war der Eingang zum Kerzenladen, den sie nun ansteuerten.

Jan folgte Marie durch die Ausstellung und freute sich über ihre Begeisterung. Recht schnell hatte sie eine handgetöpferte Tasse gefunden und nahm diese mit zur Kasse. Jan blieb zunächst etwas abseits stehen, bis der Kassierer auftauchte. Es war der Kellner vom Abend zuvor und Jan sah, dass auch Marie ihn wiedererkannte und freudig begrüßte. Langsam ging er näher heran.

»Meine Schwester hat mich gebeten, in der Nebensaison einzuspringen«, hörte er den Surfer gerade sagen. »Für meine nächste Hawaii-Reise brauche ich jede Krone, also helfe ich, wo ich kann.«

»Daher also die Bräune?«

»Nein«, lachte er, »die habe ich mir in Kalifornien geholt, bei einem Surfwettkampf. Das macht dreihundertneunundneunzig Kronen.« Er übergab Marie die Tasse, die er in Papier eingewickelt hatte.

Marie reichte ihm ihre Bankkarte und fragte: »Wie funktioniert das mit dem Kerzenziehen?«

Ihr Gegenüber buchte den Betrag und gab ihr die Karte zurück. »Du entscheidest dich, ob du zwei oder vier Kerzen machen willst, und bekommst von mir die Dochte an so einem Holzgestell.« Er hob ein Holzbrett mit einem Griff hoch. »Dann suchst du dir im Nebenraum die Farbe aus, die du magst, und tauchst deine Dochte so lange in den Wachstank, bis dir die Kerze gefällt. Eine Stunde später kannst du dir deine Kerzen abholen und bezahlt wird nach Gewicht.«

»Willst du wirklich so lange noch hierbleiben?«, schaltete Jan sich in das Gespräch ein. Er hatte sich wirklich zurückhalten wollen, war aber während der Unterhaltung zwischen Marie und diesem Schönling zunehmend unruhig geworden. Zwar hatte er sich bemüht, möglichst neutral zu sprechen, aber sie hatte anscheinend verstanden, dass er nicht länger bleiben wollte.

»Nein, dazu fehlt mir wohl doch die Geduld, aber wir können vielleicht morgen noch einmal nach Kerzen schauen, was meinst du?«

Jan zuckte betont gelassen mit den Schultern. »Wie du möchtest«, meinte er und legte Marie seinen Arm um die Hüfte.

Der Däne bemerkte die Geste und kurz schauten sich die Männer in die Augen, bevor er sich belustigt, wie es schien, verabschiedete: »Farvel og tak for besøget!«

Jan atmete konzentriert langsam ein und aus. Was regte er sich denn so auf? Sie würden den Typen nie wieder sehen und Marie hatte sich unverfänglich mit ihm unterhalten. Trotzdem wurde ihm heiß, wenn er sich mit dem anderen verglich. Stand Marie auf braun gebrannte sportliche Typen? Zugegeben, dessen Schultermuskeln waren deutlich besser ausgeprägt als seine eigenen, die zudem in der warmen Jacke versteckt waren.

»Und jetzt?«, riss ihn Marie aus seinen düsteren Gedanken.

»Willst du weitershoppen oder sollen wir einen Gang durch die Dünen machen?«

»Dünen klingt toll! Können wir das Geschenk für Nele ins Auto legen?«

Kurze Zeit später verschloss Jan den Wagen und legte seinen Arm um Marie. Eng umschlungen gingen sie auf die Dünen zu und stapften bald schnaufend durch den Sand auf die Spitze des ersten Hügels. Von oben hatten sie eine gute Sicht auf den Strand und den angrenzenden Campingplatz und auf eine noch höhere Düne, auf die Marie nun hinaufwollte. In einem dahinterliegenden Talkessel zog Jan Marie in seine Arme. Hier unten waren sie windgeschützt und so wirkte die Sonne gleich viel wärmer als auf dem Kamm der Düne, auf der sie sich vorhin umgeschaut und kräftig hatten durchpusten lassen. Maries Lippen kamen ihm entgegen und fühlten sich so aufregend an. Fragend ließ er seine Hände unter ihre Jacke gleiten.

»Huh sind deine Hände kalt!« Marie hinderte ihn daran, weiter unter ihre Kleidung vorzudringen.

Er zog sie mit sich in den Sand, setzte sich auf den sonnenbeschienenen Hang und platzierte sie auf seinem Schoß. Marie hatte erschrocken gequietscht und kuschelte sich nun an ihn. Als er sie wieder küssen wollte, bog sie ihren Oberkörper zurück.

»Du willst aber jetzt nicht hier ...?«

»Warum nicht?«

»Mitten am Strand zwischen all den Leuten?«

»Ich sehe niemanden außer dir«, widersprach er.

»Die Sonne scheint zwar angenehm, aber warm ist es nicht wirklich.«

»Ich hatte auch nicht vor, dich komplett auszuziehen, nicht sofort jedenfalls.«

»Nein«, gab sie ihm deutlich zu verstehen. »Ich will hier nicht für Aufsehen sorgen, auf keinen Fall!«

»Schade«, gab er sich geschlagen. »Sollen wir dann zurück in die Ferienwohnung fahren?«

»Wie wäre es, wenn wir einfach mal einen Moment genießen, dass wir am Strand sind? Sonst hätten wir ja auch in Husum bleiben können.«

Jan ließ sich theatralisch rücklings in den Sand sinken und Marie rutschte neben ihn.

»Du Biest«, raunte er in ihr Haar. »Mich erst so anzumachen und mich dann auf Abstand zu halten.«

»Abstand?«

In diesem Moment kam ein kläffender Terrier angesprungen, der sie beide gründlich beschnüffelte, bevor erst ein Junge und kurz darauf dessen Eltern sichtbar wurden.

»Leo, komm, wer als Erstes auf der Düne ist!«, rief das Kind und war schnell weitergerannt. Der Hund überholte es schnell und bald waren beide hinter der nächsten Düne verschwunden. Die Eltern gingen gemessenen Schrittes hinter den beiden her.

»Das wäre ja schön peinlich geworden«, bemerkte Marie.

»Die Dänen sind nicht so prüde.«

Marie verdrehte die Augen. »Das war aber eine deutsche Familie und ich möchte nicht wissen, was die Eltern gesagt hätten, wenn wir ihrem Sprössling hier eine Nachhilfestunde in Sachen Sex gegeben hätten.«

»Du hast ja recht«, sagte er und zog sie gleichzeitig wieder näher an sich. »Ich bin verrückt nach dir und möchte dich küssen und lieben.«

Sie lächelte nachsichtig, oder hatte er sie nun doch überzeugt? Ihr Kuss jedenfalls versprach mehr, als sie noch vor wenigen Augenblicken hier bereit gewesen war, zu tun. »Lass uns zurückfahren«, flüsterte sie ihm ins Ohr.

***

Marie klaubte ihre Sachen vom Boden auf. Jan lag entspannt auf dem Sofa des Ferienhauses und sah ihr zu. Was hatte dieser Mann an sich, dass sie seinem Werben immer und immer wieder nachgab, egal wo sie waren, na ja fast egal. In den Dünen hatte sie sich durchgesetzt, aber bis ins Schlafzimmer ihrer Unterkunft waren sie nicht gekommen. Jan drehte sich träge auf die Seite und stützte seinen Kopf auf.

»Ich fühle mich total sandig. Hast du was dagegen, wenn ich mich oben in die Wanne lege?« Außerdem fröstelte sie. Zwar war es gemütlich warm im Wohnraum, aber ohne ihre Kleidung fehlten ein paar Grade.

Sie wartete sein Kopfschütteln ab und stieg dann die Treppe hinauf. Die Wanne hatte sie bei der ersten Besichtigung des Ferienhauses schon angelacht und nun ließ sie Wasser einlaufen. Sie legte sich ihr Handtuch in Reichweite und ließ sich in die Wanne gleiten. Wohltuende Wärme umgab sie und entspannt lehnte sie sich zurück. Zum ersten Mal seit ihrer Abfahrt in Husum hatte sie einen Moment für sich und genoss es. Nicht, dass sie Jans Nähe nicht mochte, aber jetzt fühlte es sich genau richtig an, mal allein zu sein und ihren eigenen Gedanken zu lauschen.

Sie hörte die Türklinke und einen dumpfen Aufprall. »Hast du abgeschlossen?«, drang Jans Stimme durch die Tür. »Warum?« Sie konnte sein Erstaunen darüber deutlich wahrnehmen.

Beantworten konnte sie seine Frage jedoch nicht. Genaugenommen konnte sie sich nicht einmal erinnern, dass sie den Schlüssel herumgedreht hatte. Während sie noch nach einer Antwort suchte, bat Jan: »Lässt du mich rein?«

»Ich liege schon in der Wanne. Wie wäre es, wenn du uns Kaffee machst und den Ofen entzündest?«

Atemlos wartete Marie auf seine Reaktion. Würde er sich zurückziehen? Verwundert realisierte sie, dass sie ihn wirklich nicht hineinlassen wollte.

»Ok, dann bis gleich.«

Marie ließ die Luft entweichen, die sie in Erwartung seiner Reaktion angehalten hatte. Was war los? War der Wunsch nach etwas Abstand so groß gewesen, dass sie unbewusst abgesperrt hatte? Er wollte sich nach dem Strandbesuch sicher ebenso den Sand abspülen und sie hinderte ihn nun daran. Das bereitete ihr ein schlechtes Gewissen. Noch mehr irritierte sie aber ihre Erleichterung, dass er sie in Ruhe ließ. Was stimmte nicht mit ihrem Zusammensein, wenn sie sich diesen Moment des Alleinseins hatte ergaunern müssen?

Eine halbe Stunde später ging Marie die Treppe hinunter in den Wohnraum. Das Feuer knisterte im Ofen hinter der Glasscheibe und wärmte den Raum. Vor Jan auf dem Couchtisch standen eine Thermoskanne und zwei Tassen, daneben lag eine Schachtel mit Keksen. Unsicher beobachtete sie seine Reaktion, als sie näherkam. Falls er enttäuscht gewesen war, ließ er sich jetzt nichts mehr anmerken. Einladend hob er den Arm und sie setzte sich erleichtert neben ihn und kuschelte sich an. Gemeinsam schauten sie ins Feuer und Marie glaubte, Gespenster wahrgenommen« zu haben. Alles war gut zwischen ihnen, sonst würde sich das Beisammensein mit ihm nicht so harmonisch anfühlen.

»Magst du auch geräucherten Fisch?«, riss Jan sie aus ihren Gedanken.

»Klar. Hast du Pläne für den Rest des Tages gemacht?«

»Ich hatte ja Zeit dazu.«

War er doch nicht so entspannt, wie es schien?

»Hier mein Vorschlag: Wir fahren zur Südspitze der Insel und ich zeige dir den breitesten Strand, den du jemals gesehen hast. Anschließend können wir in einer Røgeri essen.«

»Wo?«

Jan lachte. »In einer Fischräucherei. So frisch bekommst du den Fisch sonst nirgendwo.«

»Na ja, in Husum fehlt es nicht gerade an frischem Fisch«, wandte Marie ein.

»Nein, aber hier in Dänemark wird anders geräuchert. Du wirst den Unterschied schmecken.«

Nachdem sie ihren Kaffee getrunken hatten, fuhr Jan über die Hauptstraße der Insel nach Süden. An einem Golfplatz bog er rechts ab und kurze Zeit später verließ er die Straße und setzte die Fahrt über den Sand fort. Vorbei an geparkten Autos fuhren sie eine Weile auf das Wasser zu, bis Jan schließlich bremste und den Wagen abstellte. In Erinnerung an ihre kalten Füße vom Vormittag ließen sie die Schuhe dieses Mal an und gingen gemeinsam weiter. Der Sand war hart und das Meer hatte stellenweise feine Rillen hinterlassen. Schließlich kamen sie zum Wasser.

»Dort drüben kannst du Sylt sehen«, bemerkte Jan.

Marie schaute kurz in die Richtung, in die er zeigte und drehte sich dann energisch um. Die Weite beeindruckte sie und beunruhigte sie gleichzeitig. Würden sie rechtzeitig zurück zum Wagen kommen?

»Weißt du, wann heute Hochwasser ist?«, fragte sie Jan.

»Auch das habe ich vorhin nachgeschaut. Es sind gut anderthalb Stunden bis zum Niedrigwasser. Also wird der Strand in den nächsten Minuten deutlich breiter werden.«

»Wow«, meinte Marie beeindruckt. »Ich dachte, in Sankt-Peter-Ording sei der Strand breit. Hier ist ja noch viel mehr Platz. Irgendwie macht mich das aber auch unruhig. Die Pfahlbauten fehlen oder eine andere Hilfe, um mich zu orientieren.«

Jan legte ihr seinen Arm um die Schulter. »Da vorn steht mein Auto, schätzungsweise einen knappen Kilometer von hier entfernt.«

Seine Nähe gab ihr Sicherheit. Was war nur heute Nachmittag mit ihr losgewesen? Sie verstand sich selbst nicht.

»Gehen wir noch ein Stück am Wasser entlang, bevor wir zum Auto zurückkehren?«, schlug sie vor. Arm in Arm gingen sie im Einklang los. Marie fühlte sich wohl in seinem Arm geborgen und freute sich, dass sie beide das Meer mochten. Stundenlang hätte sie so weitergehen mögen, aber er lenkte sie in einem großen Bogen zum Auto zurück.

Als sie es fast erreicht hatten, zuckte er entschuldigend mit den Schultern. »Ich habe Hunger«, klagte er.

Marie musste schmunzeln über diese jammervolle Bemerkung.

»Schließlich muss ich ja in Form bleiben, wenn die nächste Nacht auch so schön werden soll«, flüsterte er ihr ins Ohr.

Ein Schauer jagte ihr über den Rücken, der sowohl erregend war als auch ihre Alarmbereitschaft weckte. Die Nacht mit ihm war schön gewesen, ja, aber sie erinnerte sich nur zu gut an das Gefühl der Erleichterung, als sie ungestört in der Wanne lag. Was war es, dass diesen inneren Alarm auslöste?

Als sie vor dem Restaurant ausstiegen, lag ein feiner Rauchgeruch in der Luft. Drinnen war ein großes Buffet aufgebaut mit verschiedenen Fischsorten, geräuchert und eingelegt, Salaten und Beilagen. Jan lotste sie zu einem kleinen Tisch am Fenster und teilte der Kellnerin mit, dass sie vom Buffet essen wollten.

»Was möchtest du trinken?«, fragte er sie.

»Ich nehme ein Wasser, wenn du mal ein Bier möchtest, kann ich gern zurückfahren.«

Jan bestellte sich ein örtliches Bier und dann standen sie auf, um sich ihren ersten Gang zu holen. Bei manchen Fischsorten verstand Marie auch ohne Hilfe, um was es sich handelte. *Laks* las sie und erkannte auch an der Farbe, dass es sich um geräucherten Lachs handelte. Aber was war *Smørfisk*?

»Hör auf deinen Bauch und probiere einfach. Du kannst ja auch erst einmal eine kleine Portion nehmen.«

Das klang nach einer guten Idee und Marie kehrte mit sechs verschiedenen Fischsorten zu ihrem Tisch zurück. Auch eine Schale mit Salat holte sie sich noch und probierte dann. Das Raucharoma war köstlich. Obwohl es gleich roch, so waren die unterschiedlichen Fische doch vollkommen verschieden in Konsistenz und Geschmack.

»Das hier ist übrigens Fischrogen.« Jan hielt ihr eine Gabel mit Geräuchertem hin.

Nach kurzem Zögern probierte Marie vorsichtig. Was immer sie befürchtet hatte, der angebotene Bissen war köstlich.

Noch zwei Mal bedienten sie sich, dann lehnte sich Marie vollkommen satt zurück. Nein, wenn sie ehrlich war, hatte sie zu viel gegessen. »Eigentlich müsste ich jetzt zu Fuß zum Ferienhaus zurücklaufen«, meinte sie.

Jan lachte. »Das wäre zu weit. Du würdest zwei Stunden brauchen, mindestens.«

Er bedeutete der Kellnerin, dass er zahlen wolle, und Marie entschuldigte sich, um auf die Toilette zu gehen. Als sie zum Tisch zurückkam, stand er auf, bemerkte aber, er würde auch noch einmal austreten wollen.

»Ich warte draußen auf dich«, antwortete Marie ihm.

Vor dem Restaurant war eine Gruppe von jungen Männern versammelt, die vergeblich versuchte, die dänische Speisekarte zu lesen. Die Gruppe wirkte heiter und gelöst, die Leseversuche wurden gegenseitig bespöttelt und belacht.

»Übrigens steht auf der Rückseite alles auf Deutsch«, warf Marie in die Runde.

»Oh, schöne Frau« wandte sich ein Rotschopf ihr zu, »solch weise Worte so gelassen ausgesprochen?« Sein Blick fuhr an ihr herunter und wieder herauf.

»Nur ein kleiner Tipp unter Landsleuten. Ich kann nämlich auch kein Dänisch«, versuchte sie ihn zu bremsen.

»Aber nein, stellt Euer Licht nicht so unter den Scheffel. Ihr rettet uns in dieser schweren Stunde.«

Lächelnd versuchte Marie, sich abzuwenden. Vermutlich war das ein Kegelklub auf Tour, dachte sie.

Plötzlich stand der Mann direkt vor ihr. »Dürfen wir unsere Retterin zu einem Getränk einladen?« Er war eindeutig angetrunken.

»Nein danke, mein Freund kommt gleich und ...«

»Bis dahin haben wir Zeit, nicht wahr? Ich möchte dir unseren Fred vorstellen. Fred, komm her! Das ist unser Bräutigam, also der ist vergeben, muss aber noch die ein oder andere Aufgabe bewältigen. Er muss eine Frau finden, die heißt wie seine Zukünftige und ihr eine Nackenmassage anbieten. Wie heißt Ihr schöne Frau?«

Mit einem mitleidigen Blick auf den Bräutigam, der ihr etwas mitgenommen schien, antwortete sie: »Marie.«

»Fred, das ist dein Glückstag!«, der Rotschopf zauberte eine Sammelbüchse hervor. »Was würden Sie für eine Nackenmassage unseres Freundes zahlen?« Er klapperte mit der Büchse, auf der das Bild eines glücklichen Pärchens zu sehen war.

Marie zog ihr Portemonnaie aus der Tasche und nahm einen Fünfeuroschein heraus. Den steckte sie unter Gejohle in das Sammelgefäß und der Bräutigam grinste entschuldigend. Dann positionierte er sich hinter ihr und legte ihr seine kalten Hände in den Nacken. Marie protestierte, worüber sich die Gesellschaft köstlich amüsierte. Erleichtert entdeckte sie endlich Jan, der soeben mit ernster Miene aus dem Restaurant herauskam.

»Dankeschön und noch viel Spaß«, versuchte sie sich zu verabschieden.

»Das können wir so nicht gelten lassen«, widersprach der Rotschopf. Er wackelte mit seinem Zeigefinger und schüttelte den Kopf. »Für Eure Spende habt ihr Euch eine längere Massage verdient, schöne Frau. Fred, du weißt, was zu tun ist.«

Wieder spürte sie Freds kalte Hände an ihrem Hals und roch den Alkohol in seinem Atem.

»Entschuldigt Jungs, aber diese Frau ist nicht mehr frei. Sucht euch für eure Aufgaben also jemand anderen.«

»Wollt Ihr edler Recke, Eure holde Maid auslösen?« Auch Jan bekam die Sammelbüchse vorgehalten.

»Lasst ihr uns dann in Ruhe?«

»Darauf könnten wir uns einlassen«, bekamen sie als Antwort zu hören.

»Nun gut, dann trinkt einen auf uns, wenn ihr euch hier sattgegessen habt. Eine solide Grundlage scheint mir angemessen, wenn ich euren Bräutigam richtig einschätze.« Jan steckte zwanzig Euro in die Büchse. »Viel Spaß noch!« Energisch zog er Marie mit sich, die ihm ohne Zögern folgte.

Die Rückfahrt verlief ruhig. Marie ließ die letzten Minuten an sich vorüberziehen und fragte sich, ob sie auch irgendwann einmal solche Aufgaben zu bewältigen haben würde. Vermutlich nicht, hatte sie doch außer Nele keine Freundin, die zu solchen Schandtaten bereit wäre. Sollte es je dazu kommen, dass sie einen Junggesellinnenabschied feierte, würde sie mit Nele ans Meer fahren, in die Sauna gehen und es sich gut gehen lassen.

Jan starrte geradeaus und Marie vermutete, dass er auf ihre Fahrweise achtgab. Vielleicht wäre es ihm nun doch lieber gewesen, er hätte nichts getrunken und könnte selbst fahren?

»Alles klar?«

Jan brummte etwas, das Marie als Zustimmung nahm.

Sie parkte vor dem Ferienhaus ein und schaltete den Motor aus. Bevor sie irgendetwas anderes tun konnte, zog Jan sie plötzlich zu sich herüber und küsste sie hart. Sie ging auf seinen Kuss ein und drängte das aufkommende Unbehagen beiseite.

»Wollen wir nicht hineingehen?«, fragte sie, kaum dass er sie losgelassen hatte.

Jan stieg aus und sie folgte ihm und gab ihm den Autoschlüssel zurück. Über ihre Schulter hinweg schloss er das Auto ab. Nachdenklich musterte er sie.

»Was hast du?«

»Möchtest du eine Nackenmassage?«

Marie lachte. »Nein, das war eine Aufgabe für den Junggesellenabschied. Der arme Fred musste eine Frau finden, die so heißt wie seine Zukünftige, und ihr den Nacken massieren.«

»Kennst du die Leute?«

»Nein, den Bräutigam hat der mit der Dose vorgestellt. Keine Ahnung, wer die waren oder woher sie kommen.«

Inzwischen hatte Jan die Haustür aufgeschlossen. Marie zog ihre Jacke aus und hängte ihre Tasche an die Garderobe. »Schau, das Feuer glimmt noch!«

Jan hockte sich vor den Ofen und legte Holz nach. Kurze Zeit später züngelten die ersten kleinen Flammen an dem frischen Holz auf.

»Möchtest du noch etwas trinken?«, fragte Marie aus der Küche.

»Bringst du den Wein mit?«, bat er sie.

Während er weiteres Holz nachlegte, stellte Marie zwei Gläser und die Flasche auf den Tisch. Gemeinsam setzten sie sich auf das große Ecksofa. Statt etwas zu trinken, kuschelte sich Marie an ihn und lehnte ihren Kopf an seine Schulter.

Seine Hände streichelten über ihren Rücken hinauf zu ihrem Nacken, was sie dazu brachte, sich behaglich zu rekeln.

»Viel besser,« raunte sie ihm zu, sie küsste seine Wange.

Jan seufzte schwer und drehte sich ihr zu. Seine freie Hand legte er auf ihre Wange und strich mit dem Daumen über ihr Jochbein. Zärtlich küsste er sie. Sanft, fragend berührten sich ihre Lippen und Marie ging gerne auf sein Spiel ein. So hatte sie sich den Abend vorgestellt. Kuscheln auf dem Sofa, Ruhe, Zeit für Zärtlichkeiten. Die Alarmglocken, die sich heute einige Male bemerkbar gemacht hatten, schwiegen.

Jan ließ sie los und schenkte Wein ein. »Auf unser Wochenende«, prostete er ihr zu.

»Auf unser Wochenende«, antwortete sie. Die Gläser klingelten leise, während sie sich in die Augen sahen. Dunkelblau schienen Jans Augen, ernst und riesig. Er platzierte sein Glas auf den Tisch und nahm auch ihres, um es wegzustellen.

Wieder spürte sie seine Lippen auf ihren, schmeckte den Wein an seinen Lippen. Langsam vertiefte er seinen Kuss und streichelte mit seiner Hand über ihren Bauch zu ihrer Seite. Sie spürte die Wärme seiner Hände auf ihrer Schulter und ihrer Hüfte und gab sich seinem Kuss hin, ließ seine Zunge ein und freute sich über die Schmetterlinge in ihrem Bauch. Marie streichelte nun ihrerseits über seinen Bauch. Spielerisch fuhr sie unter den Bund seiner Jeans und freute sich, ihn scharf einatmen zu hören. Er aber hielt ihre Hand fest.

»Langsam«, sagte er und legte ihre Hand auf seine Brust. Wieder küsste er sie, intensiver dieses Mal.

»Du gehörst mir.«

Dieser Satz, diese drei Worte, rau und atemlos vorgebracht, zerrissen etwas in Marie. Schlagartig war ihre Lust verschwunden. Schlimmer, Jans Berührungen widerten sie an.

»Nein«, widersprach sie, »ich gehöre dir nicht.« Sie schob ihn von sich.

»Was hast du?« Ihm war anzusehen, dass ihr Stimmungsumschwung ihn verwirrte. Noch einmal versuchte er, sie in seine Arme zu ziehen, wollte dort weitermachen, wo sie ihn unterbrochen hatte.

»Lass das!« Marie fauchte ihn an. »Ich gehöre dir ebenso wenig, wie ich meinem Vater gehörte oder meinem Bruder.«

»Natürlich hast du ihnen nicht so gehört wie mir.«

»Falsch. Ich gehöre dir nicht. Ich bin kein Besitz.«

Jan wirkte ernüchtert und versuchte nicht länger, sie an sich zu ziehen. »Was soll das jetzt? Warum kehrst du die Frauenrechtlerin raus, wenn ich ...«

»Wenn du was? Zu deinem Recht kommen willst?«
Er rückte von ihr ab.

»Was ist falsch daran, dass ich dich für mich haben will?«

Marie beobachtete ihn. Er schien überhaupt nicht zu verstehen, wie ihm geschah. »Dieses *haben wollen* ist das Problem«, erklärte sie leise. »Auch ich möchte ausschließlich mit dir zusammen sein. Aber das heißt nicht, dass ich verstumme, wenn andere Männer mit mir sprechen. Ich bin immer noch eine eigenständige Person, die eigene Entscheidungen trifft, und ich werde niemandes Eigentum sein. Niemals.«

»Aber dann sind wir uns doch einig, Ich begehre nur dich und keine andere!«

»Und traust mir gleichzeitig zu, mich auch mit anderen Männern einzulassen.«

»Nein, nicht wirklich«, gab er zu. »Aber es ist für mich schwer zu ertragen, dass du so eng und vertraut mit Arne bist.«

»Außer für eine kurze Umarmung habe ich ihn niemals an mich herangelassen. Woher kommt deine übersteigerte Eifersucht? Weder habe ich Arne zu irgendetwas animiert, noch hat er sich mir unangemessen genähert. Da läuft gar nichts zwischen uns, außer dass ich mit ihm zusammenarbeite.« Nachdenklich schwieg Marie und spürte ihrer Wut nach, der Veränderung, die bei Anmeldung seines Besitzanspruchs in ihr vorgegangen war. »Du erdrückst mich und machst alles kaputt«, sagte sie leise. Nach und nach hatte sich dieser Widerwillen in ihr aufgebaut. In seinen Zärtlichkeiten an diesem Wochenende hatte immer etwas mit-

geschwungen, das sie zunächst nicht hatte deuten können. Er hatte versucht, sie zu vereinnahmen, hatte jegliche Initiative von ihr unterbunden und dies gipfelte
in diesem Satz: Du gehörst mir. Ein kalter Schauer lief
ihr über den Rücken. Das Schlimmste: Er schaute sie
verwirrt und verletzt an. Er wusste gar nicht, dass er gerade alles kaputtmachte.

»Ich möchte nach Hause.«

»Nein. Du kannst jetzt nicht gehen. Wir werden jetzt
reden und dann werden wir die letzten Stunden des
Wochenendes nutzen.«

Meinte er ernsthaft, dass sie einfach so weitermachen
würde? Weitermachen könnte? Plötzlich fiel ihr das Atmen schwer.

»Ich muss hier raus.« Marie sprang auf, griff sich ihre
Jacke an der Garderobe und ihre Handtasche. Bevor Jan
irgendetwas tun oder sagen konnte, verließ sie die Ferienwohnung und lief die Straße hinunter, aus der
Siedlung in Richtung der Hauptstraße. Der Wind zerrte
an ihren Haaren und versperrte ihr immer wieder die
Sicht. Nachdem sie die Straße erreicht hatte, schaute
sie sich um. Der Gedanke, er könne ihr folgen, beunruhigte sie.

Immer weiter lief sie die Straße entlang, den Wind im
Rücken. Dass der auflandig blies, realisierte sie nicht.
Sie ließ sich mehr von der Brise treiben, als selbst über
ihre Richtung zu entscheiden. Immer weiter geradeaus,
an der Straße entlang. Einzelne Autos passierten sie,
fuhren in gleicher Richtung oder kamen ihr entgegen.
Unten neben dem Weg schwappten Wellen gegen die
Steine. Ohne es zu merken, war sie ein großes Stück des
Damms entlanggelaufen, der Rømø mit dem Festland

verband. Ihre Unruhe trieb sie weiter. War sie eine Stunde gelaufen? Zwei? Die Lichter des Festlands zeichneten sich immer deutlicher ab. Marie wusste, dass die Küste näher wirkte, als sie tatsächlich war. Der Wind frischte auf, dicke Wolken zogen auf. Vor ihr schien noch der Mond auf Damm und Wasser, hinter ihr verdeckten dichte Wolken das Licht der Sterne. Marie lief weiter, doch die Regenfront holte sie ein. Aus einzelnen Tropfen wurden schnell viele. Zwar waren sie klein, trotzdem war Marie in kurzer Zeit durchnässt. Das Wasser tropfte ihr von der wasserdichten Jacke auf die Hose und lief in die Schuhe hinein, was das Gehen unangenehm machte. Trotzdem oder gerade deswegen war aber stehen bleiben längst keine Option mehr. Weiter und weiter führten ihre Schritte allmählich dem Festland zu. Hinter sich hörte sie ein Auto herankommen. Als es neben ihr das Tempo verringerte, schaute sie erschreckt herüber. Erleichtert bemerkte sie das dänische Kennzeichen.

»Har du brug for hjælp?«

»Wie bitte?« Der Wind pfiff ihr inzwischen um die Kapuze und riss die Frage des Fahrers mit sich.

»Do you need help?«

Kurz überlegte Marie, ob es richtig wäre, in ein fremdes Auto einzusteigen, aber dann wehte ihr eine Regensalve ins Gesicht.

»Yes. Can you take me?«

Der Mann deutete auf den Beifahrersitz und Marie stieg zu ihm in den Wagen. Sobald sie die Tür geschlossen hatte, verstummte das Rauschen und sie wurde sich bewusst, wie nass sie inzwischen war.

»Where do you want to go?«

Wie hieß der Ort an der Küste, in dem sie nach Rømø abgebogen waren?

»Skaerbaek?«

»Ok.« Schweigend gab der Mann Gas und beschleunigte. Einige Male musste er gegensteuern, wenn eine Windbö den Wagen zur Seite drängen wollte, aber wenige Minuten später war der Ortseingang erreicht.

»Könnten Sie mich zum Bahnhof bringen? Station?«

»Ja, det er muligt.«

Marie war sich nicht einmal sicher gewesen, ob es in dem Städtchen einen Bahnhof gab und war nun froh, dass dem so war. Kurze Zeit später verabschiedete sich der Fahrer von ihr.

»Tusind tak!« So sagte man doch hier in Dänemark oder?

»Du er velkommen! Good luck!«, wünschte er noch, bevor er weiterfuhr.

Marie schaute an dem alten Backsteinbau hinauf. Der Regen hatte inzwischen aufgehört. Aber der Wind wehte noch immer und kühlte ihre nassen Hosenbeine. Zitternd suchte Marie nach dem Eingang, aber der war verschlossen. Suchend ging sie um das Gebäude herum. Am Bahnsteig fand sie einen Fahrkartenautomaten. Mühsam übersetzte sie die dänischen Worte und kaufte sich eine Fahrkarte nach Tønder. So hatte es die Suche mit dem Smartphone empfohlen, dort würde sie weiter nach Niebüll fahren und dann nach Husum. Wie lange das dauerte, war ihr gleichgültig.

Inzwischen fror sie erbärmlich. Die Muskeln zitterten und sie lief am Bahnsteig auf und ab, um sich zu wärmen.

Im Zug war es zudem warm, aber ihre Hose trocknete nur langsam. Also fror sie weiter und die Fahrt ging viel zu schnell vorbei. Seufzend stand sie auf und verließ den Waggon.

In Tønder löste sie die nächste Fahrkarte nach Niebüll. Der Zug würde erst in einer halben Stunde fahren. Auf der Suche nach einem warmen Unterstand oder einer Wartehalle umrundete sie das Bahnhofsgebäude, das wie das in Skaerbaek aus gelbem Backstein gebaut war, mit Absätzen aus rotem Stein. Die beiden Bauwerke sahen sich sehr ähnlich. Leider waren beide geschlossen, sodass Marie auf den Bahnsteig zurückkehrte. Hier gab es ein grob gezimmertes Wartehäuschen, das sie zumindest vor dem Wind schütze. Bibbernd dachte sie an den Streit mit Jan zurück. Na ja, Streit konnte man den Wortwechsel eigentlich nicht nennen. Das Wochenende, als romantische Zeit zu zweit geplant, war zu einem Gefängnis geworden. Sie schüttelte sich bei der Erinnerung. Warum erkannte sie erst jetzt, wie eng er jede ihrer Bewegungen begleitete, ja kontrollierte? Erst dieser Satz hatte das Band zwischen ihnen zerrissen. Sie war verdammt noch mal nicht sein Eigentum. Wie kam er darauf? Hatte sie ihn so falsch eingeschätzt? Tränen liefen über ihr Gesicht. Wo war der liebevolle, sensible Mann, den sie in Jan kennengelernt hatte, an diesem Wochenende geblieben?

Der Zug fuhr ein und sie suchte sich einen Platz. Erneut hatte Regen eingesetzt und mischte sich mit ihren Tränen zu einem feuchten Film, den sie im Waggon energisch mit den Händen wegwischte. Sie wollte nicht weinen.

In Niebüll fiel es ihr leichter, sich die passende Fahrkarte zu besorgen. Irgendwie erleichtert las sie die deutschen Texte auf Werbeplakaten und dem Automaten. Jetzt dauerte es nicht mehr lange und sie war zu Hause. Die Wartezeit verbrachte sie, indem sie auf und ab ging, auf den Füßen wippte und unauffällig Kniebeugen machte. Trotzdem fror sie noch immer bitterlich. Längst schienen Füße und Beine aus Eis zu sein und das strahlte in den Oberkörper aus, der eigentlich in der Jacke trocken und warm eingepackt war. Wieder in den Zug, in die wohlige Wärme, und schließlich stieg sie übermüdet in Husum aus. Wie lange war sie gewandert? Über eine Stunde war sie sicher gelaufen, bis der Däne sie aufgelesen hatte. Die letzten Schritte musste sie einfach auch noch schaffen. Dann warteten eine warme Wohnung, trockene Sachen und ihr Bett auf sie. Ohne es verhindern zu können, wurde sie dennoch langsamer auf ihrem Weg. Die Füße wurden schwerer und sie merkte, dass sie fast allein auf den nächtlichen Straßen von Husum unterwegs war.

Mit zitternden Fingern schloss sie schließlich ihre Wohnungstür auf. Drinnen schlüpfte sie aus ihren Schuhen, legte Schlüssel, Handy und Tasche ab und ging direkt ins Schlafzimmer. Eigentlich hatte sie Durst, aber die Müdigkeit forderte ihren Tribut. Raus aus den klammen Sachen befahl sie sich. Die Hose ließ sie neben das Bett fallen, gleich daneben Jacke und Pullover. Bibbernd rieb sie über ihre Beine, die sich eiskalt anfühlten und gerötet waren. Sie zog eine Jogginghose aus dem Schrank und ein Sweatshirt. Als sie beides angezogen hatte, suchte sie nach ihren dicken Kuschelsocken. Mist, die hatte sie nach Dänemark mitgenommen. Tränen traten ihr in die Augen. Sie würde doch nicht wegen einer solchen Kleinigkeit weinen? Die Sportsocken aus Frottee mussten auch reichen. Bis zur Heizung schleppte sie sich und drehte die Temperatur höher, bevor sie ins Bett kroch. Die Bettdecke bis ans Kinn hochgezogen, schlief sie schließlich ein.

***

Jan starrte in das Feuer des Ofens. Eine Stunde war Marie nun unterwegs. Er hatte sie gehen lassen, vollkommen überrascht durch ihre Vorwürfe. Wenn sie mehr Raum brauchte, so sollte sie diesen haben. Er hatte immer geglaubt, sie wäre genauso versessen auf seine Nähe, wie er. Er brauchte Marie wie die Luft zum Atmen.

Ja, er war eifersüchtig, gerade wenn es um seinen Bruder ging. Zu wissen, dass die beiden zusammenarbeiteten, machte ihn verrückt. War es falsch, dass er sich wünschte, dass sie ausschließlich ihn liebte?

Regen klatschte gegen die Fenster und er beobachtete, wie die Tropfen an der Scheibe herabliefen. Langsam machte er sich Sorgen. Hatte sie ihre Jacke angezogen? Er schaute an der Garderobe nach. Ja, die Jacke fehlte, ebenso ihre Tasche. Jan nahm sein Handy und wählte ihre Nummer. Als sich die Mailbox meldete, legte er auf. Sollte er sie suchen? Der Schlüssel des Ferienhauses hing am Haken. Wenn er sie suchte und sie in der Zeit zurückkkam, stand sie vor verschlossener Tür. Seufzend setzte er sich wieder ans Feuer. Noch einmal versuchte er vergeblich, sie zu erreichen.

tippte er in den Messenger. Nach kurzem Überlegen setzte er noch ein Herz hinzu und tippte auf Senden.

Sein Smartphone blieb still, während der Wind draußen um das Häuschen pfiff. War es vorhin auch schon so stürmisch gewesen? Immerhin hatte der Regen aufgehört. Dann kam ihm der Gedanke, ihr Handy zu orten und sie mit dem Auto abzuholen. Verwirrt starrte er auf sein Display. Maries Standort wurde auf dem Festland angezeigt, südlich von Skaerbaek.

War ihr Handy geklaut worden? Sie hatten das Ferienhäuschen fast nie verlassen, und wenn er den Abend Revue passieren ließ, hatte sie noch nach dem Wetter geschaut heute Abend. Konnte sie selbst schon so weit gekommen sein? Jan aktualisierte die Anzeige der Position und siehe da, der Punkt befand sich in Tönder. Sie war auf dem Weg nach Hause. Allein.

Trotz des Feuers wurde ihm kalt. Was war da in ihren letzten gemeinsamen Minuten geschehen? Ohne einen klaren Gedanken fassen zu können, starrte er auf den Ofen. Das Feuer hinter der Scheibe hatte er am Nachmittag immer wieder unterhalten, jetzt ergriffen die Flammen den letzten Holzscheit. Das Holz wurde schwarz, glühte auf und die Flammen erstarben nach und nach. Nur noch sanftes Glimmen leuchtete schwach durch die Scheibe. Wie viel Zeit mochte vergangen sein und wo war Marie? Noch einmal aktualisierte er die Standortsuche und siehe da, sie war fast in Husum. Einerseits erleichtert wurde sich Jan bewusst, wie sehr sie ihm fehlte. Sie sollte jetzt hier neben ihm sein und dem Sterben der Flammen zusehen. Er hatte sich gewünscht, das Wochenende ruhig ausklingen zu lassen, mit ihr im Arm zu sitzen, ihren Duft zu genießen. Stattdessen saß er nun allein in Dänemark. Seufzend räumte er die Weingläser in die Küche und spülte sie ab. Hier wäre morgen nicht mehr viel zu tun, stellte er mit einem kurzen Kontrollblick fest. Er schaltete das Licht aus, schaute noch einmal nach dem Ofen und ging hinauf ins Schlafzimmer.

Das Bett roch nach Marie und nach der gemeinsamen Nacht. Einer Faust gleich trafen diese Erinnerungen auf seine Erkenntnis, sie vertrieben zu haben. Wenn er nur genau wüsste, warum sie gegangen war. Grübelnd wälzte er sich, ohne Schlaf zu finden.

»Moin Jan, wie war euer Wochenende?« Arne begrüßte seinen Bruder mit kritischem Blick. Was er sah, wusste Jan nur zu genau. Nach der kurzen Nacht hatte er heute Morgen ein reichlich müdes Gesicht im Spiegel gesehen.

»Moin, ich leg mich erst noch mal hin.«

»Hast wohl wenig Schlaf bekommen, wie?« Sein Bruder schlug ihm mit einem breiten Grinsen auf die Schulter, was Jan unkommentiert ließ.

Ob Marie sich melden würde wegen ihrer Tasche? Die hatte er heute Morgen gepackt und mitgenommen. Es fühlte sich merkwürdig an, die Tasche in sein Appartement zu bringen, ohne mit ihr gesprochen zu haben. Tatsächlich war er aber so müde, dass er sich, ohne weiter darüber nachzudenken, hinlegte.

Für den nächsten Morgen hatte er Büroarbeit geplant. Also fuhr er gemeinsam mit Arne in die Firma. Morgens wurde zwischen ihnen nie viel gesprochen und so hielten sie es auch heute. Sie waren um halb sieben die Ersten und schlossen auf. Bald danach kamen die Schreiner und Monteure, etwas später auch die Büroangestellten.

Jan holte sich den zweiten Kaffee an diesem Morgen und bemerkte, dass Maries Schreibtisch noch immer leer war. Beunruhigt schaute er auf den Parkplatz, konnte aber ihren Kleinwagen nicht entdecken. Hatte sie sich freigenommen? Davon hätte sie ihm doch sicher erzählt. Er nippte an seinem Kaffee.

»Jan, hast du Marie freigegeben?« Sein Bruder trat neben ihn.

»Nein, sie hat nicht erwähnt, dass sie sich freigenommen hat.«

»Ich weiß von nichts und sie müsste ihr Urlaubsgesuch mit mir abklären. Wo ist sie?«

Jan zog sein Handy aus der Hosentasche. Auf seine Textnachricht hatte er keine Antwort erhalten. Er wählte ihre Nummer, bekam aber sofort die Mailbox.

»Sie geht nicht ran.« Noch einmal ließ er ihren Standort aktualisieren. Seit vorgestern Nacht hatte der sich nicht verändert. Marie war zu Hause in ihrem Husumer Appartement. Dass sie ihn ignorierte, mochte ja angehen, auch wenn er den Gedanken kaum ertrug. Aber dass sie heute nicht zur Arbeit erschien, machte ihn nachdenklich. Wollte sie die Firma verlassen?

Dass sein Bruder ihn kritisch musterte, machte die Sache nicht besser.

»Gibt es etwas, das ich wissen sollte?«, fragte Arne nach. »Habt ihr euch gestritten?«

Darüber wollte Jan nicht sprechen, merkte aber, dass er rot wurde. Noch nie hatte er geschafft, Dinge, die ihn beschäftigten, vor Arne geheimzuhalten. Deshalb nickte er.

»Etwa so heftig, dass Marie deswegen nicht zur Arbeit kommen würde?«

»Nein«, so hoffte er zumindest. »Vielleicht sollte ich mal zu ihr fahren«, überlegte er halblaut.

»Mach das und regelt euer Privatleben. Hier wartet Arbeit auf euch, auf euch beide!«

Noch einmal fühlte Jan sich eindringlich gemustert und schluckte.

Er leerte seine Tasse und holte sich den Autoschlüssel. Erst auf dem Weg zu Maries Wohnung spürte er seiner Sorge um sie nach.

Folgen

Krach. Zu laut! Wieder hörte sie den Lärm und ordnete mühsam zu, dass es ihre Türglocke war, die da im Sturm geläutet wurde. Aufhören!

Einen Moment war es ruhig, dann wurde wieder geklingelt.

Stöhnend rollte Marie auf die Seite und schlug die Bettdecke zurück. Mit halb geschlossenen Lidern tappte sie zur Tür und öffnete.

Einen Moment schloss sie die Augen, als der Lärm aufhörte. Endlich. Dann blinzelte sie. Es dauerte einige Sekunden, bis sie erkannte, wer vor ihrer Tür stand.

»Geh weg!« Sie gab der Tür einen Stoß und drehte sich um. Sie hatte Kopfschmerzen, ach was, ihr Schädel drohte zu zerplatzen. Auch verspürte sie Durst, aber noch stärker als diese Empfindungen war das Gefühl extremer Kälte. Sie fror bitterlich und glaubte Eisfüße zu haben. Als sie an sich herabschaute, sah sie eine dicke Jogginghose und Socken. Sie stand nicht mit bloßen Füßen auf den Fliesen, auch wenn es sich so anfühlte. Marie hörte, dass ihre Zähne aufeinanderschlugen. Das Zittern erfasste ihren gesamten Körper und sie beschloss, wieder ins Bett zu gehen.

Unter ihrer Decke ging das Bibbern weiter und steigerte sich noch. Der Kopf schien nicht mehr sofort zu platzen, seit er auf dem kühlen Kissen lag, aber die Kälte füllte sie aus, ließ ihre Glieder schlottern. Sie zog sich die Decke bis zum Kinn hoch und rollte sich zu einer kleinen Kugel zusammen.

***

Autsch! Jan rieb sich die Hand. Unwillkürlich hatte er in den Türrahmen gegriffen, um Marie daran zu hindern, ihre Wohnungstür zu schließen. Sie hatte ihm die Hand eingeklemmt, aber die Tür stand noch immer offen. Vorsichtig drückte er dagegen.

»Marie?« Im Flur war sie nicht mehr. Er überlegte, ob es klug war, ihre Wohnung zu betreten, nach allem, was am Wochenende passiert war. Noch einmal rief er: »Marie?«

Sie gab ihm keine Antwort. Vorsichtig betrat er ihren Flur und schaute sich um. Die Schuhe, die sie in Dänemark getragen hatte, standen dort. Leise schloss er die Tür hinter sich. Er musste einfach mit ihr reden, es zumindest versuchen.

Drei Türen gingen vom Flur ab, in der einen war unten ein Gitter angebracht, durch die aber kein Lichtschein drang, also war sie nicht im Bad. Die Tür zur Küche stand offen und gewährte einen Blick auf den sich anschließenden Wohnraum. Somit blieb nur noch die geschlossene Schlafzimmertür. Er zögerte. War es übergriffig, in ihr Schlafzimmer einzudringen? Ja, gestand er sich ein. Trotzdem ging er wie unter Zwang auf die Tür zu.

Jan klopfte an, bekam aber keine Antwort. »Marie?« Auch auf die leise Frage tat sich nichts.

Vorsichtig drückte er die Klinke hinunter und öffnete. Sie lag in ihrem Bett, wobei er nur ihre verwuschelten Haare sah, so weit hatte sie sich zugedeckt. Noch einmal sprach er sie an, ging dann zu ihr und legte ihr die Hand auf die Schulter. Sie reagierte nicht.

Sachte strich er ihr die Haare aus dem Gesicht und stutzte. Nicht nur, dass sie überhaupt nicht auf die Berührung reagierte, sie glühte. Vorsichtig tastete er nach ihrer Stirn und legte ihr dann eine Hand in den Nacken. Obwohl sie noch immer zitterte, war ihre Temperatur unnatürlich hoch. Prüfend betrachtete er sie. Das Gesicht war blass und die Haut wirkte stumpf. Vorsichtig strich er ihr über die Wange. »Marie? Kannst du mich hören?«

Keine Reaktion.

Wenn sie fror, würde ihr Wärme helfen. Jan machte kehrt und ging ins Badezimmer. Ob Marie eine Wärmflasche hatte? Tatsächlich fand er im Badezimmerschrank eine und nahm sie mit in die Küche. Ein Wasserkocher stand dort, den er füllte und einschaltete. Die Küche wirkte sehr aufgeräumt. Nicht ein Teil Geschirr oder Besteck war zu sehen, ja nicht einmal ein Krümel. Es wirkte, als habe niemand die Einrichtung benutzt in den letzten Tagen. So apathisch, wie Marie ihm erschienen war, konnte sie nicht aufgeräumt haben. Das bedeutete, dass sie seit Längerem nichts gegessen oder getrunken hatte.

Soviel Jan wusste, galt es bei Krankheit, vor allem bei Fieber, regelmäßig zu trinken. Er nahm sein Smartphone und rief seinen Bruder an.

»Arne, ich bin bei Marie zu Hause, sie ist krank und hat Schüttelfrost. Ich werde erst einmal hierbleiben und mich um sie kümmern.«

Auch wenn er deutlich spürte, dass sein Bruder eine Vielzahl von Fragen hatte, so nahm er doch die Erklärung widerspruchslos hin.

Das Wasser hatte inzwischen die richtige Temperatur und Jan füllte es in die Wärmflasche. Dann füllte er den Wasserkocher ein zweites Mal für einen Tee, brachte aber zuerst die Wärmflasche ins Schlafzimmer. Hoffentlich wurde Marie nicht gerade jetzt wach, während er sich unter ihrer Decke zu schaffen machte. Vorsichtig legte er ihr die Wärmflasche auf den Bauch und deckte sie wieder sorgsam zu. Hier im Schlafzimmer entdeckte er auf Anhieb keine Wasserflasche oder Ähnliches. Hatte Marie tatsächlich nichts getrunken? Vorsichtig ergriff er ihre Hand und strich über ihren Handrücken. Als sie nicht reagierte, kniff er sacht in die Haut und beobachtete, wie sich die Falte nur langsam zurückbildete. Sie war also tatsächlich dehydriert. Auf dem Rückweg in die Küche schaute er nach einem Vorratsraum oder Ähnlichem. Er fand nirgendwo eine Wasserkiste oder andere kalten Getränke. Auch ein Blick in den Kühlschrank brachte nichts.

Nach kurzer Überlegung wählte er die Nummer seines Hausarztes. Nachdem er die Situation geschildert hatte, bekam er dort die Zusage, dass der Mediziner im Mittag zu einem Hausbesuch käme.

Bis dahin wollte Jan Marie aber zum Trinken animieren. Er goss einen Tee auf. In den Küchenschränken hatte er eine große Auswahl gefunden und sich für die Lindenblüten entschieden. Ein Löffel Honig sollte ihr etwas Energie zurückgeben. Nachdem die Flüssigkeit abgekühlt war, trug er eine Tasse ins Schlafzimmer.

»Marie, ich habe dir einen Tee gemacht.« Behutsam half er ihr, sich etwas aufzurichten, und hielt ihr die Tasse an die Lippen. Tatsächlich schluckte Marie, trank eine halbe Tasse, was ihn erleichterte. Vorsichtig ließ er sie zurücksinken auf ihr Kissen und deckte sie zu. Als er ihr wieder ins Gesicht schaute, blickte er in offene Augen und erschrak. Würde sie ihn jetzt hochkant rauswerfen?

»Papa?«

Hatte er sich verhört? Bevor er nachfragen konnte, hatte sie ihre Augen schon wieder geschlossen.

Ob sie wohl ein Fieberthermometer hatte? Jan hatte Skrupel, ihre Schränke zu durchsuchen und dachte an den Arzt, der sicherlich die Temperatur feststellen würde. So blieb er einfach neben ihr am Bett sitzen.

Mittags klingelte es und Dr. Walter erschien zum angekündigten Hausbesuch.

Marie zitterte inzwischen nicht mehr und Jan hatte die Wärmflasche beiseitegelegt.

Fragend deutete der Arzt darauf und Jan erklärte: »Als ich heute Morgen eintraf, fror Marie. Sie zitterte am ganzen Leib und da habe ich ihr eine Wärmflasche gegeben. Sobald das Zittern aufhörte, habe ich sie weggelegt, weil mir ihre Temperatur sehr hoch erscheint.«

Der Arzt hatte sich inzwischen auf die Bettkante gesetzt und mit einem Stirnthermometer die Temperatur gemessen. Es waren fast vierzig Grad.

»Hat die Patientin in der letzten Zeit gegessen oder getrunken?«

»Im Lauf des Vormittags habe ich ihr eine Tasse Tee einflößen können, vermutlich hat sie aber vorher längere Zeit nicht getrunken.« Jan berichtete von seinen Beobachtungen.

Währenddessen untersuchte der Mediziner Marie weiter. Schließlich wandte er sich an Jan. »Es gibt zwei

Möglichkeiten: Entweder veranlasse ich jetzt die Verlegung ins Krankenhaus oder jemand muss sich rund um die Uhr um sie kümmern. Was meinen Sie?«

»Auf jeden Fall werde ich mich um sie kümmern. Was ist zu tun?«

Nachdenklich nickte Dr. Walter. »Es sind einige Medikamente zu besorgen. Sie braucht regelmäßig Flüssigkeit, auch nach der Infusion, die ich noch anlegen werde.« Er übergab Jan die Flasche mit der Kochsalzlösung und legte den Zugang. Nachdem er die Tropfgeschwindigkeit kontrolliert hatte, rückte er vom Bett weg und notierte einiges auf seinem Rezeptblock. Noch einmal schaute er nach dem Tropf. »Wo kann ich mir die Hände waschen?«

Jan beschrieb ihm den Weg zum Bad. Das Tropfen der Infusion zu beobachten hatte eine merkwürdig beruhigende Wirkung auf ihn und so schrak er fast auf, als der Arzt plötzlich wieder hinter ihm stand.

Auch der schaute kurz auf die Infusionsflasche und packte dann seine Tasche zusammen. Zuletzt nahm er Handschuhe, Tupfer und ein kleines Pflaster heraus. »Trauen Sie sich zu, die Braunüle zu entfernen?« Nach Jans Nicken beschrieb er, was zu tun sei und fuhr fort:

»Geben Sie mir bitte morgen kurz Bescheid, wie es der Patientin geht. Sollte es nicht wesentlich besser sein, würde ich eine Einlieferung in die Klinik erwägen.«

Nachdem der Arzt gegangen war, zog Jan vorsichtig die Kanüle aus Maries Arm und drückte die Stelle mit dem Tupfer ab. Dann stand er auf, um das Infusionszubehör zu entsorgen. Mit einer weiteren Tasse Tee kehrte er ins Schlafzimmer zurück. Marie kam ihm etwas frischer vor oder irrte er sich? Er stützte ihren

Kopf, um ihr Tee zu geben, und freute sich, dass sie einige Schlucke trank.

Erstaunt nahm er wahr, dass sie die Bettdecke zurückschlug und aufstand. Besorgt verfolgte er, wie sie wackelig aufstand und mit halbgeschlossenen Augen zum Bad schwankte.

***

Marie seufzte. Die Erleichterung, die Toilette trotz der Kopfschmerzen erreicht zu haben und ihre Blase zu entleeren, war riesig. Kurz blieb sie entspannt sitzen, merkte dann aber, wie kalt es in ihrem Bad war. Schon wieder begannen ihre Muskeln zu zittern. Der erste Versuch aufzustehen, misslang. Sie hörte ein leises Wimmern im Bad widerhallen, kam das von ihr?

»Kann ich dir helfen?«

Marie erschrak. Jan steckte vorsichtig seinen Kopf zur Tür herein. Wie kam er in ihre Wohnung?

Marie schluckte, weil ihre Kehle sich trocken anfühlte. »Ich kann nicht aufstehen«, brachte sie mit klappernden Zähnen hervor. Ob er sie überhaupt verstanden hatte?

Jan trat auf sie zu. »Ich helfe dir. Halt dich an mir fest.« Vorsichtig zog er sie auf die Füße und richtete sie auf, dann bückte er sich noch einmal, um ihre Hose hochzuziehen. Marie schloss die Augen, so sehr schämte sie sich. Was machte er überhaupt hier? Ihr ganzer Körper schlotterte wieder, obwohl sie versuchte, ihren Schüttelfrost zu unterdrücken.

»Nicht erschrecken, ich trage dich zurück zum Bett«, kaum hatte sie den Satz gehört, hatte Jan sie behutsam

283

auf seine Arme genommen und bugsierte sie aus dem engen Bad heraus. Kurze Zeit später lag sie in ihrem Bett und Jan steckte die Bettdecke um sie herum fest, während sie zitterte. Sie schaute ihn nicht an, wollte das Mitleid in seinem Blick nicht sehen. Sie ertrug es nicht, so hilflos zu sein.

***

Jan schaute auf Marie herunter. Schlief sie? Ihr Körper bebte, während ihre Augen fest geschlossen waren. Nachdem er sie eine Weile beobachtet hatte, ging er ins Bad zurück, um abzuspülen. Wie entsetzt Marie ihn angestarrt hatte. Ja, er wusste, dass sie ihn nicht hatte hereinlassen wollen, aber er konnte sie doch so nicht allein lassen! Verdammt, selbst zur Apotheke traute er sich nicht.

Nachdenklich ging er in die Küche und machte sich einen Tee. Mit der Tasse in der Hand griff er zum Handy, das auf dem Tisch lag und schaltete es ein. Fast ließ er es fallen, als es vibrierte und er realisierte, dass er Maries Smartphone in der Hand hielt. *Nele* stand auf dem Display und er nahm ab.

»Ja?«

»Jan?«

Er konnte sich vorstellen, wie erstaunt Nele sein musste, dass er sich unter Maries Nummer meldete.

»Ist was passiert? Ich kann Marie seit vorgestern nicht erreichen.«

»Marie ist krank«, mit wenigen Worten beschrieb er, wie es ihr ging.

»Soll ich vorbeikommen? Braucht ihr irgendwas?«

»Ich habe ein Rezept für sie und müsste zur Apotheke, traue mich aber gerade nicht, sie alleinzulassen.«

Sie vereinbarten, dass Nele ihn in einer Stunde ablösen würde, damit er zur Apotheke gehen und noch etwas arbeiten könnte.

***

»Was ist denn passiert?« Neles Frage weckte Marie, die sich kurz wunderte und sich dann auf die Seite drehte. Aus der Küche drangen leise Stimmen an ihr Ohr und wacher werdend lauschte sie dem Gespräch.

»Marie ist allein heimgefahren, schon am Samstagabend oder besser gesagt in der Nacht.«

»Habt ihr euch gestritten?«

Marie hörte Jan tief aufseufzen. »Nein, nicht wirklich. Ich bin mir nicht sicher, was sie fortgetrieben hat.«

Stille folgte und Marie stellte sich vor, wie Nele Jan skeptisch anschaute. Das machte sie immer so und bekam meistens heraus, was sie herausfinden wollte.

»Ich war sehr eifersüchtig, schon vor unserer Fahrt. Nein, es war einer der Gründe, das Wochenendhaus zu buchen, um mit Marie von Arne wegzukommen. Sie arbeiten so eng zusammen und verstehen sich offensichtlich gut. Dann war da dieser Kellner, ein Surfer. Braungebrannt war er, blonde Haare. Marie war von seinem dänischen Akzent total hingerissen.«

»Und du denkst, Marie ist so oberflächlich, das, was sie mit dir verbindet, wegzuwerfen für einen Surfer, der ihr zufällig über den Weg läuft?«

»Nein«, gab Jan zögerlich zu.

»Hast du ihr eine Szene gemacht?«

»Nein. Ich habe sie bedrängt, wollte ihre Aufmerksamkeit, ihre Zärtlichkeit ...«, er stockte.

»Was hast du getan?« Neles Stimme klang hart.

»Ich weiß es nicht«, gab er kleinlaut zu. »Sie hat mich fortgestoßen und ist gegangen, einfach fortgegangen. Sie ist rüber gelaufen aufs Festland und dann mit dem Zug heimgefahren. Während sie auf dem Damm unterwegs war, hat es heftig geregnet. Sie muss komplett durchnässt worden sein.«

»Und du hast sie einfach gehen lassen?«

»Ich wusste ja nicht, wohin sie wollte. Erst dachte ich, sie geht nur eine kurze Runde und dann hatte sie das Handy ausgeschaltet. Ich wäre niemals auf die Idee gekommen, dass sie bis zum Festland laufen würde. Es sind mindestens fünfzehn Kilometer über den Damm bis nach Skærbæk.« Nach einer Weile, in der es still war in der Küche, hörte Marie: »Ich gehe jetzt zur Apotheke.«

Die Wohnungstür schlug zu und Marie hörte Schritte näherkommen.

»Was machst du denn für Sachen?«

Mühsam schlug Marie ihre Augen auf und schaute die Freundin an.

Kopfschüttelnd musterte Nele sie. »Möchtest du etwas trinken?« Sie half Marie, sich aufzusetzen, und reichte ihr die Tasse, die Jan auf den Nachttisch stehengelassen hatte. »Möchtest du noch mehr? Ich kann neuen Tee machen.«

Marie verneinte.

»Und jetzt? Habt ihr euch getrennt?«

»Wir haben noch gar nicht darüber gesprochen«, antwortete Marie leise. Tränen traten ihr in die Augen.

Was wollte sie? Auf Rømø war es ihr zu eng gewesen, sie hatte sich zunehmend eingeengt gefühlt, aber war damit alles vorbei? Wollte sie sich von Jan trennen? Das Denken war anstrengend und Marie schloss die Augen. Sie spürte Neles Hand und hielt sich daran fest, während ihre Gedanken abdrifteten und immer weniger greifbar waren. Noch einmal begehrte sie auf, ergab sich dann aber dem Schlaf.

***

»Sie schläft.« Nele begrüßte Jan leise und gemeinsam gingen sie in die Küche.

Er stellte die Tüte mit den Medikamenten auf den Tisch. »Ist es für dich ok, bis morgen früh zu bleiben?«

»Ja, das habe ich dir doch schon am Telefon gesagt. Ich übernachte heute hier und du kannst in Ruhe noch deine Arbeit erledigen.«

Ja, das wäre vernünftig. Marie war in Neles Obhut und er könnte sich sofort auf den Weg machen. Trotzdem zögerte er.

»Magst du noch einen Tee trinken?«, schlug Nele vor. Sie hatte sein Zögern also bemerkt. Jan stimmte zu und beobachtete, wie sie vollkommen selbstverständlich Wasser erhitzte und Tassen aus dem Schrank nahm. Er selbst hatte sich in Maries Küche wie ein Eindringling gefühlt.

»Magst du mir von eurem Wochenende erzählen?« Nele stellte die Kanne auf den Tisch, nachdem sie eingeschenkt hatte.

Jan berichtete von Belanglosigkeiten in dem Bewusstsein, dass Nele auf etwas ganz anderes wartete. »Mein entscheidender Fehler war wohl der Satz: *Du gehörst mir*, glaube ich. Ab dem Moment war Marie wie ausgewechselt.«

Nele schaute ihn still und nachdenklich an.

»Wie kam es dazu?«

»Was meinst du?«

»Wieso hast du diesen mit Verlaub völlig bescheuerten Satz gesagt?«

»Vermutlich kannst du dir nicht vorstellen, wie es ist, als Zwilling aufzuwachsen, ständigen Vergleichen ausgesetzt, obwohl alle immer wieder betonen, wie ähnlich du deinem Zwilling bist.«

»Ich bin Einzelkind, nein. Aber Marie ist es genau so ergangen, sie ist während der Grundschule ständig mit ihrem Bruder Eike verwechselt worden. Wie sie sich dabei gefühlt hat, weiß ich ziemlich genau, weil es immer wieder Thema zwischen uns war.« Nach einer Pause fügte sie hinzu: »Leider hat sie sich immer als Verliererin gefühlt, war immer die, die egal, was sie leistete, nicht gesehen wurde oder den zweiten Platz bekommen hat, selbst wenn sie objektiv bessere Leistungen brachte.«

»Ja, davon hat Marie mir erzählt und ich kann es ihr nachfühlen. Auch ich bin der Jüngere, nur dass ich die Flucht darin gesucht habe, mich von meinem Bruder zu unterscheiden. Er hat BWL studiert, ich habe eine Lehre als Schreiner gemacht.« Er hielt Neles kritischem Blick stand. »Ich habe eine Therapie gemacht, um mit meiner Eifersucht klarzukommen«, gestand er leise.

»Dann solltest du den Therapeuten wohl noch einmal aufsuchen.«

Jan schluckte. War Nele immer so unverblümt?

Jan zwang sich, seine Arbeit in der Firma zu erledigen. Wann immer seine Gedanken zu Marie driften wollten, drängte er sie mit Gewalt zurück zu den vor ihm liegenden Aufgaben.

»Ich hätte nicht gedacht, dich heute noch zu sehen.« Arne stand hinter ihm, schien auf dem Weg nach Hause zu sein. »Meinst du, du bekommst das Angebot noch fertig?«

»Ja, das kriege ich hin. In etwa zwei Stunden müsste ich alles zusammenhaben.« Jan ließ seinen Blick kurz über die Unterlagen auf seinem Schreibtisch schweifen.

»Wie geht es Marie?«

»Der Arzt meinte, wenn es ihr morgen nicht entschieden besser geht, muss sie ins Krankenhaus. Sie hat hohes Fieber und hatte heute mehrfach Schüttelfrost.«

»Was machst du dann hier? Schön, dass du das Angebot noch fertigstellst, aber die Kunden hätten sicherlich Verständnis dafür gezeigt, wenn es erst später käme.«

»Maries Freundin ist aus Norderstedt gekommen und ist bei ihr. Morgen Vormittag löse ich sie ab. Also versuche ich, noch so viel zu erledigen wie möglich, bevor ich schlafen gehe.«

»Dann wird Marie längere Zeit ausfallen?«

»Diese Woche mindestens, vermutlich länger.«

Arne fluchte leise. »Eine blöde Zeit, um krank zu werden. Sie hat sich endlich eingearbeitet und wollte mir bis zum Wochenende die Zahlen zusammenstellen, die wir brauchen, um über die Expansion zu entscheiden.

Ich hatte gehofft, dass wir endlich in dieser Frage weiterkommen würden.« Nachdenklich starrte er ins Leere. »Dann muss ich erst einmal wieder alles allein machen. Na ja, wie das geht, weiß ich ja noch, dabei hatte ich mich gerade daran gewöhnt, eine Assistentin zu haben.« Er schien zu überlegen, gab sich dann einen sichtbaren Ruck. »Ines besucht mich heute Abend. Wenn du das Angebot bis um zehn mitbringst, nimmt sie es mit und übergibt es persönlich. Dann wären wir die Ersten. Die Investitionssumme übersteigt die für ihre eigene Villa um ein Mehrfaches. Das wäre ein wirklich dicker Auftrag.«

»Ines Roters besucht dich hier in Husum? Eine Premiere, oder?« Jan war sich sicher, dass Arne noch nie eine Frau mit zu sich nach Hause genommen hatte. Sollte diese Liaison doch etwas Ernstes sein? Sein Zwilling wand sich, wirkte verlegen.

»Bis nachher«, beendete Arne das Gespräch und umging so eine Antwort.

Kopfschüttelnd machte sich Jan wieder an seine Arbeit.

Als Jan später die Treppe zur gemeinsamen Wohnküche hinaufstieg, hörte er seinen Bruder leise mit einer Frau sprechen. Fast scheute er sich, die beiden zu stören. Ob sein Bruder sich ähnlich fühlte, wenn Marie und er in der Küche beisammensaßen?

»Guten Abend!«, grüßte er, als er den Raum betrat.

»Hallo Jan, Arne sagte mir, dass Sie das Angebot noch fertiggestellt haben?«

Mit einem Nicken bestätigte Jan und legte die Unterlagen auf dem langen Esstisch ab.

»Dann gebe ich sie morgen an Dietrich weiter. Er ist sehr angetan von meinem Haus und möchte seine Renovierung unbedingt von der gleichen Firma ausgeführt haben.«

»Wir haben übrigens noch Pasta übrig. Wie ich dich kenne, hast du noch nicht zu Abend gegessen, oder?«, unterbrach Arne und wies auf die Küchenzeile.

Tatsächlich hatte Jan keinen Hunger gehabt, solange er konzentriert in der Firma gearbeitet hatte, jetzt knurrte sein Magen. Er füllte sich einen Teller und stellte ihn in die Mikrowelle, bevor er ein Glas Leitungswasser trank. Ja, auch das hatte er während seiner Arbeit vergessen. Noch einmal ließ er Wasser in das Glas laufen und trug es zum Tisch.

»Stört es, wenn ich hier esse?«

»Nein!«, kam es zeitgleich von beiden. Sie wechselten einen Blick, dann bot Ines Roters an: »Vermutlich werden wir uns nun öfter sehen, privat. Sollen wir uns nicht duzen?«

Jan schaute von einem zum anderen. Sowohl in Arnes Gesicht als auch auf den Wangen der sonst so souveränen Ines zeigte sich eine zarte Röte, was ihn grinsen ließ.

»Gern.« Jan streckte Ines die Hand hin.

»Doch nicht so!« Arne war aufgestanden und holte drei Sektgläser aus dem Schrank. Zu Jans Erstaunen nahm er eine Flasche Champagner aus dem Kühlschrank und öffnete sie.

»Auf was stoßen wir an?«, wollte Jan wissen. Er verkniff sich ein Grinsen angesichts der Verlegenheit seines Bruders.

»Wir trinken ganz offiziell Brüderschaft«, half Ines aus. Sie hob ihr Glas. »Ich bin Ines.«

»Jan, aber das ist ja bekannt«, sagte Jan und nahm ebenfalls sein Glas. Nachdem er einen Schluck getrunken hatte, sprach er einen weiteren Toast aus. »Auf euch?«

Sein Bruder versank geradezu in den Augen seines Gastes. Erst verspätet hob auch er sein Glas: »Auf uns!«

»Dann seid ihr jetzt offiziell zusammen?«, hakte Jan nach.

»So könnte man es ausdrücken«, bestätigte Arne. »Glückwunsch!«

Ines wandte sich Jan zu, der seinen Nudelteller aus der Mikrowelle holte und am Tisch Platz nahm. »Wie ich hörte, ist deine Freundin krank?«

Jan nickte, den Mund voller Pasta. Er schluckte und erzählte: »Ich habe vorhin noch mit Nele gesprochen. Maries Fieber ist etwas gesunken durch die Medikamente. Allerdings hat sie zu husten begonnen. Der Arzt wird morgen noch einmal zu ihr kommen, um zu entscheiden, ob sie ins Krankenhaus muss.«

»Dann fehlt dir deine Assistentin länger«, sagte Ines zu Arne.

Der nickte mit zusammengepressten Lippen und nippte an seinem Glas.

»Was hältst du davon, wenn ich aushelfe?«

»Du?« Arne riss erstaunt seine Augen auf.

»Na ja, ich bin keine Buchhalterin, aber als deine Assistentin könnte ich dir Telefonate abnehmen, Kunden betreuen, deren Fragen sammeln und weiterleiten. Ich weiß ja durch meinen Umbau, mit welchen Anliegen sich eure Kunden an euch wenden.«

Jan grinste, ohne seine Mahlzeit zu unterbrechen. Ines war eine der Kundinnen gewesen, die viele Detailfragen gehabt und wiederholt angerufen hatte. Sie hatte seine Geduld auf eine harte Probe gestellt und nur im Blick auf das Auftragsvolumen war es ihm gelungen, immer wieder freundlich zu bleiben.

»Das würdest du wirklich tun? Das Gehalt einer Assistentin liegt weit unter deinen Ansprüchen«, wandte Arne ein.

»Das mache ich auch nicht des Geldes wegen. Wenn du Hilfe brauchst, bin ich für dich da. Ein paar Stunden in der Woche, sagen wir an drei Tagen?«

Arne schaute Jan an. Dem gefiel die Idee. Wenn Ines sich das zutraute, wäre dem Betrieb geholfen und vielleicht fand sie ja sogar so viel Freude an ihrer Mitarbeit, dass Marie etwas weniger eng mit Arne zusammenarbeiten würde. Er rief seine galoppierenden Gedanken mühsam zurück und bedeutete seinem Zwillingsbruder Zustimmung.

»Damit würdest du uns wirklich helfen«, wandte sich Arne Ines zu.

»Guten Morgen Nele, wie geht es Marie heute Morgen?«

»Sie hat tief und fest geschlafen und das Fieber ist nochmals gesunken, aber sie hustet ziemlich. Kommt der Arzt noch einmal zum Hausbesuch oder muss ich ihn anrufen?«

»Das werde ich übernehmen. Ist dir sonst etwas aufgefallen, was ich mitbringen sollte, Saft oder Obst?«

»In diesem Haushalt gibt es fast nichts. Wenn du etwas essen möchtest, musst du es mitbringen. Das letzte

Knäckebrot haben wir heute Morgen verputzt, mit Marmelade.«

Jan schmunzelte, als er sich an den leeren Kühlschrank erinnerte, und überlegte gleichzeitig, was er einkaufen würde. »Wann soll ich dich denn ablösen?«

»Ich habe mir heute freigenommen. Also reicht es, wenn du heute Abend kommst.«

»Wollt ihr bis dahin Diät halten?«

»Nein, hier hängt ein Zettel einer Pizzeria an der Pinnwand. Wir bestellen uns heute Mittag was. Danke.«

Jan verabschiedete sich und plante seinen Tag neu. Wenn er jetzt in die Firma fuhr, konnte er noch zwei offene Projekte abschließen und in den Einkauf weitergeben. Die Montagetour für morgen würde er an Piet delegieren, der hatte ebenso viel Erfahrung wie er selbst, nur den Kunden müsste er informieren. Auf dem Weg zu Marie würde er einkaufen.

Etwas überrascht hörte er gegen Mittag aus Maries Büro eine helle Frauenstimme, die anscheinend telefonierte. Neugierig öffnete er die Tür und warf einen Blick auf ihren Schreibtisch.

»Ja, ich werde Ihre Anfrage an Herrn Petersen weiterleiten. Der Name war Gründgens?«

Jan beobachtete Ines dabei, wie sie die Daten in den Rechner eingab und dann noch einmal wiederholte, um ihre Eintragungen abzugleichen. Freundlich verabschiedete sie sich von ihrem Gesprächspartner und wandte sich ihm zu.

»Hallo Jan, kann ich etwas für dich tun?«

»Nein, danke. Ich bin nur überrascht, dass du heute schon hier bist.«

»So habe ich einen Weg gespart.« Ines blieb regungslos, bis Jan grinste. Dann lachte auch sie. »Falls dich stört, dass ich hier an Maries Schreibtisch sitze, das ist nur heute so. Arne hat so spontan noch keinen anderen Platz für mich gewusst und so kann ich schnell bei ihm nachfragen, wenn ich Hilfe brauche.«

Störte es ihn? Ja, tatsächlich, stellte er fest. Er nickte nachdenklich. Auf der anderen Seite von Arnes Büro war sein eigenes, daneben gab es einen kleinen Raum, der von der Entgeltstelle zuweilen mitgenutzt wurde. Über die Verteilung der Räume würden sie nachdenken müssen, bis Marie wieder arbeiten würde. Na ja, falls Ines nicht nur kurzfristig aushelfen wollte.

***

Die Türklingel weckte Marie aus ihrem Dämmerschlaf. Im Flur hörte sie Nele mit der Gegensprechanlage, dann wurde die Haustür geöffnet. Leises Gemurmel drang aus dem Flur in ihr Schlafzimmer, dann klopfte es und Nele öffnete die Tür.

»Du bist wach, das ist gut. Dr. Walter ist noch einmal gekommen.«

Mit dem Namen konnte Marie nichts anfangen. Auch als der Arzt den Raum betrat, erkannte sie ihn nicht.

»Guten Morgen, Frau Carstens, wie geht es Ihnen?«

Marie versuchte zu sprechen, aber ein Krächzen ging in einen Hustenanfall über. Der Arzt beobachtete sie, während er seine Tasche neben das Bett stellte und seine Jacke auszog.

Nele reichte Marie eine Tasse mit lauwarmem Tee, den sie dankbar annahm. Nach einigen langsam getrunkenen Schlucken wurde es besser. Marie blieb sitzen, auch wenn ihr schwindelig war.

»Ich würde gern Ihre Lunge abhören«, bemerkte der Arzt. Er wartete ihr mattes Nicken ab und holte sein Stethoskop aus der Tasche. »Atmen Sie bitte ruhig aus und ein.«

Das Gerät fühlte sich kalt an auf ihrer Haut, dabei hatte er es zwischen seinen Händen angewärmt. Marie versuchte, gleichmäßig zu atmen, und merkte selbst, dass ihre Atemzüge flach ausfielen. Der Versuch, tief einzuatmen, löste neuerlich Husten aus.

»Sie können sich wieder hinlegen«, sagte Dr. Walter schließlich. »Die Lunge ist ohne auffällige Geräusche. Wie hat sich das Fieber entwickelt?«

Hilfesuchend schaute Marie zu Nele hoch, die an ihrer Stelle antwortete: »Gestern Abend waren es noch neununddreißig Grad, heute Morgen nur achtunddreißig.« Auf die Frage nach Schüttelfrost ergänzte sie: »Heute gab es noch keinen.«

»Das klingt insgesamt positiv«, befand der Arzt. »Trotzdem kann ich Sie noch immer ins Krankenhaus einweisen.« Fragend schaute er auf Marie herab.

Die schüttelte den Kopf. »Wenn es irgendwie anders geht, möchte ich nicht dorthin«, krächzte sie.

Marie wurde durch das Geräusch der Wohnungstür geweckt.

»Wie geht es ihr?«

War das Jans Stimme? Marie spitzte die Ohren. Nele berichtete vom Besuch des Arztes und davon, dass das Krankenhaus erst einmal vom Tisch war.

»Das ist gut. Ich habe eingekauft«, hörte sie Jan sagen, dann wurde etwas auf dem Küchentisch abgestellt und die Stimmen klangen nur leise zu Marie herüber.

»Blöd, dass Marie so lange ausfällt, wo sie doch gerade erst bei euch angefangen hat.«

»Kein Problem. Wir haben wochenlang nach einer Buchhalterin gesucht und die alten Aufteilungen greifen nun wieder. Außerdem haben wir Ersatz gefunden.« Jan sagte noch mehr, was Marie nicht verstand. Den Namen Ines Roters hörte sie noch, konnte sich aber beim besten Willen nicht erinnern, woher ihr der Name bekannt vorkam. Sie hatten also Ersatz für sie gefunden. Marie traten Tränen in die Augen. Würde sie jetzt genauso abgeschoben wie bei Eike und sich am Ende an irgendeinem Schreibtisch in einem kleinen Kämmerchen wiederfinden und die Ablage betreuen? Sie befand sich noch in der Probezeit, also könnte Arne ihr einfach kündigen, fiel ihr ein. Jetzt rächt sich, dass ich vorschnell nach Husum gezogen bin und alle Zelte hinter mir abgebrochen habe. Jetzt sitze ich hier, verliere meine Arbeit und ...

Ein Geräusch schreckte Marie aus ihren düsteren Gedanken auf. Mit geschlossenen Augen lauschte sie, wer in ihr Zimmer schaute. Sie hörte jedoch nur, wie die Tür leise wieder geschlossen wurde.

***

Blass lag Marie in ihrem Bett und eine feine Tränenspur führte von ihrem Auge in das Kissen. Weil sie sich nicht rührte, schloss Jan die Schlafzimmertür wieder leise und ging zurück in die Küche.

»Sie schläft«, stellte er fest. Er überlegte kurz und fragte dann: »Kannst du morgen noch einmal herkommen? Ich habe um sechs einen wichtigen Termin. Es geht nur um den frühen Abend, danach kann ich wieder übernehmen.«

Nele beobachtete ihn und er wurde das Gefühl nicht los, sie könne mühelos hinter seine Fassade schauen.

»Ich habe kurzfristig noch einen Termin bei meinem Therapeuten bekommen.«

Sie nickte langsam, war das Anerkennung in ihrem Blick? »Gut«, bestätigte sie seine Vermutung. »Ihr müsst miteinander reden«, empfahl sie, »aber jetzt muss ich erst mal los.«

Jan brachte sie zur Tür und machte sich daran, die Einkäufe auszupacken. Das Suppengemüse und ein Huhn legte er neben die Spüle. Hoffentlich gab es in dieser Küche überhaupt einen ausreichend großen Topf, fiel ihm plötzlich ein. Bei einer Erkältung gab es nichts Besseres als eine Hühnersuppe, hatte seine Mutter immer gesagt. Die wollte er nun kochen. Er fand, was er suchte und füllte einen großen Kessel mit Wasser. Während sich das Wasser erwärmte, bereitete er Fleisch und Gemüse vor, schließlich fügte er ein Stück Ingwer hinzu und ließ alles köcheln. Erneut spitzte er durch die Tür des Schlafzimmers, aber Marie lag unbewegt und schien noch immer zu schlafen.

Bis die Suppe fertig sein würde, hatte er genügend
Zeit. Er hatte sich Unterlagen aus dem Büro mitgenommen, die er nun auf dem Wohnzimmertisch anordnete.
Nach einer Weile hörte er ein Geräusch aus dem Flur.
War das die Tür vom Bad? Jan stand auf und ging bis
zum Flur, blieb aber lauschend im Türrahmen stehen.
Im Bad war es leise. Gerade als er überlegte, ob er nachschauen sollte, hörte er die Toilettenspülung und kurz
darauf das Wasser im Waschbecken rauschen. Dann
erschien Marie im Flur. Sie schien ihn nicht zu bemerken, sondern tappte zurück zum Schlafzimmer. Er zögerte, folgte ihr aber dann.

»Hallo Marie, brauchst du irgendwas?«

Sie schaute ihn nicht an und er fragte sich, ob sie ihn
überhaupt gehört hatte, aber dann schüttelte sie den
Kopf und drehte sich von ihm weg auf die Seite.

Zwei Stunden später füllte er eine Tasse mit der heißen Brühe und ging zu Marie.

»Ich habe uns Suppe gekocht«, verkündete er schon
von der Tür aus.

Sie schaute zu ihm auf, schien zu zögern. Aber dann
setzte sie sich vorsichtig auf und stopfte sich das Kissen
in den Rücken.

Jan stellte ihr das Tablett mit der Tasse auf die Beine.

»Du hast gekocht?«

Er freute sich, den leisen Spott in ihrer Stimme zu hören. Er nahm es als positives Zeichen, dass es ihr besser
ging.

»Um ehrlich zu sein, habe ich mir von meiner Mutter
erklären lassen, wie es geht. Sie schwört auf Hühnersuppe bei Erkältung.«

Marie probierte unterdessen und verzog anerkennend das Gesicht. »Die ist gut«, kommentierte sie und löffelte weiter. Die Tasse leerte sich schnell und Marie setzte sie an und trank den Rest.

»Möchtest du noch mehr? Oder noch etwas anderes?«

»Kannst du mir noch ein Glas Wasser holen? Jetzt gerade habe ich zwar keinen Durst, aber dann brauche ich später nicht aufstehen.«

»Ich Depp habe auch deine Medikamente vergessen.« Jan beeilte sich, die Tabletten aus der Küche zu holen. Ein Glas Wasser brachte er gleich mit. »Wenn du etwas brauchst, sag Bescheid, ich bin im Wohnzimmer.«

***

Nachts musste Marie noch einmal aufstehen. Von Mal zu Mal klappte der Weg zur Toilette leichter. Auf dem Rückweg ging sie noch in die Küche, um ein Glas Wasser zu trinken. Als sie am Wohnzimmer vorbeikam, sah sie Jan auf ihrer Klappcouch liegen. Ein Bein hing herunter, weil er mehr schlecht als recht auf die Liegefläche passte. Insgesamt sah seine Schlafposition sehr unbequem aus. Trotzdem schien er tief und fest zu schlafen, denn er schnarchte leise.

Marie beobachtete seinen Schlaf von der Tür aus. Sie verstand sich selbst nicht. Was war das zwischen ihnen? Am liebsten hätte sie sich an ihn gekuschelt oder besser, ihn in ihr Bett eingeladen, damit er zumindest richtig schlafen konnte. Stattdessen stand sie hier wie vor einer unsichtbaren Barriere, während ihr langsam kalt wurde.

Schließlich tappte sie zurück ins Schlafzimmer und legte sich ins Bett. Jans im Schlafen entspanntes Gesicht begleitete sie in ihre Träume.

»He du Schlafmütze, willst du nicht endlich mal aufwachen?«

Leise und zärtlich schlich sich eine Stimme in ihre Träume und mit einem Seufzen schlug Marie die Augen auf. Jan stand neben ihrem Bett und im Erwachen war alles vergessen, was in den letzten Tagen geschehen war. Verschlafen lächelte sie ihm zu. Wieso war er schon angezogen und lag nicht neben ihr. Als sie ihn das fragen wollte, folgte auf ein unmelodisches Krächzen ein Hustenanfall und mit ihm fiel ihr alles wieder ein: Die Enge, der kalte Rückweg nach Deutschland und die Barriere war wieder da.

Jan war kurz verschwunden und kam im nächsten Moment mit den Medikamenten zurück. »Hier, das hilft gegen den Husten.« Tatsächlich legte sich der Sirup, den er ihr reichte, wie eine schützende Decke über das Gefühl spitzer Steine im Hals.

»Geht's wieder?«

Marie nickte, schaute ihn aber nicht an. Das Aufwachen hatte sich so gut angefühlt und nun ... Sie schloss die Augen, suchte nach Worten, fand aber keine.

»Möchtest du etwas essen oder einen Tee?« Unsicherheit klang in seiner Stimme mit, die sich nach einer weiteren Entfernung anfühlte und dabei wollte sie ihre Hand ausstrecken, ihn berühren, ihn festhalten. Doch ihr Arm blieb tief unter der Decke vergraben.

»Ich habe Obst gekauft. Meinst du, das geht mit deinem Hals?«

Wenn sie jetzt nickte, ging er aus dem Zimmer, dachte Marie, und tat es. Sie schaute ihm hinterher, sah, wie er in der Tür zum Flur seine Schultern lockerte, sicher von der unbequemen Haltung in der Nacht. Auch erinnerte sie sich an die Sehnsucht, ihn zu spüren, als sie auf ihn heruntergeschaut hatte. Ein tiefer Seufzer löste sich und sie schluckte. Was machte er denn so lange in der Küche? Eine Banane oder einen Apfel zu holen konnte doch nicht so schwer sein. Schließlich hörte sie ihn zurückkommen und widerstand dem Impuls, die Augen zu schließen.

»Madame hatte einen Obstteller bestellt?« Mit großer Geste stellte Jan einen großen Teller auf ihren Schoß. Aus Apfelschnitzen und Bananenscheiben hatte er ein Teddygesicht gezaubert.

Marie konnte nicht anders, sie lachte. »Was ist das denn?«

»Noch eine Spezialität aus dem Hause Petersen. Wenn Suppe nicht hilft, dann ein Vitaminbär.«

Versonnen betrachtete Marie das kleine Kunstwerk. »Der ist ja fast zu schade zum Essen«, rutschte ihr heraus.

»Keine Bange, ich weiß, wie man diese Bären – fängt.« Er grinste sie jungenhaft an. »Man muss schnell sein und gewitzt, aber ich kenne ihre Schwächen und Zack – habe ich einen erwischt.«

Schmunzelnd nahm sie dem Teddy ein Ohr und biss vorsichtig hinein. Es war ein süßer Apfel mit wenig Säure, den ihr Hals gut vertrug. Nach und nach leerte sie den Teller.

»Du bist verrückt«, kommentierte sie. Etwas verlegen registrierte sie, dass Jan sie während der ganzen Zeit nicht aus den Augen gelassen hatte.

»Schön, dich lachen zu hören. Möchtest du noch etwas?«

»Ist noch etwas von dem Lindenblütentee da?«

»Mache ich dir, möchtest du Honig?«

Marie nickte und er machte sich wieder in die Küche auf. Sie hörte ihn mit dem Wasserkocher und der Teekanne hantieren. Es könnte alles so einfach sein, so harmonisch.

Auf dem Nachttisch summte ihr Handy.

»Wie geht es dir? Soll ich etwas mitbringen?« Nele hatte geschrieben.

»Es geht mir besser«, antwortete Marie. Nele war doch bis gestern hier gewesen. Wollte sie schon wieder kommen?

Jan brachte ein Tablett mit Teekanne, Tasse und Honig, das er vorsichtig neben dem Bett abstellte.

»Nele fragt, ob sie was mitbringen soll«, sagte Marie ratlos.

»Hast du Lust, auf etwas Bestimmtes zu essen? Ich hatte nämlich nur die Zutaten für die Hühnersuppe und Obst gekauft. Wenn du Appetit hast, ist das ein gutes Zeichen.«

»Ist denn noch Suppe da?«

Jan bejahte: »Die reicht noch für uns drei.«

Marie antwortete Nele.

»Ich hatte Nele gebeten, heute noch einmal zu kommen, weil ich einen Termin bei meinem Therapeuten habe.«

Marie hob abrupt den Kopf. Was für ein Therapeut?

»Ich habe vor Jahren eine Verhaltenstherapie gemacht. Dadurch haben Arne und ich unsere Aufgaben innerhalb der Firma so gut aufeinander abstimmen können. Damals hat es geholfen.« Er stockte. Dann hob er den Blick und sah Marie in die Augen. »Du bist mir wichtig und ich möchte alles tun, um ...« Wieder brach er ab. »Das heißt«, sammelte er sich, »wenn du mir noch eine Chance gibst.«

Maries Kehle wurde eng. Sie konnte nur nicken und drängte die Tränen zurück, die ihr in die Augen steigen wollten. Dadurch wurde der Kloß in ihrer Kehle noch größer.

Jan unterbrach den Blickkontakt und goss ihr einen Tee ein. Nachdem er einen Löffel Honig hinzugegeben hatte, reichte er Marie die Tasse.

Marie versuchte zu lächeln, merkte aber selbst, dass dies misslang.

»Wenn du noch etwas brauchst, ruf mich«, sagte er leise und ließ sie allein.

Nachdenklich trank sie einen Schluck Tee. Fast schien es ihr, als wolle Jan vermeiden, dass sie womöglich Nein sagen würde. Natürlich würde sie ihm eine Chance geben. In ihrem Hinterkopf krallte sich der Gedanken fest, dass die Angst vor seiner Eifersucht immer da sein würde. War das das Wesen von Neid oder gab es Hilfe?

»Hallo Süße, brauchst du irgendwas?«

Marie schlug die Augen auf und sah Nele im Türrahmen stehen. Verwundert stellte sie fest, dass sie schon wieder einige Stunden geschlafen hatte. Mühsam setzte sie sich auf. Nele kam näher und umarmte sie vorsichtig.

»Puh«, meinte sie sich zurücklehnend, »du müffelst.«

»Was für einen Wochentag haben wir?«

»Mittwoch«, Nele musterte ihre Freundin kritisch. »Du hast behauptet, es ginge dir besser.«

»Tut es ja auch, aber schlafen und essen verrät einem nicht, welcher Tag gerade ist.« Marie war eingeschnappt. Sie ließ sich nicht gern sagen, dass sie stinke, noch weniger jedoch, dass sie nicht auf dem Laufenden sei.

»Ich weiß zwar, dass dein alter Hausarzt immer gesagt hat: *Trinken – Schwitzen – Stinken*, aber ich würde dir einen Besuch im Bad und frische Kleidung empfehlen.«

Seufzend schwang Marie ihre Beine aus dem Bett. Bevor sie irgendetwas sagen konnte, holte Nele ihr einen frischen Schlafanzug aus dem Schrank und trug ihn ins Bad.

»Na los, auch wenn du nicht duschen willst, eine Katzenwäsche wirst du auch als Kranke überstehen.«

Während Marie langsam aufstand und zur Tür tappte, zog Nele entschlossen das Bett ab und riss das Fenster weit auf.

Im Bad angekommen zog Marie das Sweatshirt über den Kopf. Als sie kurz daran schnupperte, musste sie Nele recht geben und stopfte es in den Wäschesammler. Sie wusch sich, rubbelte sich trocken und zog das Pyjamaoberteil an. Dann wechselte sie auch die Hose. Zurück im Schlafzimmer fröstelte sie. Ihr Bett war frisch bezogen und Nele schloss gerade das Fenster.

»Möchtest du jetzt einen Teller Suppe oder schaffst du es, nachher mit uns gemeinsam zu essen?«

»Erst mal muss ich wieder ins Bett.« Marie fühlte sich flau und ihr war kalt.

Kaum lag sie unter der Decke, hörte sie ihren Magen laut knurren.

»Ich mache dann mal eine Portion Suppe für dich warm.« Nele ging in die Küche und Marie hörte sie hantieren. Als sie wiederkam, trug sie einen dampfenden Teller und Marie setzte sich im Bett auf. Inzwischen war ihr wieder warm und sie aß mit großem Appetit.

»Und, habt ihr euch ausgesprochen?«, fragte Nele vorsichtig.

»Noch nicht.« Marie stellte den leeren Teller neben das Bett. »Gestern Nacht habe ich ihn beobachtet. Er schlief entspannt, na ja vermutlich nicht, weil er eigentlich nicht auf mein Sofa passt.« Sie seufzte. »Am liebsten hätte ich mich an ihn gekuschelt, mich von ihm in den Arm nehmen lassen. Aber dann stand ich in der Tür wie vor einer Wand und konnte keinen Schritt zu ihm hingehen.« Sie zog die Decke auf ihrem Schoß glatt. »Vorhin hat er mich gefragt, ob ich ihm noch eine Chance gebe. Ich konnte nichts sagen.«

»Willst du das denn?«

»Ich gäbe alles darum, wenn es wieder so sein könnte wie vor unserer Fahrt nach Rømø.«

»Also willst du ihn noch?«

»Ja«, wieder war ihre Kehle eng und die Stimme klang belegt, »aber ich kann es ihm nicht sagen.«

Die Türklingel unterbrach ihr Gespräch. Mit einem ernsten Blick stand Nele auf und ging zur Gegensprechanlage. Jan war zurück, hörte Marie bis ins Schlafzimmer. Sie rutschte wieder tiefer unter die Decke und hörte zu, wie beide in die Küche gingen. Mit halbem Ohr hörte sie zu, wie sie über das Essen sprachen, betont Belanglosigkeiten wechselten. Trotzdem war die Atmosphäre entspannt und Marie wurde wieder schläfrig.

Ihr Bett bewegte sich und als sie die Augen aufschlug, saß Nele neben ihr. »Ich muss heim. Gönn dir Ruhe, aber rede mit ihm, versprochen?«

»Danke.« Marie richtete sich auf und umarmte ihre Freundin. Hinter ihr sah sie Jan aus dem Bad kommen, der abwartend im Flur stehen blieb.

Nele stand auf und verabschiedete sich auch von Jan mit einer kurzen Umarmung. Leise schloss er die Wohnungstür hinter ihr, zumindest klang es anders, wenn die Tür von außen zugezogen wurde.

»Brauchst du noch etwas?«

Fast erschrak Marie, als er plötzlich wieder in der Tür auftauchte.

»Nein, danke.«

Schweigend schauten sie sich an. Marie wartete, dass er noch etwas sagen würde, sie selbst wollte nicht, dass er sie allein ließ, wusste aber nicht, wie sie das ausdrücken sollte.

Schließlich räusperte sich Jan. »Ich bin dann nebenan.«

Sie wollte ihn nicht einfach gehen lassen, öffnete den Mund und blieb dann doch still.

»Das Gespräch war anstrengend, ich werde mich direkt schlafenlegen.«

»Auf der Klappcouch?«

Jan zuckte mit den Schultern, während er nickte.

Marie sprach weiter, es ging plötzlich viel leichter: »Du passt doch gar nicht auf die Couch.« Auf seinen fragenden Blick erklärte sie: »Gestern Nacht habe ich gesehen, wie du auf dem Sofa gelegen hast. Ein Bein hing über und es sah ziemlich unbequem aus.«

»Ach, das geht schon«, versuchte Jan abzuwiegeln.

Obwohl ihr Herz bis zum Herz klopfte, fragte sie: »Willst du nicht lieber hier schlafen?«

Stumm schaute er sie an.

»Nele hat das Bett frisch bezogen. Die Gefahr, dich anzustecken, ist natürlich da, aber ...«, Marie brach ab.

Mit einem Kopfschütteln bemerkte er: »Darum geht es nicht. Bist du dir sicher, dass ich hier schlafen soll? Willst du das wirklich?«

Sie sah die Hoffnung in seinem Blick, seine Angst. Er sah tatsächlich ziemlich fertig aus.

Plötzlich war es ganz einfach. »Ja, ich möchte, dass du dich zu mir legst.« Es fühlte sich gut an, das zu sagen.

»Ok, dann bis gleich.« Jan verschwand aus ihrem Blickfeld.

Endlich ließ sie das Gefühl von Sehnsucht zu, das sie gestern bei seinem Anblick empfunden hatte. Da war wieder dieses Kribbeln in ihrem Bauch, während sie den Geräuschen im Bad lauschte. Er fehlte ihr, gestand sie sich ein, seine Berührungen, seine Wärme, die Möglichkeit, sich gegen seine breite Schulter zu lehnen.

Dann kam Jan aus dem Bad, löschte das Licht in den anderen Räumen und zögerte noch einmal kurz in der Tür zum Schlafzimmer.

Marie schlug einladend die Bettdecke zur Seite und er kam lächelnd näher. Müde sah er aus und sie beschloss, dass sie heute Abend kein Gespräch mehr beginnen würde. Die Matratze senkte sich, als er sich zunächst setzte und dann hinlegte.

»Gute Nacht«, wünschte er ihr leise und sie antwortete das Gleiche.

Marie schaltete das Licht aus und kurze Zeit später schien er eingeschlafen. Sie hörte seine tiefen Atemzüge und als sie sich auf die Seite drehte, um ihn anzuschauen, sah sie den gleichen entspannten Gesichtsausdruck wie in der vergangenen Nacht. Vorsichtig, um ihn nicht zu stören, legte sie ihre Hand auf seine Schulter. Da war sie wieder, die Vertrautheit, die sie schmerzlich vermisst hatte. Die Berührung überbrückte die Kluft, die sich zwischen ihnen aufgetan hatte. Marie wollte ihn anschauen, über seinen Schlaf wachen und seine Nähe genießen, aber bald fielen ihr selbst die Augen zu.

Eine federleichte Berührung weckte Marie. Wärme strahlte zu ihrer Schläfe herüber, die kurz darauf verschwand, was sie verlockte, die Augen zu öffnen.

»Entschuldige, ich wollte dich nicht wecken.« Jan legte gerade seine Hand vor sich auf die Matratze. Hatte er sie gestreichelt? Warum hatte er aufgehört?

»Guten Morgen, hast du gut geschlafen?«

»Wie ein Stein. Danke, dass ich neben dir schlafen durfte. Dein Sofa ...«

»... ist nichts für Männer von deinem Kaliber.«

Jan verzog bestätigend die Lippen. Seine Augen lächelten und das Blau strahlte zu ihr herüber, sodass sie schlucken musste.

»Wie geht es dir?«, wollte er wissen.

»Viel besser.«

Stille senkte sich über sie, während sie sich anschauten.

Schließlich fasste sich Marie ein Herz. »Du hast mich gefragt, ob ich dir eine Chance geben will. Ich«, obwohl ihr das Sprechen schwerfiel, redete sie weiter: »... habe gemerkt, dass ich nicht ohne dich leben will. Aber ich weiß nicht, ob ich es mit dir kann.« Sie war immer leiser geworden und die letzten Worte klangen verzagt in ihren Ohren.

Das Strahlen in Jans Augen verblasste und er presste die Lippen zusammen. »Ich tue alles, um meinen Fehler wieder gutzumachen. Doktor Ewalds schätzt die Chance auf einen Therapieerfolg gut ein. Ich will meine Eifersucht in den Griff bekommen.«

Sein Blick hatte einen flehenden Ausdruck. Was sollte Marie darauf antworten? Er hatte sich professionelle Hilfe gesucht, das beeindruckte sie und verunsicherte sie gleichzeitig. Unfähig etwas zu sagen, schaute sie ihn an und merkte, dass er immer unruhiger wurde. Schließlich stand er auf und sie hörte ihn im Bad verschwinden.

Traurig schloss sie die Augen. So würden sie ihre Probleme nicht lösen können. Neles Rat: »Rede mit ihm!«, hallte in ihrem Kopf wider. Auch sie stand langsam auf. Schwindel und Schwäche hielten sich in Grenzen und sie beschloss, Kaffee zu machen. Den Kühlschrank fand sie wohlgefüllt vor. Jan hatte umsichtig eingekauft. Sie nahm einen Milchkarton heraus für ihren Milchkaffee und überlegte, was Jan wohl frühstücken wollte. Er hatte Brot gekauft, sah sie. Kurzentschlossen deckte sie den Tisch und war gerade damit fertig, als sie Jan hinter sich hörte.

»Frühstückst du noch mit mir?«, bat sie ihn.

Jan holte die Kaffeekanne, goss ihnen beiden ein und setzte sich an den Tisch. Er räusperte sich. »Ich weiß, dass sich bei mir die Eifersucht langsam gesteigert hat und statt auf Rømø erträglicher zu werden, hat sich das Gefühl weiter verstärkt. Magst du mir erzählen, wie du dich gefühlt hast?«

Nachdenklich trank Marie einen Schluck. »Ich hatte vor unserer Fahrt das Gefühl, dass du Probleme damit hast, Arne und mich zusammen zu sehen. Besonders als Eike angerufen hatte. Dein Bruder wollte mir helfen. Er hat das Telefonat beendet und mich in den Arm genommen, aber diese Umarmung fühlte sich nicht richtig an. Auch als er mir die Hand auf die Schulter gelegt hat, wollte ich das nicht, dabei bin ich mir sicher, er hat es nur gut gemeint.«

»Das war nicht seine Hand, sondern meine, die du abgestreift hast.«

»Oh.« Marie schaute ihn mit aufgerissenen Augen an. Diese Geste hatte bei ihm ja vollkommen falsch ankommen müssen. »Ich war so durcheinander, dass ich das gar nicht bemerkt habe. Ich habe dich damit sehr verletzt.«

»Das habe ich gemerkt. Auch dass du nicht von Arne umarmt werden wolltest, und trotzdem war da dieser Stachel.« Jan schaute vor sich auf die Tischplatte. Er schluckte und fragte leise: »Und auf Rømø?«

»Ich habe mich so sehr auf unsere gemeinsame Zeit gefreut, auf das Meer, den Strand. Dann warst du so bestimmend. Schon meinen ersten Kaffee im Ferienhaus habe ich nicht bekommen.« Marie musterte ihn, um zu sehen, ob er verstand, was sie meinte.

»Dann hat dir unser Sex nicht gefallen?«

»Das ist es nicht. Du bist …« Marie merkte, dass sie rot wurde wie ein pubertierendes Mädchen und ärgerte sich darüber. Trotz ihrer Verlegenheit setzte sie neu an: »Der Sex mit dir ist unbeschreiblich toll, auch am Wochenende, aber das ist doch nicht alles. Du hast bestimmt, wann wir was machen, hast mit Argusaugen darüber gewacht, wenn ich mit anderen Männern gesprochen habe, und hast die nebensächlichen Situationen vollkommen überbewertet. Ich war wirklich froh, mal eine halbe Stunde für mich zu haben, auch wenn ich das Bad nicht bewusst abgesperrt habe. Alles hat sich immer enger angefühlt. Du hast mir die Luft zum Atmen genommen.«

»Dann war es tatsächlich so, wie Doktor Ewalds vermutet hat. Ich habe mit meiner Eifersucht alles kaputtgemacht.«

»Nein, nicht alles.« Marie schaute Jan in die Augen. »Ich sehne mich nach dir, nach deiner Nähe. Aber bisher bestand unser Zusammensein aus Arbeit oder wir sind im Bett gelandet. Ich möchte mit dir spazieren gehen oder ins Kino, etwas unternehmen und dich besser kennenlernen.«

»Wir wollten es mal langsam angehen lassen.«

Marie schmunzelte. »Das hatten wir gesagt, ja. Dann ist so viel passiert, dass ich mich zwischendurch von einem ICE überrollt fühlte. Vielleicht ist ja jetzt die Zeit dazu?«

Jan nahm ihre Hand und küsste sie vorsichtig. »Ein Neuanfang?«, fragte er hoffnungsvoll.

Epilog

Nervös strich Marie den Rock ihres Kleides glatt, nachdem sie vor der Villa der Familie Petersen ausgestiegen waren. Eine spätsommerliche Brise bauschte den Stoff um ihre Beine herum auf.

»Du siehst bezaubernd aus.« Jan legte ihr beruhigend den Arm um die Taille. Wie er schon beim ersten gemeinsamen Konzert vermutet hatte, sah das schlichte schwarze Kleid an Marie noch besser aus, wenn ihre Haut sommerlich gebräunt war. Sie trug ihre blonden Haare hochgesteckt und er konnte ihren Nacken sehen. Der Kontrast von schwarzem Satin, ihrer duftenden Haut und der schimmernden Perlenkette faszinierte ihn. Er konnte sich nicht zurückhalten und hauchte ihr einen Kuss auf den Haaransatz.

Marie war nervös bei ihrem ersten offiziellen Auftritt im Rahmen der Familie Petersen, das verstand er nur zu gut. Er selbst liebte solche Termine auch nicht, jedoch heute freute er sich, mit seiner gut aussehenden Freundin angeben zu können.

Da sie vor der gesetzten Zeit kamen, begrüßten beide Eltern sie an der Tür. Noch in das erste Willkommen in der Diele platzte jedoch der Chef der Cateringfirma und hatte Fragen an die Hausherrin, die mit ihm in die Küche ging.

»Sie sind also Marie Carstens. Ich kannte Ihren Vater sehr gut.« Jans Vater musterte Marie lächelnd. »Darf ich Marie sagen?«, fragte er.

Jan war überrascht und wartete ihre Reaktion ab. Ging das zu schnell, sein Vater zu weit?

»Gern«, Marie nickte und lächelte, nein, sie strahlte förmlich.

»Ich bin Uwe«, überraschte der Ältere nun seinen Sohn. »Darf ich?«, er hatte seine Hände einladend gehoben und Marie nickte. Beide umarmten sich innig.

»Herr Petersen«, unterbrach der Caterer, »können Sie bitte kurz in die Küche kommen?«

Jan beobachtete, wie sein Vater theatralisch die Schultern sinken ließ. »Gastgeber zu sein, ist keine Freude«, stöhnte er, hatte aber ein übermütiges Blitzen in den Augen.

Marie gab ihn frei, aber es schien ihr schwerzufallen.

»Zeig Marie doch das Haus«, bat er seinen Sohn und verschwand dann.

Als Jan sich ihr zuwandte, sah er sie seinem Vater hinterherschauend und sehr nachdenklich. Abwartend neigte er seinen Kopf und beobachtete ihr Mienenspiel. Plötzlich blinzelte sie heftig.

»Was hast du?« Mit einem Schritt war er bei ihr.

»Ich hätte nie gedacht, dass sich unsere Väter so ähnlich sind«, antwortete Marie leise. »Sogar das Aftershave ist das gleiche.«

Jan bemerkte eine Gänsehaut auf ihren Armen.

»Entschuldige, aber das war gerade ...«, Marie brach ab. Jan legte ihr einen Arm um die Schultern und dirigierte sie sanft in einen kleinen Raum neben der Diele. Hier stand das Klavier, auf dem er als Kind stundenlang geübt hatte, außerdem gab es zwei Sessel und einen kleinen Tisch.

»Möchtest du dich hinsetzen?«, fragte er besorgt.

»Nein, danke.« Jetzt schaute Marie ihn direkt an. »Es war fast, als hätte mich mein Vater umarmt. Seltsam.« Sie schauderte.

Jan zog sie mit einer energischen Geste in seine Arme und hielt sie fest.

»Was hat er denn zu dir gesagt?« Er hatte seinen Vater murmeln hören, die Worte jedoch nicht verstanden.

»Er hat mich in der Familie willkommen geheißen.«

Jan freute sich, dass sein Vater ihr so unvoreingenommen begegnet war, und begriff erst dann, dass eine Familie genau das war, was Marie nicht mehr hatte. Er konnte nur mutmaßen, wie hart es gewesen sein mochte. Maries Vater war vor etwa einem Jahr gestorben, ihre Mutter vor knapp zwei Jahren erinnerte er sich. Zwar war der juristische Streit mit ihrem Bruder beigelegt, aber es gab keine privaten Kontakte zwischen den Geschwistern. Er löste sich so weit von ihr, dass er ihr in die Augen schauen konnte.

»Und?«

»Es bedeutet mir viel, sehr viel.«

***

Der große Garten der Villa hatte sich nach und nach mit Gästen gefüllt. Marie sah sich um und erkannte in einigen wenigen Kunden der Firma wieder, auch zwei ältere Mitarbeiter aus der Fertigung entdeckte sie. Merkwürdig, dass Arne noch nicht da war, dachte sie, als sie ein leises »Na endlich« neben sich hörte. Sie folgte Jans Blickrichtung und sah Arne und Ines auf sich zukommen. Die beiden sahen fantastisch aus, als wären sie gerade einem Hochglanzmagazin entstiegen.

316

Sie beobachtete die Begrüßung des Paares durch die Eltern, dann kamen sie zu ihnen an den Stehtisch, während das ältere Paar zu den Musikern trat und sich ein Mikrofon geben ließ.

»Vater hat nur auf euch gewartet«, raunte Jan seinem Bruder zu.

Während sie verfolgten, wie der Vater die Gäste begrüßte, die zu seinem siebzigsten Geburtstag erschienen waren, winkte die Mutter ihre Söhne zu sich.

»Ein schönes Bild«, bemerkte Ines und ein kurzer Seitenblick auf sie zeigte Marie einen verliebten Ausdruck auf deren Gesicht.

Sie ließ die Szene auf sich wirken und bestätigte dann: »Ja. Es sieht so aus, als seien sie sehr eng verbunden, sehr vertraut miteinander.« Wieder kam die Wehmut auf, mit der sie zu kämpfen hatte, seit Uwe Petersen sie umarmt hatte.

Inzwischen hatte der seine Begrüßungsansprache beendet und Jan bat um das Mikrofon.

»Wir alle wissen, dass du ein großer Fan von Frank Sinatra bist und es ein Stück gibt, das euch beiden viel bedeutet. Daher möchten Marie und ich dir zum Auftakt deiner Feier ein kleines Geschenk machen.«

Das war Teil ihrer Annäherung nach dem Fiasko auf Rømø gewesen. Sie hatten den Plan in die Tat umgesetzt, gemeinsam zu singen. So hatten sie auch dieses Duett gemeinsam einstudiert.

Marie war während der Worte bereits zu den Musikern gegangen und hatte sich ebenfalls ein Mikro geben lassen. Diese spielten nun die ersten Takte von *Something stupid*, dem Song, den die meisten Gäste von

Robbie Williams und Nicole Kidman kannten. Noch bevor sie Jan erreicht hatte, sangen beide die erste Strophe. So kam sie überraschend aus dem Hintergrund hinzu und konnte auf diese Weise ihrem Herzklopfen Herr werden. Obwohl sie nicht mit der Band hatten proben können, klappten die Einsätze und die Abstimmung. Marie hielt sich an Jans Augen fest, ließ sich von ihm leiten. Als sie ihn erreicht hatte, legte er seinen freien Arm um ihre Taille und deutete sacht Tanzschritte an, auf die sie einging. Obwohl sie noch nie gemeinsam getanzt hatten, verleitete sie die Musik zu langsamen Bewegungen. Am Ende des Zwischenspiels drehte sich Marie so ein, dass sie mit dem Rücken zu Jan die zweite Strophe sangen, seine Hand lag locker auf ihrem Bauch. Weiterhin wiegten sie sich zur Musik. Erst bei den letzten Wiederholungen des »I love you«, wandten sie sich wieder einander zu.

Als sie geendet hatten, blieb es still. Marie versank in seinen Augen und seinem kurzen Kuss. Erst dann drehten sie sich synchron zu seinen Eltern um. Der Vater hatte seinen Arm genau so um seine Frau gelegt wie Jan noch kurz zuvor um sie. Ihre Schläfe lehnte an seinem Kinn und es schimmerten Tränen in ihren Augen. Auch Jans Vater schien sich erst fassen zu müssen, während um sie herum Beifall erklang.

Einerseits durch die Tränen und noch mehr durch ein warmes Gefühl der Zusammengehörigkeit musste Marie schlucken. Auch ihre Augen wurden feucht. Im Augenwinkel sah sie Ines und Arne, die auch aneinandergelehnt zusammenstanden, innig verbunden durch die exakt gleiche Geste, und ein Auflachen drängte ihre Rührung zurück.

»Man sieht, dass ihr aus einem Stall seid«, raunte sie Jan zu. Kurz schaute sie zwischen den Eltern und Arne hin und her.

Jan folgte ihrem Blick und sie spürte sein Lachen in ihrem Rücken. Noch einmal drückte er sie an sich, indem er ihren Bauch umfasste.

Uwe Petersen lächelte über diese Geste und kam gemeinsam mit seiner Frau näher.

»Das war wundervoll. Vielen Dank«, bedankte sich Heike Petersen.

»Das war mein Geschenk, schließlich habe ich heute Geburtstag«, neckte ihr Mann sie. »Woher wusstest du, dass das unser Lied ist?«, wollte er von seinem Sohn wissen.

»Ich habe eben aufmerksam zugehört, als du davon erzähltest, wie du Mamas Herz gewonnen hast. Außerdem liefen die Sinatra-Platten früher immer, wenn ihr beide euch ungestört wähntet. Und wir wussten, dass wir fast alles machen durften, solange wir so leise waren, dass ihr ungestört bliebt.«

»Und welchen Unfug habt ihr dann ausgeheckt?«, fragte die Mutter peinlich berührt.

»Das willst du nicht wissen«, kommentierte Arne, der inzwischen mit Ines zu ihnen gestoßen war. Er sorgte dafür, dass alle Gläser bekamen. »Der Grund, warum wir heute zu spät gekommen sind, war mein vielleicht etwas ungeschickt gewählter Moment, Ines zu fragen, ob sie meine Frau werden will.« Er ließ die Botschaft wirken.

Marie schaute Ines an, die über das ganze Gesicht strahlte. Wie die Antwort ausgefallen war, konnte sie sich denken.

Trotzdem ergänzte Arne selig: »Und sie hat Ja gesagt.«

Mit einem Blick auf Marie und Jan kommentierte Uwe Petersen: »Das kommt ja unerwartet.« Er hob sein Glas in Ines Richtung. »Herzliche Glückwünsche und willkommen in der Familie!«

Die sonst so gewandte Ines musste erst schlucken, bevor sie sich bedanken konnte. Gläser klangen und das Du wurde mit Umarmungen besiegelt. Heike Petersen betrachtete den Ring an Ines Hand und gratulierte herzlich.

»Und was ist mit euch?«, Uwe fragte sehr leise, während er die anderen beiden Frauen beobachtete.

Marie schaute zu Jan auf, der ihren Blick erwiderte. »Wir lassen es langsam angehen«, antwortete er seinem Vater und küsste sie zärtlich.

Ende

Danksagung

Ich möchte meinem Mann danken, der mitträgt, dass ich neben Familie und Beruf noch Zeit für das Schreiben finde, der mir Feedback gibt und mir Mut zuspricht.

Wichtig geworden sind auch meine Autorenfreunde, die mir im regen Austausch immer wieder geholfen haben und mir durch ihre Rückmeldungen ermöglichen, mich weiterzuentwickeln. Zu diesem Netzwerk gehören Anke Dietrich, Cornelia Briend, Jutta Wölk, Alegra Cassano, Mona Frick, Jana Zenker, Yvonne Bauer, Marlies Borghold, Elisabeth Marienhagen Uwe Griesmann und Claudia Rimkus.

Unterstützung fand ich bei meiner Freundin Doris Lehmenkühler, die immer wieder einzelne Passagen kritisch hinterfragt hat.

Sie ist diejenige, die die Kernszene um das geplatzte Solo als erste gelesen hat. Ausgehend von dieser Szene habe ich diesen Roman entworfen.

Als Sängerin ist mir Ähnliches passiert und erst ein Briefwechsel mit meiner Chorleiterin hat mich wieder mit der Welt versöhnen können ...

Danken möchte ich auch Christiane Hinrichs, die mir mit ihrer Expertise zum Thema mittelständische Handwerksbetriebe geholfen hat. Die Gespräche mit ihr haben mich darauf gebracht, eine Fensterbaufirma als Schauplatz und Zankapfel zu wählen.

Nicht zuletzt möchte ich meiner Lektorin Manuela Tengler danken.

Ohne die intensive Zusammenarbeit mit ihr wäre dieses Buch nicht zu dem geworden, was es ist.